Ellen McCoy
SchneeSturmKüsse - Verliebt in Silver Creek
Roman

AF200709

ELLEN McCOY

Schnee Sturm Küsse

VERLIEBT IN SILVER CREEK

1. Auflage
Copyright © 2018 Ellen McCoy
Lektorat: M. Grundmann
Korrektorat: Claudia Heinen, www.sks-heinen.de

Herstellung und Verlag:
BoD – Books on Demand
In de Tarpen 42
22848 Norderstedt

ISBN: 978-3-7481-4694-0

Umschlaggestaltung: BENISA WERBUNG, Sabine Albrecht,
www.benisa-werbung.de
Hintergrundbild: ©CanStockPhoto/PILart
Auto: Created by Freepik
Paar: Created by Kjpargeter - Freepik.com
Ornamente: pixabay.com

Bibliografische Information der Deutschen Nationalbibliothek:
Die Deutsche Nationalbibliothek verzeichnet diese Publikation
in der Deutschen Nationalbibliografie; detaillierte bibliografi-
sche Daten sind im Internet über http://dnb.dnb.de abrufbar.

Kapitel 1

Mit einem lauten Scheppern donnerte Beth die kleine Box auf den Boden ihrer Wohnung.

Harper war so ein Arsch!

Eine Dose Büroklammern kullerte hinunter und verteilte ihren Inhalt auf dem hellen Linoleum. War ja klar! Fluchend hockte Beth sich hin und begann, die bunten Kleinteile wieder aufzusammeln. Ihr Blick blieb an dem mitgebrachten Karton hängen und sie hielt inne, als ihr die Sinnlosigkeit ihres Tuns bewusst wurde. Kraftlos ließ Beth sich auf den Boden sinken.

Diese Kiste enthielt die letzten acht Jahre ihres Lebens und dort war nichts, das einer Erwähnung wert gewesen wäre – eine Kaffeetasse, ein paar Stifte, ein Block und eine halb vertrocknete Zimmerpflanze, die sie von einer Kollegin vor drei Wochen zu Thanksgiving bekommen hatte.

Beth seufzte und schloss die Augen. Jetzt war sie wahrlich am Tiefpunkt angekommen – einunddreißig Jahre alt, kein Mann in Sicht und seit heute Mittag hatte sie noch nicht einmal einen Job.

Nicht, dass die Arbeit im Backoffice von Harper Consulting ihr Traumberuf gewesen wäre, aber sie war abwechslungsreich und die Bezahlung reichte aus, um sich eine nette kleine Wohnung in Chicago zu leisten.

Hatte gereicht, korrigierte sich Beth unverzüglich. Sie konnte es noch immer nicht fassen, dass sie gefeuert worden war.

Natürlich hatte sie immer geahnt, dass ihre Freundschaft mit Liv Archer, die Harper bei einem hinterhältigen Coup einen Strich durch die Rechnung gemacht und überdies noch seinen Neffen geheiratet hatte, ihrem Chef ein Dorn im Auge war. Dennoch hätte sie nicht gedacht, dass er Beth rund zehn Tage vor Weihnachten so skrupellos auf die Straße setzen würde. Offiziell hieß es, dass das neue Büro in New York dermaßen exzellent lief, dass das Team in Chicago verkleinert werden sollte, doch Beth wusste es besser. Wieso sonst sollte ihr Name ganz oben auf der Liste stehen, obwohl einige Kollegen nach ihr gekommen waren?

Die Kühle des Bodens kroch ihr allmählich in den Körper. Mühsam rappelte Beth sich auf und schlurfte in die Küche, um sich einen heißen Kakao zu machen. Mit viel Sahne und jeder Menge Marshmallows.

Kurz regte sich ihr schlechtes Gewissen – sie hatte sich heute Morgen auf dem Weg zur Arbeit bereits ein Buttercroissant gegönnt –, dann schaufelte sie trotzig einen weiteren Löffel voll Marshmallows auf die cremige Haube. Wen kümmerte es schon, wenn sie ein paar Pfund mehr auf die Rippen bekam? Ihre Modelmaße und die lange kupferrote Mähne hatten ihr außer einer erschreckend langen Reihe belangloser Dates ohnehin nichts eingebracht.

Beth steckte sich einen Löffel voll Sahne in den Mund. Sie hatte keine Ahnung, was in ihrem Leben schiefgelaufen war. Alle Menschen, die ihr etwas bedeuteten, fanden nach und nach ihr Glück. Ihre beste Freundin Liv war verheiratet und in Alaska. Ryan – der einzige Mann, mit dem es für Beth hätte ernster werden können – hatte sich für eine andere entschieden. Selbst ihre sechs Jahre jüngere Schwester hat sich vor ein paar Wochen mit ihrem langjährigen Freund verlobt. Nur Beth ging immer wieder leer aus. Nein, viel schlimmer noch, sie entwickelte sich zurück. Sie war nun wieder genau dort, wo sie nach ihrem Studium angefangen hatte. Bloß älter. Und die Zukunft wirkte nicht mehr ganz so rosig und voller Möglichkeiten.

Sie schnappte sich die Tasse und verzog sich in ihren Lieblingssessel im Wohnzimmer. Während vor dem Fenster eine flauschige Schneeflocke nach der anderen wirbelnd und tanzend zur Erde glitt, überlegte Beth, was sie nun tun sollte.

Einen neuen Job suchen, war die naheliegende Antwort. Aber irgendwie konnte sie sich dazu nicht aufraffen. So kurz vor Weihnachten war auf dem Stellenmarkt ohnehin nichts los. Vielleicht sollte sie Urlaub machen, ausspannen, zur Ruhe kommen. Ihre letzte Auszeit waren die paar Tage in Alaska gewesen, mit Ryan, auf Livs Hochzeit.

Alaska. Bilder von schneebedeckten Berghängen und gut gebauten Holzfällern drängten sich ihr in den Sinn. Dann schüttelte Beth seufzend den Kopf. Nein, dort hatte sie ihr Glück schon einmal versucht – und es nicht gefunden. Außerdem hatte es in North Pole gar nicht so viele heiße Holzfäller gegeben. Und selbst wenn, Beth stand der Sinn nicht länger nach Abenteuern und One-Night-Stands, sie hatte schon zu viele imaginäre Kerben in ihrem Bettpfosten, hatte zu viele Frösche geküsst. Wieso war es bloß so schwer, einen Mann zu finden, der nicht nur gut aussehend war, sondern auch nett, charismatisch, klug, erfolgreich und mit den gleichen Lebenszielen wie sie? Einen ganz normalen Mann eben.

Beth löffelte die letzten Marshmallows aus ihrer Tasse. Ihr Magen war voll von dem süßen Zeug, trotzdem ging es ihr noch immer nicht besser. Sie zog sich die Kuscheldecke bis unter das Kinn und winkelte die Knie an. Wie schön wäre es jetzt, sich einfach in ihrem Bett zu vergraben, so zu tun, als gäbe es keine Sorgen, die Realität für kurze Zeit hinter sich zu lassen.

Sie seufzte tief. Es gab tatsächlich einen Ort, an dem das möglich war.

Beth wuchtete ihren schweren Koffer ächzend auf den Rücksitz des Wagens und wischte sich die Haarsträhne, die sich aus dem lockeren Knoten in ihrem Nacken gelöst hatte, aus der Stirn. Dann zog sie ihre Lederhandschuhe zurecht und setzte sich hinter das Lenkrad.

Das Starten des Motors hallte gespenstisch laut in der großen Tiefgarage ihres Wohnhauses. Um diese Uhrzeit, mitten am Tag, wirkte das ganze Gebäude wie verlassen, die meisten Menschen saßen in ihren Büros.

Vorsichtig fuhr Beth aus der Parklücke und steuerte die Ausfahrt an. Draußen rieselten vereinzelte Schneeflocken hinab. Laut Vorhersage sollte der Schneefall im Laufe des Tages jedoch aufhören und die Temperaturen wieder milder werden. Beth sollte es nur recht sein. Weiße Weihnachten waren schön und gut, aber beim Autofahren konnte sie gerne darauf verzichten.

Sie machte das Radio an und fädelte sich in den Verkehr ein. Wenn alles glatt lief, würde sie in knapp fünf Stunden in Redford, dem kleinen Vorort von Detroit, sein, in dem ihre Eltern seit über dreißig Jahren lebten.

Kurz überlegte sie, ob sie ihren Besuch ankündigen sollte. Doch wie bereits am Vortag verwarf sie diesen Gedanken. Obwohl der erste Schock über den Rauswurf allmählich abgeklungen war, fühlte Beth sich noch nicht bereit, darüber zu reden. Und schon gar nicht am Telefon. Denn es war nicht nur die Kündigung an sich, sondern das Gefühl, auf ganzer Strecke versagt zu haben, das sie beschäftigte. Und das Letzte, was sie jetzt gebrauchen konnte, war, tränenreich in einem Ozean aus Selbstmitleid zu versinken. Dazu wäre noch Zeit genug, wenn sie erst einmal bei ihren Eltern angekommen war. Wenn Mom ihr eine Hühnersuppe kochte und Dad sie aufmunternd an seine Brust zog, um ihr zu versichern, dass sich alles schon irgendwie fügen würde.

Wie sehr wünschte sie sich, dass er recht hätte. Nur leider wirkte das, was für sie mit zehn noch so wahr und plausibel geklungen hatte, mit jedem Jahr, das verstrich, immer weniger glaubwürdig. Das Leben lieferte schließlich keine Garantie für ein Happy End.

»Auch am Nachmittag bleibt es vorwiegend trocken und heiter«, verkündete die gut gelaunte Stimme des Nachrichtenmoderators.

Schnaufend stellte Beth das Radio aus und schaltete die Scheibenwischer eine Stufe höher. Seit einer halben Stunde wurde der Schneefall immer dichter, der Himmel war dunkelgrau und es hatte nicht den Anschein, als würde das Wetter demnächst besser werden. Zum Glück wurde die Interstate regelmäßig geräumt.

Vor ihr flammten die roten Bremslichter eines Lkws auf und Beth beeilte sich ebenfalls, die Geschwindigkeit zu drosseln. Der Wagen geriet ins Rutschen, für eine Sekunde blieb Beth das Herz stehen, dann griffen die Reifen wieder und sie atmete erleichtert aus. Ein Unfall hätte ihr gerade noch gefehlt.

Der Verkehr kam nun fast vollständig zum Erliegen. Beth reckte den Kopf, um irgendetwas erkennen zu können, doch der Tieflader vor ihr versperrte ihr vollständig die Sicht.

Sie fluchte und machte das Radio wieder an. Statt einer hilfreichen Meldung drangen die ersten Töne von Jingle Bells aus den Lautsprechern. Beth presste genervt die Lippen zusammen. Das klang fast schon nach Vorsatz. Im Augenblick konnte sie einer Reise im Schnee nichts Positives abgewinnen. Obwohl sie mit einem Pferdeschlitten vermutlich schneller vorankommen würde.

Hinter ihr hupte ein Auto, als würde das irgendetwas ändern.

Der Schnee peitschte nun mit solcher Wucht gegen die Frontscheibe, dass die Scheibenwischer kaum noch hinterherkamen. In Schrittgeschwindigkeit schleppte Beth sich voran. Endlich kam am Straßenrand ein blinkendes Schild in Sicht. Es war halb zugeweht und kaum noch zu entziffern.

Beth kniff die Augen zusammen und beugte sich weiter nach vorn, um besser sehen zu können. Die roten Bremslichter vor ihr flammten wieder auf und sie trat eine Sekunde zu spät auf die Bremse. Adrenalin flutete ihren Körper, ihre Arme begannen zu zittern, als ihr kleiner Wagen langsam auf den riesigen Lkw zu rutschte. Beth spannte ihren ganzen Körper an in Erwartung des Zusammenstoßes. Mit einem kaum wahrnehmbaren Ruck kam ihr Auto nur wenige Inches vor der fremden Stoßstange zum Stehen. Keuchend verließ der Atem ihre Brust. Beth legte die Stirn für einen Moment auf den Armen ab und schickte ein Dankgebet in Richtung Himmel. Dann wandte sie ihre Aufmerksamkeit wieder dem Schild zu.

Es überraschte sie nicht wirklich, dass die Interstate ein Stück weiter vorne gesperrt war. Wenn etwas schieflief, dann richtig.

Der Wagen hinter ihr hupte schon wieder. Hatte der sonst keine Hobbys?

Beth richtete ihre Aufmerksamkeit wieder auf die Straße. Der Lkw setzte sich langsam in Bewegung. Die Räder drehten ein paarmal durch, als Beth es ihm gleichzutun versuchte, und erneut schoss Adrenalin durch ihre Adern.

Wie sie das Fahren bei solchem Wetter hasste! Hätte sie gewusst, was sie erwartet, wäre sie einfach zu Hause geblieben.

Endlich rollte der Wagen langsam an und Beth krallte ihre Hände in das Lenkrad, um ihn auf Spur zu halten. Nicht zum ersten Mal wünschte sie sich, eins von diesen neuen, schicken Autos zu haben mit einem sprachgesteuerten Navigationsgerät. Andererseits hatte sie für die Fahrt zu ihren Eltern noch nie ein Navi gebraucht. Außerdem liebte sie ihr kleines, altes Schätzchen, das wendig, pflegeleicht und kompakt war und problemlos in jede Parklücke passte.

Endlich kam eine Ausfahrt in Sicht. Der Lastwagen vor ihr setzte den Blinker und bog ab. Beth folgte ihm schicksalsergeben. Er würde schon wissen, was er tat.

Der Schneesturm tobte immer stärker. Obwohl es erst früher Nachmittag war, war es schon beinah dunkel. Tapfer kämpfte Beth sich dem Lkw hinterher die ungeräumte Landstraße entlang. Wenigstens war sie in dieser Einöde nicht allein. Dennoch spürte sie, wie die Fahrt an ihren Kräften zehrte. Und bei dem Tempo würde sie noch gut vier Stunden brauchen, bis sie bei ihren Eltern ankam. Keine besonders verlockende Vorstellung.

Angestrengt hielt Beth nach einer Pension oder einem Hotel Ausschau, doch rechts und links der Straße gab es nichts weiter als Felder, Felder und noch mehr Felder mit gelegentlichen Bauernhöfen dazwischen. Vielleicht sollte sie einfach dort ihr Glück versuchen. Groß genug sahen die Häuser ja allemal aus. Und die Wahrscheinlichkeit, dass ein psychopathischer Axtmörder in seinem Wohnzimmer saß und nur darauf wartete, dass sie bei ihm klingelte, war wohl vernachlässigbar gering.

Sie hatte sich fast dazu durchgerungen, als ein großes Holzschild im Scheinwerferlicht am Straßenrand auftauchte.

Willkommen in Silver Creek, war darauf in leicht verwitterten Buchstaben zu lesen. Darunter wand sich auf einem Bild ein silberblauer Fluss durch eine malerisch anmutende Landschaft.

Beths Laune besserte sich ein wenig. Das klang schon mal gar nicht so schlecht. Sie folgte dem Hinweisschild und nahm die nächste Abzweigung.

Nur wenige Minuten später bereute sie bereits ihre Entscheidung. Der Weg war unter der unberührten Schneedecke kaum zu erkennen. Im Schritttempo tastete Beth sich voran und betete, dass die Straße nicht von einem versteckten Graben gesäumt wurde. Etwas abseits der Fahrbahn kamen die ersten Häuser in Sicht, die leider nicht besonders einladend wirkten, kein Licht brannte in den Fenstern, keine Menschen oder spielenden Kinder waren zu sehen.

Beth fröstelte. Vielleicht war das doch keine gute Idee. Der

Gedanke an den Axtmörder kam ihr mit einem Mal nicht mehr ganz so abwegig vor.

Wenn sie gekonnt hätte, hätte sie auf der Stelle umgedreht. Doch sie traute sich nicht, den Wagen anzuhalten, aus Angst, dass er dann endgültig im Schnee stecken blieb.

Die Straße beschrieb eine Kurve, was Beth an den Bäumen und Sträuchern, die sie säumten, erkannte. Dahinter kam endlich so etwas wie der Ortskern in Sicht.

Beth hätte vor Erleichterung beinah aufgeschluchzt. Angestrengt hielt sie nach allen Seiten hin Ausschau nach einer Unterkunft oder zumindest jemandem, der ihr weiterhelfen konnte.

Ein paar ältere Damen traten aufgeregt schnatternd aus einer hell erleuchteten Tür auf den Bürgersteig. Beths Herz machte einen freudigen Sprung. Ihr Blick wanderte nach oben, zu dem Schild, das über dem Eingang prangte – *Hope's Inn.* Wenn das kein gutes Zeichen war ...

Die Damen blieben neugierig stehen, als sie Beths Wagen bemerkten.

Vorsichtig fuhr sie näher heran.

Plötzlich prallte das linke Vorderrad gegen irgendetwas Hartes, ein dumpfer Knall erklang. Reflexartig riss Beth das Lenkrad herum. Der Wagen geriet ins Rutschen. Hastig trat sie auf die Bremse, was ihre Situation noch verschlimmerte. Wie in Zeitlupe drehte sich das Auto um sich selbst und prallte gegen einen massiven Poller.

Einen Moment lang war Beth wie erstarrt. Dann löste sie hektisch den Sicherheitsgurt und sprang heraus. Die Absätze ihrer Stiefel versanken im Schnee und beinah wäre sie auch noch gestürzt.

»Scheiße, scheiße, scheiße!«, fluchte Beth aufgelöst, während sie sich die eingedrückte Vorderseite ihres Wagens ansah.

»Ist alles in Ordnung?« Die Damen eilten erschrocken auf Beth zu.

»Ja ... nein«, stammelte sie fahrig und schlang sich die Arme um die Schultern. Im Auto war es so mollig warm gewesen, dass sie ohne Jacke gefahren war. Jetzt spürte sie überdeutlich die Kälte, die durch ihren dünnen Pulli biss.

»Sind Sie verletzt?«, präzisierte eine der Damen.

»Nein.« Beth schaute an sich herunter, um ganz sicherzugehen. Der Schock und die Anspannung der letzten Stunde hielten sie noch immer gefangen. »Was mach ich jetzt bloß?«, entfuhr es ihr verzweifelt.

»Richard!«, rief eine andere Dame energisch. »Richard, komm sofort her!«

Ein Mann riss die Tür des Gebäudes auf und eilte besorgt hinaus. »Was ist los, ist jemand gestürzt? Ich habe euch doch gesagt ...« Er brach ab, als er Beth und ihren Wagen bemerkte. Der Blick, mit dem er sie maß, wurde merklich kühler.

»Sind Sie verletzt?«, fragte er beherrscht und mit deutlich weniger Fürsorge in der Stimme.

»Nein.«

»Gut.« Er nickte, als wäre die Sache für ihn damit erledigt.

»Sie sind hier in guten Händen, Kindchen.« Die Dame, die sich nach Beths Befinden erkundigt hatte, tätschelte freundlich ihre Hand. »Richard wird Ihnen mit Ihrem Wagen helfen.«

Beth nickte unsicher. Der Mann machte nicht gerade den hilfsbereitesten Eindruck auf sie. Wenn sie ehrlich war, wirkte er beinah gruselig. Er war groß und – soweit sie das unter dem schwarzen Rollkragenpulli erkennen konnte – einigermaßen sportlich gebaut. Das etwas zu lange dunkle Haar umrahmte unordentlich sein Gesicht, die Augenbrauen waren dicht und gerade, die Züge eher kantig, die Augen fast schwarz. Doch das Auffälligste an ihm war eine wulstige Narbe, die sich quer über seine linke Wange zog.

Ihn selbst schien die Ankündigung der Dame ebenfalls zu überraschen, denn er hielt mitten in der Bewegung inne. »Ähm, klar. Wenn Sie nicht in der Lage sein sollten, selbstständig einen Abschleppdienst zu rufen, kann ich Ihnen zeigen, wie das geht.« Seine Stimme troff vor Sarkasmus.

Die beiden Damen verharrten unsicher.

»Vielen Dank, ich komme zurecht«, beruhigte Beth die beiden. Die herablassende Haltung des Mannes erlöste sie aus ihrer Schockstarre. Die Lage war zwar ernst, aber nicht aussichtslos. Dieser Richard hatte recht, sie musste lediglich einen Abschleppwagen rufen, der ihr Auto in eine Werkstatt brachte, wo man es ganz bestimmt reparieren konnte. So schlimm sah der Schaden auf den zweiten Blick auch gar nicht aus. Mit etwas Glück musste nur die Stoßstange ausgebeult werden.

»Das ist gut.« Die erste Dame lächelte erleichtert. »Komm, Betty«, rief sie ihre Freundin.

Diese schenkte Richard noch einen mahnenden Blick, bevor sie sich in Bewegung setzte. »Hoffentlich ist von dem heißen Punsch noch etwas da«, murmelte sie fröstelnd im Weggehen.

Das erinnerte Beth daran, dass ihre Winteracke noch immer im Wagen lag. Schnell holte sie sie heraus und schlüpfte hinein.

Dabei war sie sich Richards durchdringenden Blickes unangenehm bewusst. Er stand noch immer regungslos da und beobachtete sie widerwillig, als konnte er sich nicht entscheiden, ob er ihr helfen oder lieber weggehen sollte.

Beth nahm ihm die Entscheidung ab. »Wenn Sie mir die Nummer des örtlichen Abschleppers oder einer Werkstatt geben könnten, kümmere ich mich darum.«

»Und um die Reparatur meines Pollers«, fügte er kühl hinzu.

»Ihres was?« Entgeistert starrte Beth ihn an.

»Meines Pollers«, wiederholte er und deutete auf die etwa zwei Fuß hohe Steinsäule, in die ihr Auto gekracht war. »Er hat einen Knacks.«

Den hatte eher sein Besitzer. Wollte er ihr jetzt ernsthaft das Ding in Rechnung stellen? »Es war ein Unfall«, stellte Beth

14

möglichst würdevoll klar. »Außerdem, woher soll ich wissen, dass der *Knacks*«, sie betonte überdeutlich dieses Wort, »nicht schon vorher dagewesen war?«

»Weil ich es sage.«

Das wurde ja immer besser. »Dann behaupte ich halt das Gegenteil. Dann steht Aussage gegen Aussage.« Sie hatte keine Zeit für diesen Blödsinn. Es wurde immer dunkler und immer kälter. Sie musste sich dringend um ihren Wagen kümmern, damit sie am nächsten Tag hoffentlich endlich zu ihren Eltern kam.

»Oh, Sie sind also vom Fach?« Jetzt machte er sich ganz offensichtlich über sie lustig.

»Können wir das vielleicht später klären?«, fuhr Beth ihn gereizt an. »Ich bin seit Stunden unterwegs, mir ist kalt und ich bin müde. Und ohne Ihren Poller oder dem, was auch immer sich sonst noch unter dem Schnee versteckt«, sie deutete auf ihr Rad, das eindeutig an etwas Metallischem hängen geblieben war, »wäre mein Wagen jetzt nicht kaputt.«

»Das, was sich da *versteckt*, ist ein Fahrradständer«, klärte er sie ungerührt auf.

»Mir egal«, blaffte Beth. Ihre schicken dünnen Stiefel waren nicht dazu gemacht, bis zu den Waden im Schnee zu versinken. Sie konnte ihre Zehen kaum noch spüren. »Die Nummer, bitte?«, erinnerte sie ihn.

»Einen Moment«, sagte er knapp, drehte sich um und verschwand im Haus.

Beth steckte sich die Hände unter die Achseln, um sie warm zu halten. Was war das nur für ein unhöflicher Typ? Er hatte sie tatsächlich in der Kälte stehen lassen!

Sie zögerte, dann setzte sie sich entschlossen in Bewegung. Immerhin war sie hier nicht vor einem Privathaus gelandet, sondern vor einer Pension. Niemand konnte sie daran hindern, da hineinzugehen.

Wohlige Wärme empfing Beth, sobald sie die Tür öffnete. Sie trat ein und stutzte. Die Rezeption war nicht besetzt und auch sonst wirkte das Innere nicht so freundlich und einladend, wie sie es erwartet hätte.

»Was tun Sie hier?«, erklang Richards schroffe Stimme.

Beth zuckte erschrocken zusammen, drehte sich um und sah ihn mit einem Zettel in der Hand aus einer Tür treten. Eine ungute Ahnung stieg in ihr hoch. Gehörte die Pension etwa ihm?

»Haben Sie die Nummer?«, fragte sie statt einer Antwort.

»Ja.« Er reichte ihr – ohne noch etwas hinzuzufügen – den Zettel.

»Danke.« Beth holte das Handy hervor.

Richard verschränkte die Arme und lehnte sich mit einem süffisanten Lächeln an den – ziemlich verstaubten – Empfangstresen. Seine Gegenwart hatte etwas Verstörendes, als legte er es darauf an, sie zu verunsichern.

Beth drehte ihm den Rücken zu, um ungestört telefonieren zu können. Schon beim zweiten Freizeichen ging jemand dran und sie schilderte hastig ihr Problem. Leider erwies sich das Gespräch als ernüchternd kurz. Die Straßen waren dicht. Heute würde keiner mehr zu ihr rauskommen. Zumindest versprach der Mechaniker, sie für morgen auf seine Liste zu setzen. Offenbar war ihres nicht das einzige Auto, das in dem unerwarteten Schneechaos liegen geblieben war.

»Sind Sie fertig?«, erkundigte sich Richard ungeduldig.

Das klang eindeutig nach einem Rauswurf. Wenn er tatsächlich in dieser Pension arbeitete, hatte er seinen Beruf eindeutig verfehlt. Denn er war in etwa so gastfreundlich wie ein Küchenbesen.

»Ja.« Beth straffte ihre Schultern. »Morgen wird jemand herkommen und sich um meinen Wagen kümmern.« Sie zögerte, stellte die Frage aber dennoch: »Können Sie mir für heute vielleicht eine Unterkunft empfehlen?«, erkundigte sie sich und hoffte, dass er ihr nicht das *Hope's Inn* nannte.

»Ja. Zehn Minuten die Straße runter gibt es eine Frühstückspension.«

»Danke«, sagte Beth im Brustton der Überzeugung. »Man sieht sich«, fügte sie hinzu, als er nichts erwiderte.

Er nickte knapp. »Wenn es sich nicht vermeiden lässt ...«

Beth presste die Lippen zusammen und verließ das Haus. Jedes weitere Wort an diesen furchtbaren Mann wäre bloß verschwendet.

Kapitel 2

Unsicher musterte Beth den großen Koffer, der noch immer in ihrem Auto lag. Sie hatte absolut keine Lust, ihn den ganzen Weg durch den Schnee zu schleppen. Und Fahren kam wohl auch nicht in Betracht. Abgesehen davon, dass sie nicht wusste, wie groß der Schaden am Auto tatsächlich war, wollte sie sich bei diesem Wetter lieber nicht noch einmal hinter das Lenkrad setzen. Außerdem war der Wagen bereits so zugeschneit, dass sie ihn vermutlich ohnehin nicht von der Stelle kriegen würde – zumindest nicht ohne eine größere Räumaktion.

Beth seufzte und schaute zur erleuchteten Tür des Hotels zurück. Doch es kam kein Blitz und kein Lichtstrahl vom Himmel, der Richard plötzlich seine hilfsbereite Seite entdecken ließ.

Dann halt nicht. Sie war auf seine Hilfe nicht angewiesen.

Beth warf einen schnellen Blick über die Schulter, um sicherzugehen, dass ihr niemand zusah, dann öffnete sie den Koffer. Zum Glück lag ihre Kosmetiktasche gleich obenauf. So schnell sie konnte, schnappte sie sich außerdem ein Set frischer Unterwäsche und wickelte es in ihr Nachthemd.

Als sie die Kofferraumklappe zuschlug, begegnete sie Richards finsterem Blick, der sie durch die Fensterscheibe feindselig anstarrte. Mit den dunklen Haaren, der hässlichen Narbe und dem passenden Ausdruck auf seinem Gesicht wirkte er fast wie eine Art Frankenstein.

Beth schauderte und der Gedanke an den Axtmörder kam ihr wieder in den Sinn. Dann reckte sie ihr Kinn entschlossen in die Höhe und stopfte sich ihr Bündel unter den Arm.

Seine Mundwinkel zuckten und plötzlich war sie sehr froh, ein neutrales Schlafshirt gegriffen zu haben, nicht das mit

Snoopy oder gar ein Negligé. Vor diesem Mann wollte sie sich keine Blöße geben.

Ohne ihn weiter zu beachten, zog Beth sich ihre mit Kunstfell besetzte Kapuze über den Kopf und stapfte durch den Schnee davon.

Unterwegs begegneten ihr keine Menschen, was Beth mit zunehmender Besorgnis erfüllte ebenso wie die Tatsache, dass sogar die meisten Häuser leer und verlassen wirkten. Dabei war es erst früher Abend, die Bewohner konnten unmöglich schon alle schlafen.

Als sie nach zehn Minuten noch immer keine Herberge entdeckte, blieb Beth unsicher stehen und schaute sich um. Vielleicht sollte sie lieber zurückgehen, das Auto nehmen und ihr Glück woanders versuchen. Nur die Angst davor, mitten im Nichts plötzlich liegen zu bleiben, hielt sie davon ab.

Zumindest war der Weg hell erleuchtet. Hübsche Laternen, in deren warmem Licht die Schneeflocken tanzten, säumten in regelmäßigen Abständen die Straße. Über der Fahrbahn spannten sich Lichterketten mit Sternen und Glocken und normalerweise hätte Beth diesen malerischen Spaziergang aus tiefstem Herzen genossen – es wirkte so friedlich, so gemütlich, fast schon verwunschen.

Aber es war nicht *normalerweise*. Ihre Socken waren inzwischen vollkommen durchnässt, die Füße eisig und ihre Zähne klapperten trotz der warmen Jacke laut vor Kälte. Entmutigt wischte Beth sich eine feuchte Haarsträhne aus der Stirn und drehte sich um die eigene Achse.

Hatte Richard sie in die falsche Richtung geschickt? Zuzutrauen wäre es ihm ja. Oder hatte sie eine Abzweigung übersehen? Das wäre dann ebenfalls seine Schuld. *Zehn Minuten die Straße runter* war schließlich keine besonders präzise Wegbeschreibung.

Fröhliches Lachen irgendwo links von ihr ließ Beth hastig herumfahren. Sie lauschte. Da waren eindeutig Stimmen. Beth rannte los, so schnell es mit ihren gefrorenen Füßen in dem tiefen Schnee nur ging. Sie schlitterte um einen ausladenden Busch und kam keuchend vor einem Pärchen zum Stehen, das sie verwundert ansah.

»Ist alles in Ordnung?«, fragte die Frau besorgt.

»Ja!« Beth nickte hastig und fragte sich, was für ein Bild sie eigentlich abgeben musste, zitternd, atemlos und mit einer Kosmetiktasche samt Nachthemd unter dem Arm. »Wissen Sie zufällig, ob es hier irgendwo eine Pension gibt?«, brachte sie keuchend hervor, bevor die Frau weiter nachhaken konnte. Die Situation war für Beth schon peinlich genug, auch wenn sie streng genommen überhaupt nichts dafür konnte.

»Sicher.« Der Mann nickte freundlich. »Die ist gleich da vorne. Wir sind gerade auf dem Weg dorthin.«

»Danke!«, entfuhr es Beth aus tiefstem Herzen, was ihr einen weiteren, skeptischen Blick einbrachte. »Mein Auto ist liegen geblieben«, erklärte sie, um nicht als völlig bescheuert zu gelten.

»Oh.« Augenblicklich veränderten sich die Mienen der beiden. »Das tut mir leid«, sagte die Frau, während der Mann ihr seine Hilfe anbot. *Das* war eine normale Reaktion.

»Die Werkstatt wird sich morgen früh darum kümmern. Jetzt brauche ich nur ein Zimmer für die Nacht«, winkte Beth ab.

»Dann kommen Sie, die Pension ist gleich da vorne.«

Tatsächlich kam schon bald ein sehr einladend wirkendes zweistöckiges Gebäude mit einem weihnachtlich geschmückten Vorgarten in Sicht. Beths Laune besserte sich zusehends. Sie konnte schon förmlich das warme Wasser spüren, das sie in wenigen Minuten in einer vollen Badewanne umschmeicheln würde.

An der Rezeption verabschiedete sich Beth von dem Pärchen und drückte auf den Klingelknopf.

Eine adrette, ältere Frau mit einem silbergrauen Pagenkopf

erschien aus dem Hinterzimmer und rückte ihre goldgerahmte Brille zurecht. »Hallo, ich bin Dorothy. Wie kann ich Ihnen helfen?«

Beth musste unwillkürlich lächeln. Die Frau hatte etwas so Fürsorgliches und Mütterliches an sich, dass ihr gleich ganz warm ums Herz wurde. »Mein Name ist Beth. Beth Andrews und ich brauche dringend ein Zimmer für diese Nacht.«

»Oh.« Dorothy verzog bedauernd das Gesicht. »Das tut mir leid, wir sind vollkommen ausgebucht.«

»Was?« Entgeistert starrte Beth die Frau an. Das konnte nicht wahr sein. So voll hatte die Stadt gar nicht auf sie gewirkt.

»Ja. Morgen beginnt die Eisskulpturen-Meisterschaft«, sagte Dorothy, als wäre damit alles erklärt.

»Eisskulpturen-Meisterschaft?«, wiederholte Beth verdattert.

»Oh ja!« Die Augen der Frau begannen zu leuchten. »Das ist das Highlight des Winters. Gerade findet im Gemeindesaal die feierliche Eröffnung statt. Die ganze Stadt ist dort versammelt. Wenn Sie sich beeilen, kriegen Sie bestimmt noch etwas von Mays berühmtem Punsch ab.«

Beth schüttelte unwillig den Kopf. Sie brauchte keinen Punsch, sie brauchte ein Zimmer. »Sie haben sicher noch irgendwo ein Plätzchen frei, oder?« Im Geist verabschiedete sie sich bereits von der Badewanne, doch ein Bett war nun wirklich nicht zu viel verlangt. »Mein Auto ist liegen geblieben und der Abschleppdienst kann erst morgen kommen.« Beth brauchte sich nicht sonderlich anzustrengen, um ihrer Stimme einen verzweifelten Klang zu verleihen. »Sehen Sie«, sie deutete auf ihr – inzwischen ziemlich durchnässtes – Bündel. »Ich bin zwanzig Minuten durch den Schnee gestapft, um hierher zu gelangen.«

»Oh mein Gott, das tut mir leid.« Dorothy schlug sich mitfühlend die Hand vor den Mund. »Sie müssen ja völlig verfroren sein.«

Beth nickte stumm.

Die Frau seufzte. »Ich würde Ihnen wirklich gerne helfen, aber ich bin bis auf das letzte Bett ausgebucht.«

Beth fuhr sich mit der Hand über das Gesicht. Dieser Tag war eine einzige Katastrophe. »Vielleicht kennen Sie jemanden, der mir für eine oder zwei Nächte ein Zimmer vermieten könnte?«

Dorothy verzog nachdenklich das Gesicht. »Soweit ich weiß, sind alle Fremdenzimmer vergeben. So voll wie in den nächsten Tagen ist es bei uns sonst nur zu unserem Blumenfest im Frühjahr und dem Wein- und Apfelfest im Herbst. Wo genau steht denn Ihr Auto?«

»Am anderen Ende der Stadt, direkt vor diesem merkwürdigen *Hope's Inn*.« Das anscheinend gar kein richtiges Hotel war.

Dorothys Gesicht hellte sich schlagartig auf. »Das ist die Lösung! Im *Hope's* sind schließlich mehr als genug Zimmer frei. Es ist zwar nicht so gepflegt, wie es früher mal war, aber ich schätze, Sie können jetzt nicht zu wählerisch sein, meine Liebe«, fügte sie pragmatisch hinzu.

Da hatte sie natürlich recht. Andererseits verspürte Beth nicht die geringste Lust, die Nacht im selben Gebäude wie dieser Richard zu verbringen. Und abgesehen davon, dass er unfreundlich, unhöflich und ein wenig gruselig war, teilte er offensichtlich Beths Einstellung. »Dort habe ich es schon versucht, man hat mich zu Ihnen geschickt«, fasste sie ihre Begegnung mit dem ungehobelten Kerl möglichst diplomatisch zusammen.

Dorothy stutzte. »Richard hat Sie hierher geschickt?«, wiederholte sie verwundert. Dann schüttelte sie halb belustigt, halb ungläubig den Kopf. »Dieser Schlingel! Der weiß genau, dass ich ausgebucht bin.«

Beth klappte beinah die Kinnlade herunter. Der Mistkerl hatte es gewusst und sie trotzdem zwanzig Minuten durch einen Schneesturm irren lassen? *Schlingel* erfasste es nicht mal ansatzweise!

»So leid es mir tut, Kindchen, eine andere Lösung kann ich Ihnen leider nicht bieten.«

»Sie verstehen nicht«, zischte Beth mühsam beherrscht. »Dieser … *Mann*«, sie legte ihre ganze Abscheu in das Wort, um ja keinen Zweifel aufkommen zu lassen, dass sie eigentlich *Arsch* meinte, »hat mich in der Kälte stehen lassen, obwohl mein Wagen nur seinetwegen kaputt gegangen ist!« Beth merkte, wie sie sich in Rage redete. Es tat gut, ihre Wut und ihren Ärger endlich in Worte zu fassen.

»Wie denn das?«, rief Dorothy erschrocken.

»Die Fläche vor seinem Haus ist vereist, sonst wäre mein Wagen nicht ins Rutschen geraten«, wagte Beth einen Schuss ins Blaue. »Und der Fahrradständer war unter all dem Schnee gar nicht zu sehen. Und was dieser bescheuerte Poller da überhaupt verloren hat, weiß ich bis jetzt nicht!«

»Was ist mit dem Poller?«, fragte Dorothy alarmiert.

War diese ganze Stadt verrückt? Beth erzählte hier von ihrem Wagen und alles, was die Frau kümmerte, war der verdammte Poller!

»Gar nichts ist mit dem Poller!«, schnappte sie. »Im Gegensatz zu meinem Auto, das nun reif für die Werkstatt ist.«

»Das wird schon wieder«, tröstete Dorothy sie besänftigt. »Es ist ja nur Blech.«

»Und der Poller ist nur Stein«, konnte Beth sich nicht verkneifen. Sie war müde, hungrig und nass. Und es sah nicht so aus, als würde sich in absehbarer Zeit etwas an ihrem Zustand ändern.

Vermutlich würde sie die Nacht auf dem Rücksitz ihres Wagens verbringen müssen.

»Es ist ein ganz besonderer Stein!«, widersprach Dorothy ihr und Beth brauchte ein paar Sekunden, um zu verstehen, wovon die Frau sprach. »Es ist der älteste Stein in Silver Creek.

Der Legende nach hat der Gründungsvater unserer Stadt ihn damals in den Boden gerammt, um diesen Ort zu markieren.«

Beth blinzelte ungläubig, beschloss, es jedoch unkommentiert zu lassen. Mit Verrückten sollte man bekanntlich nicht streiten. Sie gähnte hinter vorgehaltener Hand und widerstand dem Impuls, ihre Stirn einfach auf dem Tresen abzulegen.

»Ich mache Ihnen erst erst mal einen heißen Kaffee«, sagte Dorothy nun wieder deutlich mitfühlender. »Wenn Sie sich etwas aufgewärmt haben, gehen Sie zurück zum *Hope's Inn*. Und sollte sich Richard erneut anstellen, sagen Sie ihm, dass Dorothy persönlich bei ihm vorbeischaut, wenn er nicht nett zu Ihnen ist.« Sie brach ab, schaute sich suchend um und holte schließlich ein kleines Kärtchen aus einer Schublade. »Hier, ich gebe Ihnen meine Nummer. Haben Sie keine Scheu, sie auch zu benutzen.« Sie zwinkerte Beth verschwörerisch zu. »Eigentlich ist Richard gar nicht so übel, er braucht nur ab und zu einen Schubs.«

»Danke.« Beth war davon nicht überzeugt, aber es blieb ihr wohl nichts anderes übrig. »Und Sie sind sich absolut sicher, dass er kein Axtmörder ist?«, fragte sie vorsichtshalber dennoch.

Dorothy stockte kurz, dann lachte sie schallend auf. »Ich denke, da können Sie ganz unbesorgt sein. Er ist nämlich noch etwas viel Schlimmeres, er ist Anwalt.«

Mit diesen Worten ließ sie Beth stehen und eilte in das Hinterzimmer davon.

Anwalt? Beth schnaufte ungläubig und ließ sich in einen der beiden gemütlichen Sessel sinken, die neben einem Tischchen im Eingangsbereich standen. Was machte ein Anwalt in einem verlassenen Hotel? Und wenn er der Anwalt war, wollte sie seine Mandanten lieber nicht kennenlernen, *er* selbst machte schon einen nicht besonders vertrauenswürdigen Eindruck.

»Hier, der Kaffee.« Dorothy erschien mit einem großen, dampfenden Becher und einem kleinen Teller, auf dem ein Stück Apfelkuchen lag. »Den habe ich erst heute Mittag frisch gebacken«, erklärte sie und stellte beides auf dem Tischchen neben Beth ab.

»Vielen Dank.« Beth konnte nicht fassen, wie sehr der Anblick des heißen Kaffees und des Kuchens ihre Lebensgeister beflügelte.

Dorothy nickte zufrieden. »Wohl bekomm's.«

In dem Moment ging die Türglocke und ein paar Leute strömten herein.

»Oh! Die Veranstaltung ist vorbei!«, rief Dorothy und eilte zu ihrem Tresen.

Neugierig betrachtete Beth die Menschen. Es war eine sehr bunt gemischte Gruppe – Familien mit Kindern, junge Pärchen, ein paar Senioren. Und zwei Männer, die sehr ernst, fast schon verbissen wirkten. Nun glaubte sie Dorothy gern, dass das Haus ausgebucht war.

Still trank Beth ihren Kaffee und kümmerte sich nicht um die neugierigen Blicke, die sie hin und wieder trafen. Zum Glück währte die Aufmerksamkeit nicht lang, die Menschen waren mehr mit sich selbst beschäftigt. Und bis sie ihren Kuchen aufgegessen hatte, waren die meisten bereits in Richtung ihrer Zimmer verschwunden.

»Danke, das war sehr gut.« Beth stellte das leere Geschirr vor Dorothy auf dem Tresen ab und verharrte unsicher. Obwohl sie wusste, dass es unsinnig war, widerstrebte es ihr, die gemütliche Pension zu verlassen. Sie fühlte sich hier so warm und wohl. Nur mit Mühe hielt sie sich davon ab, ein weiteres Mal nach einem freien Zimmer zu fragen. Diesen Punkt hatten Dorothy und sie bereits hinreichend geklärt.

Dorothy lächelte. »Wir sehen uns dann morgen.«

»Ja, vielleicht«, entgegnete Beth ausweichend. Eigentlich hatte sie vor, ihrem Wagen nicht von der Seite zu weichen und so bald wie möglich von hier zu verschwinden.

»Lassen Sie sich die Eisskulpturen-Meisterschaft auf keinen Fall entgehen. Sie ist einmalig!«

»Ich werde sehen, ob es sich einrichten lässt.« Zunächst musste Beth jedoch ein Zimmer für die Nacht organisieren. Wenn man am nächsten Morgen ihren steif gefrorenen Körper auf der Rückbank ihres Wagens fand, würde sie definitiv kein Fest mehr besuchen. »Ich gehe dann mal.«

»Vergessen Sie nicht Ihre Sachen.« Dorothy deutete freundlich lächelnd auf das unansehnliche, feuchte Stück Stoff, in das sich Beths Nachthemd verwandelt hatte, und die ebenfalls mitgenommen wirkende Kosmetiktasche.

»Danke«, presste Beth hervor, holte tief Luft und trat in die Kälte hinaus. Sie hatte sich gestern geirrt. *Das hier* war der Tiefpunkt ihres Lebens.

Zumindest schien der Weg zurück zum *Hope's Inn* nicht ganz so lang zu sein wie der Hinweg, obwohl Beth gegen die Windrichtung lief. Trotz der Kapuze bissen Schneeflocken in ihre Wangen, verklebten die Wimpern, schmolzen und liefen als eisige Rinnsale hinab. Beths enge Jeans war an den Oberschenkeln völlig durchnässt und sie zog ihre Jacke enger um sich, um zumindest einen Rest von Wärme am Körper zu halten.

Sie fluchte und wischte sich den Schnee aus dem Gesicht. Diesem Richard gehörte der Hals umgedreht! Es war ja nicht so, als hätte sie in ihrem Koffer keine passende Kleidung für dieses Wetter, sie hatte nur nicht damit gerechnet, länger als die drei Schritte von der Einfahrt ihrer Eltern bis zu deren Haus laufen zu müssen.

Beth blieb vor der finsteren Front des Hotels stehen. Ihr Wagen hatte inzwischen mehr Ähnlichkeit mit einem Schneeball als mit einem Fahrzeug. Aber darum würde sie sich morgen kümmern. Jetzt musste sie selbst erst einmal dringend ins Warme, wenn sie die nächsten Tage nicht krank im Bett verbringen wollte.

Beth rüttelte am Türknauf. Nichts rührte sich. Also hob sie die Faust und hämmerte entschlossen gegen das Glas. Sie wartete und lauschte, dann klopfte sie erneut. Sie überlegte gerade, ob sie rufen sollte, als irgendwo hinten endlich ein Licht anging. Eine Gestalt näherte sich.

Richards Gesicht presste sich an die Scheibe und Beth zuckte unwillkürlich zurück. Obwohl sie sein Anblick nicht mehr überraschte, wirkte er nach wie vor äußerst abstoßend auf sie.

Er verharrte und einen Moment lang fürchtete Beth, er würde sie einfach vor der Tür stehen lassen. Schließlich gab er sich einen Ruck. Sie hörte einen Schlüssel, der sich im Schloss herumdrehte, und die Tür ging einen Spaltbreit auf.

»Was wollen Sie hier?«, brummte Richard unwirsch.

Dieses Mal ließ Beth sich davon nicht beeindrucken. »Ich brauche ein Zimmer für die Nacht.«

»War die Beschreibung *einfach immer der Straße nach* zu kompliziert für Sie?«

»Nein!«, entgegnete Beth mit Nachdruck. Obwohl sie sich vorgenommen hatte, ruhig zu bleiben, kochte der Ärger wieder in ihr hoch. Dieser Mann war so unglaublich arrogant, herablassend, nervtötend … einfach grauenhaft.

»Was ist dann das Problem?«, fragte er und ihr wurde bewusst, dass er noch auf eine Erklärung wartete.

»Bei Dorothy ist alles ausgebucht, wie Sie sehr wohl wissen! Ich bin also völlig umsonst durch den Schneesturm hin und her gewandert! Haben Sie eine Ahnung, wie schweinekalt es hier draußen ist?«

»Stimmt, es zieht sehr unangenehm.« Er fröstelte gespielt. »Was soll das heißen, bei Dorothy ist alles ausgebucht?«, fügte er verwirrt hinzu, bevor Beth noch mehr aufbrausen konnte.

Sie stutzte. Hatte er es wirklich nicht gewusst, oder tat er jetzt nur so? »Wegen dieser Eisskulpturen-Meisterschaft ist die ganze Stadt in Aufruhr. Sagen Sie bloß, das haben Sie nicht bemerkt?«, ätzte sie.

»Ach, das.« Er wischte sich müde über die Stirn. »Es ist wirklich nichts mehr frei?« Er wirkte aufrichtig erstaunt.

»Sieht so aus«, brummte Beth ein wenig besänftigt. Er war ihr noch immer nicht sonderlich sympathisch, aber wohl zumindest kein so großes Arschloch, wie sie angenommen hatte. »Kann ich hier ein Zimmer bekommen?«

Er seufzte und gab die Tür frei. »Meinetwegen.«

»Danke.« Triumphierend schritt Beth an ihm vorbei in den dämmrigen Empfangsbereich und nahm die Kapuze vom Kopf, während Richard das Licht anmachte.

Seine Augen weiteten sich überrascht, als sie sich ihm zuwandte. »Wow!«, rief er und klang beinah erschrocken.

»Was ist denn?« Irritiert schaute Beth an sich herunter und hielt erschüttert die Luft an. Hässlich weiße Salzablagerungen zierten ihre wunderschönen, teuren schwarzen Lederstiefel.

»Haben Sie sich mal im Spiegel gesehen?«, unterbrach seine spöttische Stimme ihre Betrachtung der ruinierten Schuhe. »Wenn Sie keinen Panda in ihrem Stammbaum haben, sollten Sie sich lieber mal um Ihr Gesicht kümmern.«

Beth brauchte ein paar Wimpernschläge, um zu begreifen, worauf er anspielte. Dann holte sie rasch ihren Taschenspiegel hervor und schaute hinein. Zwei verschmierte, schwarz umrandete Augen blickten ihr entgegen. Beth spürte, wie ein hysterisches Lachen in ihr aufstieg. Kein Wunder, dass Richard sich erschrocken hatte. Wären ihre Wangen nicht so sehr von der Kälte gerötet, hätte sie als Zombie durchgehen können.

So selbstbewusst wie möglich schlug sie den Taschenspiegel wieder zu. Es würde ohnehin nichts bringen, jetzt im Foyer hektisch auf ihrem Gesicht herumzureiben. Außerdem schien sich niemand neben Richard in diesem Gebäude aufzuhalten. Und was er von ihr hielt, war Beth herzlich egal.

Sie folgte ihm zum Empfangstresen, was er mit hochgezogenen Augenbrauen quittierte, überraschenderweise aber unkommentiert ließ.

»Ihr Name?«, fragte er und holte einen leicht vergilbten Anmeldezettel aus einer Schublade hervor.

»Beth Andrews«, erwiderte sie automatisch. »Was soll das hier? Ich denke, das Hotel ist nicht in Betrieb?«

»Trotzdem möchte ich wissen, wer in meinem Haus wohnt. Stellen Sie sich vor, Sie sind morgen früh weg und plötzlich fehlt hier ein Stift.«

Beth war sich nicht sicher, über wen er sich gerade lustig machte – über sich selbst oder über sie. Da fuhr er schon geschäftig fort. »Wirklich Beth oder Elisabeth?«

»Elisabeth«, gab sie widerstrebend zu. Sie konnte ihren vollen Namen noch nie leiden.

Gewissenhaft fragte Richard alle Punkte auf der Anmeldeliste bis hin zu ihrer Sozialversicherungsnummer ab.

»Brauchen Sie noch meine Schuhgröße oder kann ich endlich ins Zimmer?«, erkundigte sich Beth resigniert.

Er warf einen Blick auf ihre Absätze. »Da wir offensichtlich nicht den gleichen Schuhgeschmack besitzen, wird das nicht nötig sein«, bemerkte er spöttisch.

Beth atmete tief durch. Jetzt hatte er auch noch etwas gegen ihre Stiefel! Dabei wusste sie ganz genau, wie verdammt sexy sie darin aussah. »Kann ich dann bitte den Schlüssel haben?«, forderte sie gereizt.

»Einen Moment noch.« Richard holte einen alten Zimmerplan hervor und studierte ihn aufmerksam.

»Suchen Sie ein freies Zimmer?«, höhnte Beth und schaute sich demonstrativ um. Es war ja nicht gerade so, als herrschte hier großer Andrang.

»Nein. Bloß eins, das möglichst weit von meinen Räumen entfernt ist«, erklärte Richard übertrieben freundlich und tippte auf den Plan. »114!«, verkündete er triumphierend.

Entgeistert starrte Beth ihn an. Das war ja wohl der Gipfel der Unverschämtheit! Andererseits konnte es ihr nur recht sein. Sie legte schließlich auch keinen gesteigerten Wert auf seine Gesellschaft.

»Wie rücksichtsvoll von Ihnen«, säuselte sie zuckersüß.

»Die wenigsten Männer gehen mit ihren Schnarchproblemen so offen um.«

Seine Lippen zuckten, als wollte er etwas sagen, doch er hielt sich zurück. Dieser Punkt ging wohl eindeutig an sie. Zufrieden streckte Beth die Hand aus. »Meinen Schlüssel, bitte.«

Er kramte ihn aus einem kleinen Kästchen hervor. »Die Treppe hoch und bis ganz hinten durch.«

Beth schnappte sich den Schlüssel. Kurz kam ihr der Gedanke an ihren Koffer, der noch immer in ihrem zugeschneiten Wagen lag. Schweren Herzens beschloss sie, ihn diese Nacht dort zu lassen. Um nichts in der Welt würde sie Richard um Hilfe bitten und sie hatte auch keine Lust, für seine Abendunterhaltung zu sorgen, indem sie sich mit dem Schnee und ihrem Gepäck abplagte.

Sie nickte ihm noch einmal kurz zu, drehte sich um und stolzierte die Treppe hinauf.

Kapitel 3

Das Zimmer zu finden, war wirklich nicht schwer. Beth öffnete die Tür, ganz gespannt darauf, was sie dahinter erwarten würde. Inzwischen hatte sich ihr erster Eindruck von dem Hotel bestätigt, es war tatsächlich vollkommen verlassen – und das ergab für Beth einfach keinen Sinn.

Sie fand sich in einem gemütlichen, etwas altmodisch eingerichteten und ziemlich stickigen Zimmer wieder. Auf dem großen, aus massivem Holz gefertigten Bett lag eine geblümte Tagesdecke, der kleine Schreibtisch war mit Stift, Block und einem roten Schokoherzchen bestückt, von dem Beth – angesichts der dicken Staubschicht, die auf allem lag – lieber die Finger lassen wollte.

Sie ging zum Fenster und zog die Vorhänge zur Seite. Staub wirbelte auf und sie musste husten. Hier war schon ewig weder geputzt noch gelüftet worden. Beth öffnete das Fenster, das zum Hinterhof hinausging, und genoss für einen Moment die eisig frische Luft. Der Schneesturm hatte inzwischen nachgelassen. Die Welt schien nur noch aus dem Weiß der Erde und dem Schwarz des Himmels zu bestehen, es war so friedlich, so still.

Und so kalt, wie Beth fröstelnd feststellte. Ihre Beine und Füße waren noch immer klamm. Sie schloss das Fenster und legte ihre Hand prüfend auf den Heizkörper, der zumindest lauwarm war. Mit aller Kraft drehte Beth an dem Ventilknopf und vernahm erleichtert das Rauschen und Gluckern, das sich daraufhin einstellte. Die Heizung funktionierte also halbwegs.

Derart beruhigt, legte sie ihr feuchtes Nachthemd zum Trocknen darüber und machte sich daran, den Rest des Zimmers zu erkunden. Ein Kleiderschrank, der zwei Handtücher und eine zusätzliche Decke enthielt, und ein Kosmetikspiegel vervollständigten die Einrichtung. Beth schnappte sich die Handtücher und trat erwartungsvoll durch die angrenzende Tür.

Das Bad war winzig, dafür sauber und gepflegt. Die Fliesen in Altrosa erinnerten Beth an das Haus ihrer Eltern. Der einzige Wermutstropfen war, dass es keine Badewanne, sondern nur eine Dusche gab. Doch Beth wollte sich nicht beschweren. Solange das Wasser heiß war, war ihr alles recht.

Zuerst musste sie sich allerdings um ihre Mascara kümmern, die vollständig verlaufen war. Beth drehte den Wasserhahn auf und wartete. Es gluckerte ... und blieb trocken. Sie drehte noch stärker auf. Der lange Hahn zuckte und spuckte dann einen Schwall rotbraunes Wasser heraus. Erschrocken sprang Beth zurück. Immer mehr von der rostigen Brühe strömte aus dem Wasserhahn und mit Entsetzen erkannte sie, dass einige Spritzer auch auf ihrem hellen Pulli gelandet waren. Niedergeschlagen schaute Beth sich um. Das konnte alles nicht wahr sein!

Erneut stieg ein hysterisches Lachen in ihr auf und dieses Mal unterdrückte sie es nicht. Langsam sank sie an der Wand entlang zu Boden, presste sich die Hände vors Gesicht und kicherte unkontrolliert, während die Tränen über ihre Wange strömten.

Irgendwann beruhigte sie sich schließlich, die Schluchzer ebbten ab, der Anflug von Selbstmitleid verklang. Sie spürte die Kälte der Fliesen an ihrem Körper und rappelte sich langsam hoch. Zumindest war das Wasser, das nach wie vor aus dem Wasserhahn lief, nun so sauber und klar, wie es sein sollte. Allerdings war es kalt, wie Beth unverzüglich feststellte, als sie ihre Hände darunter hielt. Und ganz egal, was sie ausprobierte, wie sie an den beiden Reglern hin und her drehte, es wurde nicht wärmer.

Zudem meldete sich nun lautstark knurrend ihr Magen. Das Stückchen Apfelkuchen und der Kaffee von Dorothy hatten nicht lange vorgehalten. Und da die Minibar altersbedingt wohl ausfiel, würde sie sich außerhalb etwas Essbares besorgen müssen. Und etwas Heißes zu trinken am besten gleich mit.

Rasch beseitigte Beth die Make-up-Spuren auf ihrem Gesicht, schminkte sich neu und kämmte sich die langen Haare. Dann schnappte sie ihre Handtasche und den Zimmerschlüssel und trat auf den dunklen Flur. Die Holzdielen knarzten unter ihren Füßen und Beth tastete hastig nach dem Lichtschalter. Sie war sonst nicht so empfindlich, aber die Vorstellung, ganz allein mit Richard in diesem großen, leeren Gebäude zu sein, das leise vor sich hin ächzte und knackte, war ziemlich gruselig.

Vorsichtig ging sie die Treppe hinunter und fragte sich plötzlich selbst, wieso sie so schlich. Immerhin war sie nicht verpflichtet, in ihrem Zimmer zu bleiben.

Schnellen Schrittes durchquerte sie das Foyer und drehte schwungvoll am Türknauf. Nichts geschah. Irritiert blieb sie stehen und rüttelte an der Tür. Sie war tatsächlich verschlossen. Entschieden kämpfte Beth den Anflug von Panik nieder, der in ihr aufstieg. Richard war kein Psychopath – zumindest keiner von der gefährlichen Sorte – und sie keine Gefangene. Er hatte die Tür sicherlich nur für die Nacht abgesperrt.

Trotzdem half ihr das nicht weiter. Laut Internet war zwar ein kleiner Supermarkt nur fünf Minuten von hier entfernt, aber solange sie nicht rauskam, konnte der genauso gut auf dem Mond sein. Beths Blick fiel auf ein Fenster und sie verdrängte die absurde Idee, einfach hinauszuklettern. Erstens war sie kein Teenager, der sich heimlich zu einem Date davonschlich, und zweitens war das Risiko, dass Richard das Fenster in ihrer Abwesenheit schloss, viel zu groß. Sie hatte also genau zwei Möglichkeiten. Entweder sie kehrte eingeschüchtert in ihr Zimmer zurück oder sie versuchte, Richard zu finden. Mit dem hatte sie wegen des kalten Wassers ohnehin noch ein Hühnchen zu rupfen.

Eigentlich dürfte er gar nicht so schwer zu finden sein. Ihr

Zimmer war rechts oben, also müsste er seiner Logik zufolge irgendwo links unten hausen.

Beth straffte ihre Schultern und marschierte los. Ihre Absätze klackerten laut auf dem Boden, doch dieses Mal bemühte sie sich nicht darum, leise zu sein. Jäger machten schließlich auch Lärm, um ihre Beute aufzuschrecken. Und sie war zu einer Konfrontation mehr als bereit.

Sie linste in den leeren Speisesaal und wollte schon weitergehen, als ihr ein Lichtschimmer unter einer Tür am anderen Ende des Raums auffiel. Vermutlich lag da die Küche.

Nun, das passte ja gut.

Sie durchquerte den Raum und riss die Tür auf. Sie hatte keine Ahnung, was sie erwartet hatte, aber der Anblick von Richard, der mit einem Pfannenwender in der Hand erschrocken herumfuhr, war es nicht.

»Was tun Sie hier?«, fragte er empört.

Der Duft von Bratkartoffeln stieg Beth in die Nase und ihr Magen knurrte laut. Zum Glück schien Richard das über dem Brutzeln und Zischen in der Pfanne nicht gehört zu haben, denn er funkelte sie weiterhin grimmig an.

»Sie haben mich eingesperrt!«, gab Beth im gleichen Ton zurück. Sie verstand gar nicht, wieso er so auf sie reagierte.

»Ich habe Sie … was?« Er starrte sie an, als hätte sie den Verstand verloren. »Offenbar nicht sehr erfolgreich, immerhin stehen Sie jetzt hier«, fügte er nach einer kurzen Pause brummig hinzu.

»Die Außentür ist abgeschlossen!«, klärte Beth ihn verärgert auf.

»Sie wollen raus?«, fragte er überrascht. »Ich dachte, Sie wären froh, endlich mal drin sein.«

»Darum geht es doch gar nicht!« Wieso musste er ihr jedes Wort im Mund umdrehen? Ach ja, er war Anwalt. Beth schüttelte sich innerlich. »Ich wollte mir etwas zu essen besorgen«, erklärte sie um Ruhe bemüht. Sie würde sich von ihm nicht mehr provozieren lassen. »Es soll hier in der Nähe einen Supermarkt geben.« Sie gab sich einen Ruck. »Oder können Sie mir einen Lieferdienst empfehlen?«

Er deutete auf eine kleine Magnettafel an der Wand, an der mehrere Prospekte hingen. »Suchen Sie sich einen aus.« Dann wandte er sich wieder dem Herd zu und begann seelenruhig, seine Bratkartoffeln zu wenden. Der Mann hatte überhaupt keine Manieren.

Beth ging zur Tafel hinüber und nahm sich die Prospekte zur Hand. Ohne Richard eines weiteren Blickes zu würdigen, verließ sie die Küche und setzte sich an einen der Tische im Speisesaal, bevor sie anfing, die Imbisse abzutelefonieren. Bei den ersten beiden ging nur der Anrufbeantworter dran. Erst beim dritten Versuch hatte Beth endlich einen Menschen in der Leitung. Aber ihre Freude währte nicht lang. Der Mitarbeiter erklärte bedauernd, dass heute Abend keiner mehr irgendwohin fuhr.

Frustriert machte Beth ihr Handy aus und ging zurück in die Küche.

Richard saß an einem kleinen Tisch und aß. Ein dampfender Kaffeebecher stand neben dem Teller und vor ihm lag ein aufgeschlagenes Buch. Es hätte fast heimelig wirken können, wäre der Mann selbst nicht so ein Ekel gewesen.

»Und?«, fragte er, als sie eintrat.

Beth blieb ihm gegenüber stehen. »Wie es aussieht, muss ich zum Supermarkt«, presste sie widerwillig hervor. »Wenn Sie mir also bitte aufschließen würden …«

Er schaute auf seine Armbanduhr. »Oh, dann müssen Sie sich beeilen, der Laden macht in fünf Minuten zu.«

»Das ist jetzt ein Scherz, oder?«

»Leider nein.« Er machte Anstalten, sich zu erheben.

»Sie sind unglaublich, wissen Sie das?«, entfuhr es Beth verbittert. Wie konnte er hier seelenruhig sitzen und essen und sie dabei durch Dunkelheit und Kälte zu einem Laden gehen lassen, der bei ihrem Eintreffen bestimmt geschlossen sein würde?

»Danke.« Er musterte sie belustigt. Das Ganze schien ihm auch noch Spaß zu machen.

»Das war kein Kompliment!«, zischte Beth.

»Und wieso nicht?«

»Das fragen Sie noch?« Sie lachte laut auf. »Sie schicken mich schon zum zweiten Mal in die Kälte, ohne mir auch nur einen Kaffee, geschweige denn irgendeine Art von Hilfe anzubieten!«

»Haben Sie mich denn um Hilfe gebeten? Bisher habe ich jeden Ihrer Wünsche anstandslos erfüllt.«

Beth blinzelte ihn ein paarmal stumm an. Seine Unverschämtheit verschlug ihr die Sprache.

Ungerührt erwiderte er ihren Blick. »Sie fragten nach einer Unterkunft, ich empfahl Ihnen eine Pension. Sie fragten, ob Sie hier übernachten können, ich überließ Ihnen ein Zimmer. Sie fragten nach Lieferdiensten, ich gab Ihnen eine Auswahl …«

Was für ein arroganter Arsch! »Sie drehen sich wohl alles zurecht, wie es Ihnen gerade passt, Sie … Sie *Anwalt*!«

»Autsch!« Er fasste sich ans Herz. »Das klang schon fast nach einer Beleidigung. Und wenn ich wirklich ein Anwalt wäre, wäre ich jetzt womöglich verletzt.«

Beth stemmte die Hände in die Hüften und suchte fieberhaft nach Worten. Noch nie war sie einem Mann begegnet, der sie so wenig zuvorkommend behandelte und sie so sehr auf die Palme brachte. Sie wusste nicht einmal, was sie ihm noch an den Kopf knallen konnte, um ihrem Ärger Luft zu machen.

Er zuckte mit den Schultern und nahm wieder seine Gabel zur Hand. »Ich fürchte, zum Laden werden Sie es tatsächlich nicht mehr rechtzeitig schaffen.«

»Gut.« Beth zog energisch den ihm gegenüber stehenden Stuhl zurück und ließ sich darauf sinken. »Dann hätte ich gern hier etwas zu essen.«

Richards Augenbrauen wanderten verwundert nach oben und er musterte sie kühl.

»Was ist denn?« Beth verschränkte demonstrativ ihre Arme und lehnte sich in dem Stuhl zurück. »Sie haben selbst gesagt, Sie würden mir jeden Wunsch erfüllen.«

»Das habe ich ganz sicher nicht!«, zischte er. Befriedigt nahm Beth zur Kenntnis, wie seine kalte, arrogante Schale einen Riss bekam.

»Aber so gut wie«, gab sie süffisant zurück. »Ich bräuchte offenbar nur zu bitten.«

»Wer ist hier jetzt ein Wortverdreher?«, brummte er so leise, dass sie nicht sicher war, ob sie ihn richtig verstanden hatte. Er legte seine Gabel ab und schaute Beth unverwandt in die Augen. »Sie mögen sich für eine kleine Prinzessin halten, die nur mit dem Finger zu schnippen braucht. Doch hier läuft die Sache anders. Wenn Sie Hunger haben – die Pfanne steht auf dem Herd und Teller sind im Schrank daneben. Ich werde Sie auf keinen Fall bedienen.«

Irritiert starrte Beth ihn an. *Kleine Prinzessin?* Der hatte sie nicht mehr alle! Wie kam er auf diesen Schwachsinn? Sie mochte vieles sein, aber ganz sicher kein unselbstständiges Püppchen.

Sie stand auf und ging demonstrativ an Richard vorbei zum Herd. Es hatte keinen Sinn, sich weiter mit ihm zu streiten. Was er von ihr dachte, war ohnehin irrelevant. Sie schaufelte sich eine großzügige Portion auf den Teller und goss sich einen Becher voll Kaffee ein, dann ging sie zurück zum Tisch.

Richards Augen weiteten sich überrascht, als er den Berg Bratkartoffeln auf ihrem Teller entdeckte. »Okay, das mit der Prinzessin nehme ich zurück.«

Beth schoss ihm einen vernichtenden Blick zu und zuckte bloß mit den Schultern. »Wer weiß, ob ich morgen früh was zu essen bekomme.«

Er schnaufte leicht und widmete sich wieder seiner Mahlzeit.

Eine Zeit lang aßen sie schweigend vor sich hin. Da Richard ihr direkt gegenübersaß, sprang die wulstige Narbe auf seiner Wange Beth förmlich entgegen. Richard wäre auch ohne sie definitiv kein Schönling, dazu war sein Gesicht zu eckig, zu markant. Doch diese Narbe entstellte ihn vollkommen, machte seinen Anblick regelrecht unangenehm. Beth bemühte sich, nicht darauf zu achten, trotzdem blieben ihre Augen immer wieder daran hängen. Schließlich senkte sie den Kopf und schaute starr auf ihren Teller.

»Nun fragen Sie schon.«

Richards dunkle Stimme ließ Beth erschrocken zusammenzucken. »Was soll ich fragen?«

»Ich merke, wie Sie meine Narbe anstarren. Das machen alle Leute. Fragen Sie einfach, dann haben wir es hinter uns.«

»Okay.« Beth schaute ihm fest ins Gesicht. »Wieso lassen Sie die nicht wegmachen? Heutzutage sollte das kein Problem sein.«

»Wow.« Er klang aufrichtig überrascht, fast schon erschüttert. »Ich hätte nicht gedacht, dass das möglich ist.« Er schüttelte ungläubig den Kopf.

»Dass was möglich ist?«, fragte Beth irritiert nach.

»Dass Sie noch oberflächlicher sind, als ich angenommen habe«, erwiderte er mit verletzender Ehrlichkeit.

Beth presste empört die Lippen zusammen. Obwohl sie es nicht wahrhaben wollte, hatten seine Worte sie getroffen. So würdevoll wie möglich stand sie auf. »Ich glaube, mir reicht's für heute«, sagte sie und nahm ihren halb vollen Becher. Ohne noch etwas hinzuzufügen, drehte sie sich um und verließ die Küche.

Richard sah zu, wie sich die Tür hinter seiner unwillkommenen Mitbewohnerin schloss, und verspürte den Anflug schlechten

Gewissens. Er hatte sie nicht beleidigen wollen. Zumindest nicht *so* sehr. Sie hatte ihn einfach überrascht, obwohl er das nicht für möglich gehalten hätte. Fast alle Menschen starrten ihn an – daran hatte er sich in dem vergangenen Jahr bereits gewöhnt. Die meisten wollten wissen, ob es noch wehtat oder woher die Narbe kam. Seit Carol hatte ihn niemand mehr gefragt, wieso er sie nicht einfach entfernte.

Nein, das stimmte nicht ganz. Carol hatte nicht gefragt, sie hatte es gefordert.

Müde wischte sich Richard über das Gesicht. Die Begegnung mit dieser Beth hatte ihm eindrücklich vor Augen geführt, dass es richtig gewesen war, Chicago den Rücken zuzukehren. Dieses Leben hatte er endgültig hinter sich gelassen. Das ganze scheinheilige Getue, die Jagd nach Ansehen, Geld, Erfolg, diese Oberflächlichkeit, sie widerte ihn an.

Und doch hatte Beths Erscheinen ihn stärker aufgewühlt, als er es wahrhaben wollte. Als er sie in ihren engen High-Heel-Stiefeln, der lässig gebändigten roten Mähne und dem perfekten Make-up im Gesicht um ihr Auto hatte herumkommen sehen, war sie ihm wie ein Sinnbild seiner Vergangenheit erschienen. Selbst für ihren Ausflug in den winzigen Supermarkt hatte sie sich vorhin noch einmal komplett gestylt. Als ob die halb blinde Mrs. Benson irgendetwas davon mitbekommen würde.

Durch Beths Gegenwart fühlte sich Richard schlagartig zwölf Monate zurückversetzt. Hatte die verständnislosen Gesichter seiner Freunde, seiner *Ehefrau* vor Augen, die sich von ihm abwandten, ihn für verrückt erklärten, weil er es wagte, ihren Sumpf zu verlassen.

Vielleicht war er auch verrückt. Vielleicht maß er diesem einen, schicksalhaften Abend vor etwas über einem Jahr, an den die Narbe in seinem Gesicht ihn für immer erinnern würde, zu viel Bedeutung zu. Doch er konnte nicht anders.

Beth lehnte sich von innen gegen die Zimmertür und nahm einen Schluck von dem inzwischen nur noch lauwarmen Kaffee. Richards Worte wurmten sie noch immer.

Sie war *nicht* oberflächlich. Sie hatte lediglich eine ganz berechtigte Frage gestellt. Und dieser Richard hatte keine Ahnung! Weder von ihr oder ihrem Leben noch von irgendetwas sonst. Er hockte in einer verlassenen Absteige in einem winzigen Kaff. Beth schnaubte abfällig. Vermutlich war das seine Definition von Tiefsinn.

Sie wischte sich über das Gesicht in dem Versuch, jeden weiteren Gedanken an diesen furchtbaren Menschen abzuschütteln. Zumindest hatte er ihr ein Dach über dem Kopf, ein Bett und etwas zu essen gegeben. Dafür sollte sie ihm dankbar sein. Alles andere war nicht von Belang und spätestens übermorgen wieder vergessen.

Beth ging ins Bad, um sich für die Nacht fertigzumachen. Sie hatte die Hand bereits am Wasserhahn, als es ihr wieder einfiel. So ein Mist! Sie hatte vergessen, Richard nach dem warmen Wasser zu fragen. Jetzt würde sie auf keinen Fall wieder zu ihm runtergehen. Nicht, nachdem er sie so beleidigt hatte. Außerdem würde er sich ohnehin nur wieder über sie lustig machen. Und darauf konnte sie getrost verzichten.

Beth gähnte hinter vorgehaltener Hand. Der Kaffee und das Essen wärmten sie angenehm von innen und die Heizung im Schlafzimmer bullerte behaglich vor sich hin. Sie würde wohl auch ohne Dusche auskommen.

Rasch putzte sie die Zähne und wusch sich das Gesicht. Dann zog sie sich ihr vorgewärmtes Nachthemd über und kroch unter die Decke. Der leicht muffige Geruch kitzelte noch einige Minuten lang ihre Nase, dann gewann die Müdigkeit die Oberhand und Beth glitt in einen tiefen Schlaf.

Kapitel 4

Beth öffnete die Augen und blinzelte. Um sie herum herrschte fast vollkommene Dunkelheit. Sie gähnte und angelte nach ihrem Handy. Sieben Uhr, Zeit zum Aufstehen.

Unglaublich, wie sehr die Gewohnheit sie festhielt.

Beth legte das Telefon weg und drehte sich auf die andere Seite. Sie hatte keinen Grund, sich zu beeilen. Es wartete niemand im Büro auf sie. Es gab nicht einmal mehr ein Büro, in dem man auf sie warten konnte. Die Ereignisse der letzten Tage stürmten auf sie ein und seufzend presste sie ihr Gesicht in das Kissen. Sie hatte keinen Job mehr, ihr Auto war kaputt und sie konnte nicht einmal eine Dusche nehmen.

Bevor sie noch mehr in Selbstmitleid versinken konnte, setzte Beth sich entschlossen auf. Zumindest den letzten Punkt konnte sie direkt in Angriff nehmen. Da Richard in diesem Haus lebte, musste es hier irgendwo ein funktionierendes Badezimmer geben. Und das würde sie benutzen, selbst wenn sie Richard dafür persönlich aus dem Bett schmeißen musste. Sie spürte, wie ihr Puls bei dem Gedanken an die Begegnung mit ihm augenblicklich in die Höhe schnellte, und zig mögliche Szenarien schossen ihr in den Sinn. Welche Gemeinheit würde Richard ihr wohl heute an den Kopf knallen? Und wie könnte sie adäquat darauf reagieren?

Trotz des leichten Unbehagens und der Anspannung, die sie bei der Aussicht auf eine weitere Begegnung mit ihm erfüllten, spürte sie auch so etwas wie Vorfreude – oder Ehrgeiz –, wie sie überrascht feststellte. Sie war fest entschlossen, sich heute von ihm nicht aus der Ruhe bringen zu lassen und das letzte Wort zu behalten.

Rasch putzte Beth sich die Zähne und kämmte sich durch

die Haare. Der Blick in den Spiegel war überaus ernüchternd. Egal, wie sie ihre Haare drehte und knotete, sie hingen wie ein verklebter Mopp an ihrem Gesicht herunter. Schließlich gab Beth es auf und wandte sich vom Spiegel ab. Es ging immerhin nicht um einen Schönheitswettbewerb, sondern um eine Auseinandersetzung mit Richard, einem Mann, der anscheinend glaubte, dass nur mürrische und hässliche Menschen eine Persönlichkeit besitzen konnten.

Bei dieser Erkenntnis erwachte ihr Trotz. Beth presste entschlossen die Lippen zusammen. Sie würde sich Richards Einstellung nicht beugen. Es war *ihr* Äußeres und sie allein entschied, wie sie sich wohlfühlte und wie nicht. Und das sagte *nichts* darüber aus, wie sie im Inneren war.

Sie schnappte sich erneut die Bürste und machte sich daran, ihre Haare zu flechten.

Zwanzig Minuten später schaute ihr eine bildhübsche Frau aus dem Spiegel entgegen. Die Haare lagen in einer schlichten Flechtfrisur ordentlich an ihrem Hinterkopf, die Augen strahlten regelrecht unter den langen, schwarzgetuschten Wimpern hervor und ihre Lippen schimmerten in einem leichten Roséton. Es war eigentlich schade, das Werk gleich unter der Dusche wieder zunichtemachen zu müssen. Aber wenn sie Richard damit ein wenig provozieren könnte, war ihr das recht. Sie schnappte sich ihre Kosmetiktasche und verließ das Zimmer.

Sicherheitshalber probierte Beth auf dem Flur zunächst die Nachbartüren aus. Vielleicht hatte eins der anderen Zimmer eine funktionierende Dusche. Doch sie waren alle verschlossen, daher machte sie sich auf den Weg nach unten.

Als sie an der Rezeption vorbeiging, fiel Beth die kleine Tür auf, durch die Richard am Vortag mit der Nummer des Abschleppdienstes gekommen war. Ohne groß darüber nachzudenken, huschte sie hindurch.

Sie fand sich in einem kleinen, peinlich aufgeräumten Büro

wieder, das – wie der Rest des Hauses – unbenutzt schien. An den Wänden standen Regale mit Aktenordnern und Ablagefächern, ansonsten wirkte der Raum leblos und kalt. Bis auf eine Tür in der linken Wand, unter der ein gelblicher Lichtschein durchschimmerte.

Unsicher ging Beth darauf zu. Die Absätze ihrer Stiefel klapperten und plötzlich fühlte sie sich wie ein Eindringling. Vorsichtig machte sie die Tür auf und spähte hinein.

Vor ihr lag ein kleiner Flur, von dem rechts und links weitere Türen abgingen. Dieser Teil des Gebäudes war eindeutig bewohnt. Es war deutlich wärmer als im Rest des Hauses und die Luft roch frisch nach Schnee und Kaminfeuer, als hätte man gerade erst gelüftet. »Hallo!«, rief Beth leise und klopfte gegen den Türrahmen. »Richard? Sind Sie da?«

Sie lauschte, doch es kam keine Antwort. Langsam ging Beth den Flur entlang und warf einen neugierigen Blick durch eine der Türen. *Dieses* Büro wurde eindeutig benutzt. Auf dem Schreibtisch türmten sich Ausdrucke und Notizzettel, dazwischen lag ein schwarzer Laptop, der Papierkorb quoll förmlich über. Fasziniert trat Beth näher und betrachtete den bedruckten Stapel, der ganz obenauf lag. Es war ein Dialog zwischen einem Mann und einer Frau – wie ein Teil mitten aus einem Buch. Hastig überflog sie die Zeilen, blätterte weiter und las das nächste Blatt, bevor sie es kopfschüttelnd wieder zurücklegte. Was auch immer das war, es war nicht besonders gut.

Irgendwo erklang ein kratzendes Geräusch und Beth zuckte erschrocken zusammen. Sie sollte zusehen, dass sie die Dusche oder zumindest Richard fand. Er würde bestimmt nicht erfreut darüber sein, wenn sie in seinen Sachen herumschnüffelte. Im Vorbeigehen warf sie einen Blick in ein recht gemütlich, wenn auch altmodisch eingerichtetes Wohnzimmer, drückte schließlich die letzte Tür auf und erstarrte. Richards Schlafzimmer lag nun vor ihr. Zum Glück war es leer, doch der überaus männliche Duft nach Zedernholz und Moschus, der noch immer in der

Luft lag und vermutlich von Richards Aftershave oder Deo-spray stammen musste, verriet, dass das Zimmer noch nicht lange verwaist war. Unwillkürlich sog Beth den angenehmen Duft tief ein. Wieso war ihr nicht vorher aufgefallen, wie gut dieser Mann roch?

Weil er ein Scheusal war, deshalb, rief sie sich unverzüglich in Erinnerung. Dennoch konnte sie der Versuchung nicht widerstehen, mehr über ihn herauszufinden.

Beth trat durch die Tür. Dieser Raum steckte voller Widersprüche. Schwarze Satinbettwäsche lag unordentlich zerwühlt auf einem breiten, antik anmutenden Holzbett, das mit kunstvollen Schnitzereien verziert war. Über der filigranen Kommode hing statt eines Spiegels ein Flachbildfernseher an der Wand. Und die geblümten Vorhänge vor dem Fenster waren achtlos zur Seite geschoben, stattdessen war ein dunkles Rollo halb heruntergezogen worden. Entweder lebte Richard noch gar nicht so lange hier, oder er hatte einen äußerst merkwürdigen Einrichtungsgeschmack.

Beths Blick blieb an einer engen Retroshorts am Fußende des Bettes hängen. Hatte er etwa darin geschlafen? Sie schluckte und wandte hastig ihre Augen ab. Auf einmal fühlte es sich viel zu intim an, in seinem Schlafzimmer zu stehen und in seinen Privatsachen zu schnüffeln. Manche Dinge wollte sie lieber nicht wissen. Und dazu gehörte die Vorstellung, wie Richard nur mit einer Boxershorts bekleidet aussah. Jemand, der so wenig Wert auf sein Äußeres legte, war unbekleidet bestimmt kein besonders erfreulicher Anblick. Beth versuchte, sich zu erinnern, wie sein Körper auf sie gewirkt hatte, doch der Rollkragenpulli hatte nicht viel zu erkennen gegeben – bis auf die Tatsache, dass Richard groß und breitschultrig war. Außerdem hatte sein Gesicht ihre ganze Aufmerksamkeit auf sich gezogen.

Jetzt dachte sie schon wieder über ihn nach!

Entschieden marschierte sie an dem Bett vorbei zu der Tür,

die sie im Hintergrund erspäht hatte und die hoffentlich zu einem funktionierenden Badezimmer führte.

Sie hatte Glück.

Das Bad war etwas größer als in ihrem Zimmer und besaß neben der Dusche tatsächlich eine Badewanne. Jetzt war ihr allerdings nicht nach einem entspannten Bad zumute. Nicht, wenn Richard jeden Moment zurückkommen konnte und der Abschleppdienst bestimmt auch schon unterwegs war.

Hastig verriegelte Beth die Tür hinter sich, zog sich aus und stieg unter die Dusche. Das heiße Wasser, das daraufhin ihren Körper umhüllte, war eine wahre Wohltat. Sie seufzte genüsslich und ließ sich von den warmen Strahlen ausgiebig massieren. Dann seifte sie sich Haare und Körper ein, stellte sich erneut unter die Dusche und schloss die Augen. Das tat einfach nur gut.

Schließlich, als die ganze Duschkabine von warmen Dampfschwaden erfüllt war, drehte Beth das Wasser ab. Sie fühlte sich wohlig, belebt und erfrischt. Und irgendwie zögerte sie, sich wieder der kalten, großen Welt zu stellen.

Natürlich konnte sie sich nicht ewig in Richards Dusche verstecken, vor allem, weil ihr Besitzer über kurz oder lang zurückkommen würde.

Beth schlang sich ein Handtuch um die Haare und ein anderes um den Körper und angelte nach ihrer Kleidung. Gern hätte sie etwas Frisches angezogen, aber ihre Klamotten lagen noch immer unter Tonnen von Schnee begraben im Kofferraum ihres Wagens.

Sie rubbelte sich – in Ermangelung eines Föhns – gerade die Haare mit dem Handtuch trocken, als sie draußen Schritte vernahm. So ein Mist! Hätte Richard nicht noch zehn Minuten wegbleiben können? Beth spürte, wie all die Entspannung schlagartig von ihr abfiel und sie automatisch in den Gefechtsmodus überging. Es war unglaublich, welche Wirkung dieser Mann auf sie hatte. Sie konnte sich an keinen erinnern, der sie allein durch seine Anwesenheit schon auf 180 bringen konnte.

Schnell bürstete sie sich die feuchten Haare und legte zumindest Mascara und eine Spur von Lipgloss auf. Dann schlüpfte sie in ihre Stiefel, wappnete sich und öffnete die Tür.

Das erste, was sie sah, waren ein nackter Männerrücken, eine tief sitzende Jeans und ein überaus knackiger Hintern. Dann fuhr Richard alarmiert herum. Seine Jeans stand offen, anscheinend war er gerade dabei, sich auszuziehen. Beths Augen wanderten von seinen langen, kräftigen Fingern, die gerade an den Knöpfen des Hosenstalls lagen, über den dunklen Flaum auf seinem bemerkenswert flachen Bauch bis zu den wohl definierten Muskeln seiner Brust. Sie nahm alles zurück. Er bot einen *überaus* erfreulichen Anblick. Zumindest unterhalb seiner Kinnlinie.

Beth schluckte und riss den Blick zu Richards Gesicht hoch, das sich zunehmend verfinsterte. »Was tun Sie hier?!«, zischte er und schloss hastig den obersten Hosenknopf.

»Ähm. Duschen.« Beth setzte ein schnelles Lächeln auf. Ihre Gedanken rasten. Wo waren bloß all die schlagfertigen Antworten geblieben, die sie sich zurechtgelegt hatte?

»Duschen?« Er zog sarkastisch eine Augenbraue hoch. »Und eines der übrigen zwanzig Badezimmer in diesem Haus hätte es nicht getan?«

»Nein«, erwiderte Beth kühl und verschränkte die Arme. Allmählich kam ihre Selbstsicherheit zurück. Seiner arroganten Seite konnte sie problemlos Paroli bieten und solange sie sich auf sein Gesicht konzentrierte, brachte sie sein halb nackter Anblick auch nicht zu sehr aus dem Konzept. »Neunzehn dieser Bäder sind nämlich hinter verschlossenen Türen und zumindest im zwanzigsten fehlt das heiße Wasser!«

»Oh.« Er stockte kurz, fing sich aber schnell wieder. »Und da fällt Ihnen nichts Besseres ein, als ungefragt in meine Wohnung einzudringen?«

»Ich habe geklopft«, rechtfertigte sie sich. »Was kann ich dafür, wenn Sie nicht da sind? Die Tür war immerhin nicht abgeschlossen.«

»Das war bisher auch nicht nötig«, brummte er.

Dann ging sein Blick an ihr vorbei zu der offenen Badezimmertür. »Wie lange haben Sie geduscht?«, fragte er mit einem merkwürdigen Unterton in der Stimme.

Beth schnaufte. »Keine Ahnung. Zehn oder fünfzehn Minuten vielleicht.« Was war das denn für eine Frage? Wollte er sich etwa genau ausmalen, was sie unter der Dusche gemacht hatte?

»Na super!« Er verzog verärgert das Gesicht. »Als Dank dafür, dass ich direkt nach dem Einkaufen in der Eiseskälte Ihr Auto freigeschaufelt habe, haben Sie das ganze heiße Wasser verbraucht und ich darf mich jetzt mit einer kalten Dusche begnügen.«

»Sie haben mein Auto freigeschaufelt?«, entfuhr es Beth überrascht. Das war eine wirklich nette Geste von ihm. Damit hätte sie nicht gerechnet.

»Ja. Ich wollte nicht riskieren, dass Tommy Ihren Wagen stehen lässt, wenn er nachher mit dem Abschlepper hier auftaucht. Dann werde ich Sie ja gar nicht los.«

Okay, so viel dazu.

»Keine Sorge, ich lege auch keinen gesteigerten Wert auf Ihre Gesellschaft.« Sie lächelte ihn übertrieben liebenswürdig an.

»Dann ist ja gut.« Seine Mundwinkel zuckten und Beth bekam immer mehr das Gefühl, dass er – warum auch immer – möglicherweise mit Absicht ein Ekel spielte.

Draußen ertönte ein lautes Hupen.

»Das wird Tommy sein«, erklärte Richard erleichtert.

»Dann will ich Sie nicht länger belästigen.« Sie zögerte. »Was kriegen Sie eigentlich für das Zimmer?«

Er stockte überrumpelt, schien kurz darüber nachzudenken und schüttelte schließlich den Kopf. »Vergessen Sie es einfach. Das Hotel ist schließlich geschlossen.«

Die Frage, was er hier dann überhaupt tat, lag Beth auf der

Zunge. Es hupte erneut. »Danke.« Beth hob zum Abschied grüßend die Hand und hastete hinaus.

Ein junger Mann mit einer tief in die Stirn gezogenen Strickmütze stand ungeduldig vor ihrem Wagen.

»Guten Morgen!«, grüßte Beth und stellte sich neben ihn. »Und, was sagen Sie?«, fügte sie mit einem Blick auf die eingedrückte Front des Autos hinzu.

Nachdenklich kratzte der Mann sich an der Stirn. »Sieht nicht gut aus«, sprach er dann den gefürchteten Satz.

»Es ist doch nur ein kleiner Blechschaden«, wandte Beth hoffnungsvoll ein. »Und ganz perfekt muss es gar nicht aussehen. Wenn Sie ihn ein bisschen ausbeulen, reicht es völlig aus. Hauptsache, er fährt.« Sie merkte, wie sie ins Plappern geriet.

Tommy störte sich nicht daran. »Darf ich unter die Haube gucken?«, fragte er.

»Sicher.«

Eine Zeit lang leuchtete er mit der Taschenlampe um den Motorblock herum und zupfte an dem einen oder anderen Schlauch.

»Und?«, wiederholte Beth nervös.

»Genaueres kann ich erst in der Werkstatt sagen. Ich fürchte, der Kühler hat einiges abgekriegt. Den werden wir wohl ersetzen müssen.«

»So heiß ist es gerade ja nicht. Geht es nicht auch ohne?«, fragte Beth nur halb im Scherz. Im Kopf überschlug sie bereits ihre Finanzen. Eine größere Reparatur würde ein erhebliches Loch in ihre Rücklagen reißen.

Tommy schenkte ihr einen Blick, aus dem deutlich hervorging, dass er an ihrem Verstand zweifelte. Und Beth beschloss, sich mit ihren Vorschlägen zukünftig zurückzuhalten. »Wie lange wird es dauern?«, fragte sie. »Ich möchte heute noch gern weiterfahren.«

Tommy lachte ungläubig auf. »Genauso gut können Sie sich

vornehmen, noch heute zum Mond zu fliegen. Dieses Schätzchen hier fährt nirgendwohin. Zumindest nicht in den nächsten paar Tagen.«

»Was soll das heißen?« Beth krallte sich in seinem Arm fest.

»Das heißt, dass ich mit meinem Lieferanten telefonieren und zusehen muss, dass ich die richtigen Teile bekomme. Und da heute bereits Freitag ist, wird es vor Montag definitiv nicht klappen.«

»Soll das heißen, ich stecke hier für die nächsten drei Tage fest?«, entfuhr es Beth schockiert.

»Zumindest tut das Ihr Wagen. Also, wie sieht es aus? Soll ich ihn mitnehmen?«

Hilflos schaute Beth sich um. Sie fühlte sich mit der Situation überfordert. Aber sie hatte wohl keine andere Wahl. »Ja, bitte.«

»Gut.« Tommy holte ein paar Formulare aus seinem Wagen. »Dann müssen wir nur noch das hier ausfüllen.« Er vermerkte das Kennzeichen und die Automarke. »Ich brauche Ihren Namen, Ihren Führerschein, die Handynummer und ein paar Unterschriften.«

Nachdem alle Formalitäten geklärt waren, reichte Tommy ihr eine Kopie der Formulare im Austausch gegen den Autoschlüssel.

Der Motor jaulte protestierend auf, als sich der Wagen ruckelnd in Bewegung setzte und Tommy ihn auf die Auffahrrampe manövrierte.

»Halt! Stopp!«, rief Beth plötzlich erschrocken aus. »Mein Koffer!« Den hätte sie ja beinah vergessen.

Tommy hielt noch mal an, stieg aus und half ihr, das Ding hinauszuwuchten. »Jetzt haben Sie alles?«, vergewisserte er sich amüsiert.

»Ja«, stimmte Beth ihm peinlich berührt zu.

»Gut. Ich rufe Sie an, sobald wir etwas Genaueres wissen.

Und falls Sie hierbleiben, viel Spaß in Silver Creek. Dies ist ein ganz besonderes Wochenende.«

»Davon habe ich schon gehört.« Ob es wirklich so spaßig werden würde, blieb allerdings abzuwarten.

Beth sah ihrem kleinen Auto auf der Ladefläche des großen Abschleppers so lange nach, bis es hinter einer Kurve verschwand. Dann packte sie resigniert den Griff ihres Koffers. Wie es aussah, hatte sie sich zu voreilig von Richard verabschiedet.

Als hätten ihre Gedanken ihn herbeigezaubert, trat dieser genau in dem Moment durch die Eingangstür. Er trug einen warmen Hoodie mit der Kapuze auf dem Kopf. Offenbar hatte er geduscht, denn seine Haarspitzen, die unter der Kapuze hervorlugten, wirkten feucht. Der Ausdruck, mit dem er Beth und ihren Koffer musterte, war nicht gerade erfreut.

»Sieht nicht gut aus, was?«, kommentierte er, als er näher trat. In der Hand hielt er einen dampfenden Kaffeebecher, an dem er vorsichtig nippte. Selbstverständlich hatte er nicht daran gedacht, ihr ebenfalls einen rauszubringen.

»Meinen Sie für mich oder für Sie?«, erkundigte Beth sich schnippisch. Da sich an der Zimmersituation in der Stadt über Nacht kaum etwas geändert hatte, wollte sie lieber direkt klarstellen, dass sie vorerst *nicht* auszog.

Er verzog das Gesicht. »Für beide. Ich nehme doch an, dass Sie mich noch weiter mit Ihrer Anwesenheit beläst... Ich meine natürlich be*ehren*«, korrigierte er sich. Zumindest erhob er keine Einwände.

»Sieht ganz so aus«, stimmte Beth ihm ungerührt zu.

Richard trat näher an den Poller heran, gegen den ihr armer Wagen gekracht war. »Wenigstens ist das Ding hier stehen geblieben.« Sie hörte die Belustigung, den Sarkasmus in seiner Stimme.

Aufmerksam sah Beth sich ebenfalls die schmale Steinsäule an. »So alt sieht sie gar nicht aus.«

Er hockte sich hin und schaufelte den Schnee am Fuß der Steins zur Seite. »Wie können Sie so etwas bloß sagen? Sehen Sie nicht diese Tafel?«

Beth beugte sich näher heran. Ein kleines Metallschild mit der Jahreszahl 1793 war an der Säule befestigt.

»Es fehlt nur noch eine große Tafel: *An diesem Poller band Jeffrey Reed in einer schicksalhaften Nacht vor über 200 Jahren auf dem Weg nach Lake Michigan sein lahmes Ross an. Und weil das Tier in der Nacht verendete, beschloss er, direkt hierzubleiben.*«

»Sie nehmen diese Geschichte wohl nicht besonders ernst?«, fragte Beth.

Er lachte auf. »Wie soll man das denn? Seien wir mal ehrlich, wenn Mr. Reed auf seiner Reise tatsächlich irgendwo sein Pferd angebunden hat, hätte er dafür wohl einen Baum verwendet. Von mir aus auch einen Holzpflock. Wo um alles in der Welt sollte er eine behauene Steinsäule hernehmen?«

Beth räusperte sich. »Haben Sie diesen Einwand schon mal vorgebracht?«

»Unzählige Male. Aber es führt zu nichts.«

»Dann lassen Sie den Leuten ihren Spaß. Was ist denn dabei?« Solange sie nicht für die Reparatur des Stücks aufkommen musste, fand Beth die Geschichte eigentlich ganz nett.

Richard musterte sie einen Moment lang interessiert, dann wandte er den Kopf ab. »Hat Tommy gesagt, wie lange das mit Ihrem Wagen dauern würde?«

»Ähm, ja«, stammelte Beth von dem plötzlichen Themenwechsel überrumpelt. »Bis Montag auf jeden Fall.«

Richard wischte sich über das Gesicht und nickte resigniert.

»Ich bringe dann mal meinen Koffer nach oben«, sagte Beth schnell, bevor er es sich anders überlegte.

»Tun Sie das. Der Himmel zieht nämlich wieder zu und ich möchte Ihr Gepäck nicht auch noch freibuddeln müssen.«

Beth packte den Griff mit beiden Händen und zerrte den

Koffer mühsam einen Schritt nach vorn. Die Rollen halfen ihr auf dem zugeschneiten Bürgersteig herzlich wenig.

Richard schaute ihr seelenruhig dabei zu.

»Sie wollen mir wirklich nicht helfen?« Beth ließ den Koffer los und schaute ihn entgeistert an.

»Sie haben mich nicht um …«

»Hilfe gebeten, ja, ja, ich weiß. Aber jeder normale Mann würde in dieser Situation seine Hilfe anbieten!«

Er zuckte mit den Achseln. »Meines Erachtens gibt es zwei Gründe, die Männer zu diesem Handeln bewegen. Und keiner davon trifft auf mich zu.«

»Und die wären?«

»Entweder ist man ernsthaft verliebt …«

»Oder?«

»Man möchte die Frau ins Bett kriegen.« Er zog die Stirn kraus. »Genau genommen laufen sogar beide Ansätze auf das Gleiche hinaus.«

Beth blinzelte ihn erstaunt an. »Das ist nicht wahr! Es gibt auch Männer, die einfach nur nett sind.«

»Nett?« Er zog skeptisch die Augenbrauen hoch.

»Soll es geben.« Sie hielt seinem Blick stand. »Könnten Sie auch mal versuchen.«

Von einem Moment auf den anderen verschloss sich sein Gesicht. »Das habe ich schon, hat nicht funktioniert.« Er seufzte und streckte seine Hand nach ihrem Koffergriff aus. »Jetzt geben Sie schon her, bevor wir hier festfrieren.«

»Danke.« Beth presste die Lippen zusammen, um ihr Lächeln zu verbergen. Ging doch.

»Ich mache das nur, weil Sie mir sonst einen ganzen Schneeberg mit ins Foyer schleppen würden.«

»Selbstverständlich.« Grinsend beeilte Beth sich, ihm zu folgen.

Es war erstaunlich, mit welcher Leichtigkeit er mit dem schweren Koffer hantierte. Die Muskeln, die sie vorhin an ihm bewundern konnte, waren also nicht nur Schau. Sie schüttelte den Kopf, um diese lästigen Gedanken zu vertreiben.

»Wie sieht es aus, bekomme ich auch einen Kaffee?«, fragte sie keck, als er den Koffer vor ihrem Zimmer abgestellt hatte.

»In der Küche müsste noch genug sein. Und ich glaube, ein Brötchen fliegt da auch irgendwo rum.«

Er hatte also nicht nur an sich gedacht. »Wollen Sie mir nicht Gesellschaft leisten?«, fragte Beth, bevor sie richtig darüber nachdenken konnte.

Er stockte überrascht. »Ich denke nicht«, sagte er schließlich entschieden. »Die Arbeit wartet.«

»Sie gehen nicht zu dem Fest?«

»Nein.«

»Ich dachte, das wäre das Highlight des Jahres.«

»Für Menschen, die sich gern den Hintern abfrieren, während sie anderen dabei zusehen, wie sie verzweifelt versuchen, irgendeine erkennbare Form in einen Eisblock zu hauen, ist es das bestimmt.« Er zog die Kapuze vom Kopf und fuhr sich durch die feuchten Haare. »Mir persönlich hat die eiskalte Dusche bereits gereicht.«

Er sagte das ganz ohne Vorwurf und Beth verspürte den Anflug eines schlechten Gewissens. Außerdem konnte sie nicht leugnen, dass er sie neugierig machte. Er steckte ebenso voller Widersprüche wie das Zimmer, das er bewohnte.

Wieso war er überhaupt in Silver Creek, wenn er mit der Stadt und ihren Traditionen offenbar so wenig anfangen konnte? Was machte er hier in diesem großen, leeren Hotel?

»Ach, kommen Sie«, hörte sie sich selbst plötzlich sagen. »Trinken Sie noch einen Kaffee, zum Aufwärmen. Ihre Arbeit kann sicher noch zehn Minuten warten.«

Er zögerte kurz. »Wieso eigentlich nicht?«

»Danke, dass Sie mir auch eins mitgebracht haben«, sagte Beth, während sie das knusprige Brötchen aufschnitt.

»Wer sagt denn, dass es für Sie war?«, sagte Richard mürrisch, doch seine dunklen Augen blitzten vergnügt.

Beth wusste inzwischen, dass er sie damit nur aufziehen wollte, und ging nicht mehr darauf ein. »Dann eben danke, dass Sie Ihre knappen Vorräte mit mir teilen.«

»Ich kann Sie ja schlecht verhungern lassen. Und ich wollte mir keine weitere Schimpftirade darüber anhören müssen, dass ich Sie noch vor dem Frühstück in die Kälte hinausjage.« Er legte den Kopf schief und musterte Beth aufmerksam. »Sind Sie eigentlich immer so … temperamentvoll?«

»Temperamentvoll?«, entfuhr es ihr verdutzt. »Nein, eigentlich nicht. Normalerweise bin ich ein freundlicher und umgänglicher Mensch.« Normalerweise wurde sie allerdings auch besser behandelt.

»Oh, dann liegt es wohl an mir.«

Beth biss demonstrativ in ihr Brötchen. Was sollte sie auch darauf erwidern? »Was tun Sie eigentlich? Beruflich, meine ich«, wechselte sie rasch das Thema.

Er zögerte. »Ich bin Autor«, sagte er schließlich.

Ups! Dann stammte der grauenhafte Text, den sie in seinem Büro gefunden hatte, tatsächlich von ihm? Beth bemühte sich um einen neutralen Gesichtsausdruck. »Kenne ich vielleicht schon etwas von Ihnen?«, fragte sie, obwohl sie sich hundertprozentig sicher war, dass die Antwort Nein lautete.

Richard räusperte sich. »Ich habe noch nichts veröffentlicht. Ich schreibe gerade an meinem ersten Roman.«

Das erklärte natürlich einiges. Beth nickte möglichst aufmunternd. Gleichzeitig wurde ihr bewusst, dass seine Aussage mehr Fragen aufwarf, als sie beantwortete. Er war mindestens Mitte dreißig und irgendwie konnte sie sich nicht vorstellen, dass er in seinem Leben nur einen einzigen unfertigen Roman vorzuweisen hatte. Er wirkte viel zu selbstbewusst für einen Versager.

»Und was haben Sie davor gemacht?«

Er atmete tief durch, als wäre ihm das Thema unangenehm.

»Ich war Anwalt«, erwiderte er knapp und die Art, wie er sie ansah, machte deutlich, dass er das nicht weiter auszuführen gedachte.

Also kein Versager, sondern ein Aussteiger. Sie konnte die Beweggründe solcher Menschen zwar nicht wirklich nachvollziehen, aber zumindest passte das irgendwie zu ihm. »Dann hatte Dorothy also recht.«

»Sie haben mit ihr über mich geredet?« Er musterte sie grimmig.

Beth spürte, wie sich ihre eigenen Stacheln bei der Schärfe seines Tonfalls aufstellten. Der Waffenstillstand war offenkundig vorbei. »Es ließ sich wohl kaum vermeiden, nachdem Sie mich im Schneesturm regelrecht vor die Tür gesetzt haben!«

Richard presste die Lippen zusammen. »Wie oft soll ich noch sagen, dass es ein Missverständnis war? Ich hatte nicht damit gerechnet, dass dieses alberne Festival so viele Leute herlockt.«

»Hätten die Erfahrungen der Vorjahre nicht ein Indiz dafür sein können?«, höhnte Beth.

Richard atmete geräuschvoll durch. »Vermutlich. Falls ich in den letzten fünfzehn Jahren hier gewesen wäre«, erwiderte er gereizt.

Seine Antwort nahm Beth den Wind aus den Segeln. Klar, das ergab Sinn. Wenn er tatsächlich ein Aussteiger war, hatte er davor bestimmt irgendwo anders gelebt.

Richard leerte seinen Becher und knallte ihn schwungvoll auf den Tisch. »Vielen Dank für das *nette* Gespräch, ich muss jetzt wirklich los.«

»Sicher.« Beth stopfte sich das letzte Stück ihres Brötchens in den Mund. »Ich gehe auch gleich. Schließlich habe ich seit gestern Erfahrung darin, mir den Hintern abzufrieren. Und es ist bestimmt spaßiger, wenn man dabei zusehen kann, wie sich andere mit ihren Eisblöcken abmühen.«

»Wie Sie wollen. Aber sagen Sie nachher nicht, ich hätte Sie nicht gewarnt.«

Kapitel 5

Richard ließ sich schwer hinter seinen Schreibtisch sinken. Diese Beth irritierte ihn. Er wusste noch immer nicht recht, was er von ihr halten sollte. Normalerweise fiel es ihm – schon von Berufs wegen – nicht schwer, Menschen einzuschätzen. Nur bei Beth gelang es ihm nicht so leicht.

Auf den ersten Blick wirkte sie wie die typische Großstadtpflanze, für die das Leben aus Klamotten, Make-up, Männern und Cocktails bestand und die in ihrer Jugend bestimmt zu viel *Sex and the City* geschaut hatte. Solche Frauen hatte er zur Genüge kennengelernt, eine davon sogar geheiratet. Sein Erfolg, sein Ansehen, sein Geld hatten ihn für sie attraktiv gemacht, obwohl dieses Wort sonst nicht unbedingt auf ihn zutraf.

Er hatte Beth für ein oberflächliches Geschöpf gehalten, das daran gewöhnt war, von Männern umschwärmt und hofiert zu werden. Und ganz bestimmt war sie das auch. Zumindest bis zu einem gewissen Punkt. Dennoch schaffte sie es, ihn hin und wieder zu überraschen. Es blitzten ab und zu tatsächlich Witz, Geist und Stärke durch ihr perfekt gestyltes Äußeres hindurch.

Sie forderte ihn heraus. Und allen seinen Vorbehalten zum Trotz ertappte er sich dabei, dass er den Schlagabtausch mit ihr genoss. Es machte ihm Spaß, sie zu reizen, und er wartete jedes Mal gespannt darauf, welche Seite ihres Charakters sich ihm zeigen würde – die mit Persönlichkeit oder die ohne.

Richard seufzte und wischte sich über das Gesicht. Er sollte sich weniger Gedanken über diese Frau machen. Sie war lediglich ein flüchtiger Störfaktor, der schon bald aus seinem Leben verschwinden würde.

Aus seinem Leben, das diese Bezeichnung kaum noch verdiente …

Er war erst 34 Jahre alt und hatte schon das Gefühl, seine Zeit nur noch abzusitzen. Er hatte keinen Antrieb, keine Motivation. Und das lag nicht nur an der Schuld, die auf seinen Schultern lastete und die er niemals wieder loswerden würde. Er hatte einfach kein Ziel mehr, nichts, das seine Existenz mit irgendeinem Sinn erfüllte.

Richards Blick fiel auf die ausgedruckten Seiten seines Manuskripts. Als er seinen Job vor rund elf Monaten gekündigt hatte, hatte er für diese Idee gebrannt. Er wollte einen ganz besonderen Roman schreiben, einen aufrüttelnden Spiegel der Gesellschaft. Immerhin hatte er in seinen Berufsjahren mehr als genug Dinge erlebt. Natürlich hatte Carol dafür kein Verständnis, ebenso wenig wie für all die anderen Entscheidungen, die er in dem vergangenen Jahr getroffen hatte.

Aber das war okay, er hatte seinen Frieden damit gemacht und weinte seiner Exfrau keine Träne mehr hinterher. Im Endeffekt war er ihr sogar dankbar – sie hatte ihn von seinen romantischen Vorstellungen und den Zwängen der Gesellschaft befreit, die einem immer wieder einredeten, dass ein Mensch einen Partner brauchte, um glücklich zu sein.

Tja. Jetzt war er allein, zwar nicht glücklicher, dafür frei. Frei, all das zu tun und zu lassen, was ihm vorschwebte. Zumindest in der Theorie. Denn praktisch waren seine Möglichkeiten durch seine Fähigkeiten begrenzt.

Er konnte die Geschichte, die er schreiben wollte, in seinem Inneren fühlen. Er spürte die Spannung und die Vorfreude, wusste genau, was er bewirken und auslösen wollte, doch es gelang ihm einfach nicht, diese Emotionen in Handlung zu übersetzen und aufs Papier zu bannen. Egal, was er schrieb, es hörte sich hölzern und gekünstelt an. Und nur der Mangel an Alternativen ließ ihn Tag für Tag an seinen Schreibtisch zurückkehren, um zumindest irgendetwas zu tun. Denn wenn er jetzt damit aufhörte, hätte er gar keinen Grund mehr, morgens aus seinem Bett zu kommen.

Beth zog sich die dicke Strickmütze tiefer ins Gesicht und atmete genüsslich durch. Sie liebte diesen winterlichen Geruch nach Schnee, Kälte und Kaminrauch. Es hatte wieder leicht zu schneien begonnen und sie streckte ihre behandschuhte Hand aus, um eine Schneeflocke einzufangen.

Fasziniert betrachtete Beth dieses komplexe, filigrane und einzigartige Gebilde, bevor sie es sanft in die Luft zurückpustete, wo es sich seinen wirbelnden Geschwistern anschloss. Beth lächelte. Sie konnte sich nicht mehr daran erinnern, wann sie sich das letzte Mal Zeit für eine so einfache Freude genommen hatte. Das Leben steckte voller wunderschöner Momente, wenn man es schaffte, die Augen und sein Herz dafür zu öffnen. Und genau das hatte sie heute vor. Sie würde diesen unverhofft freien Tag einfach genießen.

Aufmerksam schaute Beth sich um. Leider hatte sie es versäumt, Richard nach dem Ort der Festlichkeiten zu fragen. Daher beschloss sie, als Erstes zu Dorothys Pension zu gehen. Dort würde man ihr mit Sicherheit weiterhelfen können.

Der Schnee knirschte leise unter ihren Füßen, als sie sich in Bewegung setzte, und ihre Wangen begannen, in der eisigen Luft leicht zu prickeln. Beth ließ ihren Blick über die zugeschneite Stadt schweifen – die Äste und Zweige der Bäume, die sich unter der Schneelast bogen, ohne daran zu zerbrechen; die Häuser und Büsche, die wie in Watte gepackt wirkten; die Autos mit ihren lustigen Schneehauben und den aus den Kaminen aufsteigenden Rauch. Beth spürte, wie die Anspannung immer mehr von ihr abfiel. Die gedämpfte, fast schon schlafende Welt um sie herum ließ auch in ihrem Inneren Ruhe und Frieden entstehen.

Langsam schlenderte sie die Straße entlang, genoss jeden Augenblick in vollen Zügen, ließ ihre Sorgen und Zukunftsängste, selbst ihre Träume hinter sich und versank ganz und gar im Jetzt und Hier.

Noch bevor die Pension in Sicht kam, hörte Beth schon leise feierliche Blasmusik und immer mehr Menschen strömten in die gleiche Richtung. Alle wirkten aufgekratzt und fröhlich. Neugierig folgte Beth ihnen und spürte, wie ihre Vorfreude stieg.

Bald erreichte sie eine große zugeschneite Wiese, die von vereinzelten Bäumen gesäumt und bereits gut mit Menschen gefüllt war. An einem Ende der freien Fläche war eine kleine hölzerne Tribüne aufgebaut worden, auf der gerade ein Blas- und Schlagorchester sein Bestes gab. Daneben stand eine lange Menschenschlange vor einem Tisch. Gespannt trat Beth weiter vor.

»Es tut mir leid, die Vergabe der Startnummern ist bereits abgeschlossen«, informierte sie eine eifrig wirkende junge Frau und streckte die Arme aus, um Beth am Weitergehen zu hindern.

»Ich will nur gucken«, erwiderte Beth überrascht.

»Sie wollen sich nicht vordrängeln?«, fragte die Frau misstrauisch.

»Nein.« Beth lachte. »Ich weiß ja nicht einmal, worum es geht.«

Erstaunt blinzelte die junge Frau sie an. Der Mund blieb ihr vor Überraschung offen stehen. »Hier findet gleich das Eisskulpturen-Festival statt! Die Startplätze sind sehr begehrt. Wer gestern keinen mehr ergattern konnte, hofft, dass sich jemand von den Teilnehmern verspätet und damit seinen Platz verliert. Und ich sorge dafür, dass alles mit rechten Dingen zugeht.«

»Wow!«, entfuhr es Beth halb belustigt, halb beeindruckt. Die Frau schien ihre Aufgabe sehr ernst zu nehmen.

»Also, soll ich Sie auf die Warteliste setzen lassen?«

»Danke, das ist wirklich nicht nötig«, beteuerte Beth. »Ich möchte nur zuschauen.«

»Ganz wie Sie wollen. Der Wettbewerbsplatz ist dort hinten.« Sie deutete auf die Wiese, in der in Abständen von etwa zehn Schritten große Schneehaufen aufgetürmt waren. Bei manchen dieser Haufen liefen die Vorbereitungen bereits auf vollen Touren. Beth konnte Hocker, Picknickkörbe, diverse Werkzeuge und sogar die eine oder andere Kettensäge erkennen. Hoffentlich war hier auch jemand für die Sicherheit zuständig.

Bevor sie eine entsprechende Frage stellen konnte, ertönte ein Ruf.

»Carla! Carla, komm sofort her!«

»Entschuldigen Sie mich bitte«, sagte die junge Frau und hastete davon.

Schmunzelnd schaute Beth Carla hinterher, dann zog ein bekanntes Gesicht ihre Aufmerksamkeit auf sich. Beth hob grüßend die Hand und winkte Dorothy fröhlich zu. Die ältere Frau löste sich von der Gruppe, die vermutlich aus den Bewohnern der Pension bestand, denn sie schauten sich ebenso neugierig, erstaunt und belustigt um wie Beth selbst.

»Guten Morgen!« Lächelnd eilte Dorothy auf sie zu. »Ich freue mich, dass Sie gekommen sind.«

»Das konnte ich mir doch nicht entgehen lassen. Insbesondere, da mein Wagen vor Montag nicht fertig sein wird.«

»Das nenne ich mal Glück im Unglück.« Dorothy lachte. »Wenn Sie schon hier liegen bleiben mussten, hätten Sie sich keinen besseren Zeitpunkt aussuchen können.«

Beth schmunzelte. »So kann man das auch sehen.«

»Und wie gefällt es Ihnen bisher?«

»Es ist auf jeden Fall was Besonderes.«

Die Augen der älteren Frau blitzten vergnügt. »Das haben Sie sehr diplomatisch ausgedrückt, Liebes.« Dann senkte sie verschwörerisch ihre Stimme. »Wie ist es Ihnen mit Richard ergangen? Da Sie sich nicht mehr gemeldet haben, nehme ich an, dass er ihnen Obdach gewährt hat?«

»Ja.« Beth nickte. »Etwas widerwillig zwar, aber er hat es

getan.« Sie zögerte kurz, konnte jedoch die Gelegenheit, mehr über ihn zu erfahren, nicht ungenutzt verstreichen lassen. »Er ist schon ein merkwürdiger Kerl«, setzte sie vielsagend an.

»Wie meinen Sie das?«

»Nun ja, er lebt allein in einem leeren Hotel ...«

Ein wehmütiges Lächeln huschte über Dorothys Gesicht. »Er hatte sich nach Hopes Tod einfach nicht davon trennen können, obwohl der schon drei Jahre zurückliegt.«

»Hope?«, fragte Beth betroffen. War etwa eine tragische Liebesgeschichte der Grund für Richards merkwürdiges Verhalten?

»Ja, seine Mom hat das Hotel über dreißig Jahre lang geführt.«

Beth atmete auf. Also doch keine Liebesgeschichte.

»Richard selbst ist direkt nach der Highschool aus Silver Creek abgehauen«, fuhr Dorothy mit ihrer Erzählung fort. »Hope war unglaublich stolz auf ihn gewesen. Hat immer wieder davon geschwärmt, wie klug und erfolgreich er war.«

»Und er hat sich hier nicht wieder blicken lassen?«, fragte Beth empört.

»Doch, doch. Er hat seine Mutter regelmäßig besucht. Ist zwar nie lange geblieben, hat aber darauf geachtet, dass es ihr gut ging. Und dann ist sie gestorben. Eigentlich habe ich erwartet, dass er das Hotel verkauft. Es lief eh nicht besonders gut in letzter Zeit. Aber er hat es einfach stehen lassen. Vermutlich hatte er keine Zeit, sich damit zu beschäftigen. Er war ein überaus erfolgreicher Anwalt, wie man so hörte.«

»Und was ist dann passiert?«

Dorothy verzog widerwillig das Gesicht. »So genau weiß ich es gar nicht. Er war in irgendeine unschöne Geschichte verwickelt. Es gab wohl einen Unfall, daher auch die Narbe auf seinem Gesicht. Und seine Frau muss ihn verlassen haben. Viel mehr weiß ich leider nicht. Er war nie besonders gesprächig, und über dieses Thema schon gar nicht.«

Beth nickte. Das konnte sie sogar nachvollziehen. Dennoch war nun nicht nur ihre Neugier, sondern auch ihr Jagdinstinkt geweckt. Sie hatte nicht umsonst acht Jahre im Backoffice eines Consultingunternehmens gearbeitet, sie war gut darin, Informationen zusammenzusuchen. Und wenn es einen Unfall gegeben hatte, musste es auch irgendwelche Unterlagen dazu geben.

»Ich wünschte, er würde mehr unter die Leute gehen, das Schneckenhaus verlassen, in das er sich zurückgezogen hat. Diese Einsamkeit tut einem so jungen Mann wie ihm nicht gut, das ist einfach nicht natürlich, wenn Sie verstehen, was ich meine.« Dorothy stupste Beth leicht mit dem Ellbogen an.

Beth lächelte möglichst ausdruckslos. Sie war sich nicht sicher, ob sie es verstand – oder es überhaupt verstehen wollte. Richards Liebesleben oder das Fehlen davon ging sie absolut nichts an.

»Hätten Sie ihn heute nicht mitbringen können? Auf eine so hübsche Frau hört er bestimmt.«

Da kannte Dorothy Richard wohl schlecht. »Es tut mir leid, er hat kein Interesse. An diesem Festival«, fügte Beth hastig hinzu, als ihr auffiel, wie ihre Worte sonst noch ausgelegt werden konnten. An ihr hatte er natürlich auch keinerlei Interesse – was vollkommen auf Gegenseitigkeit beruhte –, aber das war hier nicht das Thema. Und Beth wollte nicht, dass es sich anhörte, als würde es ihr etwas ausmachen. Sie schüttelte den Kopf. Bei diesem Gedankengang bekam sie ja selbst einen Knoten ins Gehirn.

»Schade. Na ja, vielleicht überlegt er es sich noch. Ich muss jetzt leider weiter. Wir sehen uns bestimmt später.«

»Ja, sicher. Bis dann.« Beth schaute Dorothy nach, die sich wieder unter die Leute mischte. Dann setzte sie ihren Rundgang fort. Ihr fiel auf, dass die Schneehaufen mit kleinen Schildern durchnummeriert und fast alle inzwischen besetzt waren. Es herrschte geschäftiges Treiben, aus dem Beth noch immer nicht ganz schlau wurde. Sie erkannte die beiden, leicht verkniffen wirkenden Männer, die ihr bereits am Vortag aufgefallen waren. Ihre Plätze lagen direkt nebeneinander und sie musterten sich mit feindseligen Blicken. Wenn sie ehrlich war, würde Beth sich deutlich besser fühlen, wenn ihnen jemand ihre Kettensägen abnehmen würde. Sie sahen nämlich so aus, als könnten sie jeden Moment aufeinander losgehen.

Hastig ging Beth weiter und zuckte erschrocken zusammen, als plötzlich ein lauter Schuss ertönte.

Sie duckte sich instinktiv und schaute sich fieberhaft nach allen Seiten hin um. Erst als ihr auffiel, dass außer ihr niemand beunruhigt wirkte, entspannte sie sich und richtete sich peinlich berührt wieder auf. Offenbar war dies der Startschuss gewesen, denn die Teilnehmer des Wettbewerbs rückten plötzlich ihren Schneebergen mit großen Besen zu Leibe.

Nun erkannte Beth auch, dass das gar keine Schneeberge, sondern Eisblöcke waren, die der gestrige Sturm zugeschneit hatte. Sie mussten schon im Vorfeld hier aufgebaut worden sein.

Die ersten Teilnehmer begannen bereits damit, zu hämmern und zu klopfen. Jetzt verstand Beth auch, warum die meisten von ihnen Ohrenschützer trugen. Spätestens als ganz in der Nähe eine Kettensäge aufjaulte, flüchtete Beth zurück an den Rand der Wiese. Sie würde später noch mal vorbeikommen, wenn es etwas mehr zu sehen gab als herumfliegende Eissplitter.

Die Schlange vor dem Tisch hatte sich mittlerweile vollständig aufgelöst, dafür war ein Stand mit Heißgetränken aufgebaut worden und Beth stellte sich in die Reihe. Erst jetzt fiel ihr auf, wie eisig ihre Fingerspitzen und ihre Nase geworden waren, obwohl sie ansonsten recht warm eingemummelt war.

Sie nahm gerade ihren Becher mit heißem Kakao und einer verlockenden Sahnehaube entgegen, als plötzlich ihr Handy klingelte. Hastig kramte Beth es mit einer Hand aus ihrer

Handtasche und beeilte sich, zu einem der Stehtische zu kommen.

»Hallo Mom«, meldete sie sich, als sie ranging. Sie stellte den heißen Becher ab und lächelte den Leuten, die um den Tisch standen, entschuldigend zu, bevor sie sich ein paar Schritte entfernte.

»Hallo Liebling, hast du ein paar Minuten Zeit?«

»Sicher, worum geht's?«

»Um ein Geschenk für deinen Vater. Seine Bücher stapeln sich bei uns schon überall. Und da dachte ich, wir könnten ihm so einen modernen E-Book-Reader holen, damit ich nicht befürchten muss, irgendwann von einem herabfallenden Bücherturm erschlagen zu werden.«

Beth lachte. Sie wusste, dass ihre Mutter übertrieb, wenn auch nicht sehr. »Ist eine gute Idee, Mom, das können wir gerne tun.«

»Gut. Könntest du da was raussuchen?«

»Sicher«, setzte Beth an, doch ihre Antwort ging in einer lauten Lachsalve an einem der Tische unter.

»Was hast du gesagt, Schatz?«

Beth entfernte sich rasch noch ein wenig und presste das Handy enger an ihr Ohr. »Ich sagte, ich kümmere mich darum.«

»Danke. Wo bist du überhaupt? Es ist so laut. Bist du nicht im Büro?«

»Ähm, nein.« Beth zögerte. Schlagartig holte ihr Leben sie wieder ein.

»Was ist los?« Ihre Mom klang besorgt.

»Es ist alles in Ordnung«, beruhigte Beth sie lahm.

»Wieso glaube ich dir das nicht ganz?«

Beth biss sich auf die Lippe. »Weil du meine Mutter bist.«

»Was ist geschehen?«, fragte Mom behutsam.

»Also gut. Ich stecke in einem Örtchen namens Silver Creek fest, ungefähr auf halbem Weg zu euch. Ich hatte vorgehabt, euch spontan zu besuchen, aber mein Wagen hat unterwegs den Geist aufgegeben.«

»Bist du verletzt?«

»Nein, mir geht es gut. Bloß die Reparatur wird wohl bis mindestens Montag dauern.«

»Sollen wir dich abholen? Ich sage Dad sofort Bescheid.«

»Danke, das ist nicht nötig, Mom. Ich bin einunddreißig Jahre alt, da sollte ich allmählich ohne die Hilfe meiner Eltern auskommen können.«

»Darum geht es doch gar nicht …«

»Ich weiß«, winkte Beth ab. »Ich komme schon klar, wirklich. Silver Creek ist ein echt nettes Städtchen und die haben dieses Wochenende ein großes Fest.«

»Dann ist ja gut. Aber wenn du was brauchst oder deine Meinung änderst, rufst du sofort an, verstanden?«

»Danke, Mom.«

»Dafür sind wir da.« Beth hörte, wie ihre Mutter einatmete, als wäre sie nicht sicher, ob sie noch weiterreden sollte. »Wieso wolltest du denn zu uns?«, fragte sie schließlich zaghaft. »Natürlich freuen wir uns sehr«, fügte sie hastig hinzu. »Wir haben nur nicht vor den Feiertagen mit dir gerechnet. Und schon gar nicht unter der Woche.«

Beth seufzte tief. Es brachte nichts, die Wahrheit zu verschleiern. »Ich wurde gefeuert.«

»Was?!«, entfuhr es ihrer Mutter entrüstet. »Das können die doch nicht tun! Und wieso überhaupt? Hast du irgendwas falsch gemacht?«

»Nein. Es gab eine Umstrukturierung«, gab Beth ihrer Mutter die Kurzfassung.

»So kurz vor Weihnachten …«

»Eigentlich spielt der Zeitpunkt keine Rolle«, entgegnete Beth. Es gab keine gute Zeit, um gefeuert zu werden. »So habe ich wenigstens ein paar Tage mehr frei. Und meinen Urlaub lasse ich mir einfach auszahlen.«

»Es tut mir so leid, Schatz.«

»Ist schon gut, Mom. Ich finde bestimmt etwas Neues.«

»Daran habe ich keinen Zweifel.«

Beth lächelte. Es tat gut, dass wenigstens jemand ohne Wenn und Aber an sie glaubte.

»Ich muss jetzt auflegen, Mom. Grüß Dad von mir, ja?«

»Mache ich. Und du pass auf dich auf und genieß deine freie Zeit.«

»Mache ich. Wir sehen uns Montag.« Beth legte auf.

Obwohl das Gespräch mit ihrer Mutter ihrer guten Laune einen kleinen Dämpfer verpasst hatte, fühlte sie sich zugleich befreit. Ihre Mutter hatte dem neuen Tiefpunkt in ihrem Leben keine große Bedeutung beigemessen. Für sie war es nur ein kleiner Rückschlag auf Beths Weg. Und vielleicht war es wirklich nicht mehr als das. Vielleicht wartete irgendwo tatsächlich noch das große Glück auf sie, solange sie die Hoffnung nicht aufgab.

Beth ging zu dem Tisch zurück, an dem sie ihren Becher abgestellt hatte, und stellte überrascht fest, dass er leer war.

»Tut mir leid, meine Freundin hier hat ihn ausgetrunken«, erklärte der Mann neben ihr.

»Wie bitte?«, entfuhr es Beth verdattert.

»Ja, wir dachten, es wäre besser so, bevor er ganz kalt ist. Außerdem habe ich nun die Gelegenheit, Ihnen einen neuen auszugeben.« Er grinste sie herausfordernd an.

Beth musterte ihn aufmerksam. Der Mann hatte blaue Augen, ein ansteckendes Lächeln und einen dunkelbraunen Vollbart im Gesicht. Und er flirtete offensichtlich mit ihr.

»Hätte Ihre Freundin denn nichts dagegen?«, fragte Beth zurück. Die blonde junge Frau schien sich an seinem Benehmen zwar nicht zu stören, aber es machte ihn nicht gerade sympathischer.

Der Mann lachte fröhlich auf. »Sie ist *eine* Freundin, nicht *meine*. Ich bin übrigens Patrick.« Er streckte Beth die Hand hin.

»Beth«, stellte sie sich vor und drückte seine Hand.

»Also, was darf's sein?«, fragte Patrick und deutete zum Getränkestand. »Ein heißer Kakao oder lieber ein Punsch?«

»Ich bleibe vorerst beim Kakao.« Für Alkohol war es ihr noch zu früh am Tag.

»Bist du wegen des Festivals hier?«, fragte Patrick, nachdem er die Bestellung am Stand aufgegeben hatte.

»Nicht so richtig, Eigentlich bin ich eher auf der Durchreise.«

»Du bleibst aber noch bis zur Preisverleihung, oder? Du wirst nicht einfach so entschwinden?«

Beth lächelte geschmeichelt über Patricks offenkundiges Interesse und fragte sich insgeheim, wie viel Punsch er schon getrunken hatte. »Wann ist denn die Preisverleihung?«, erkundigte sie sich.

»Morgen Nachmittag. Und am Abend soll eine richtig große Party steigen. Leider werden wir die nicht mehr mitbekommen.«

»Wieso nicht?«

»Wir sind nicht nur zum Spaß hier, sondern um über das Fest zu berichten.« Er deutete auf die beiden schwarzen Taschen unter dem Stehtisch, die Beth noch gar nicht aufgefallen waren.

»Ihr seid von der Presse?«

»Ja. Und Sonntagfrüh müssen wir schon bei einem anderen Event sein. So kurz vor Weihnachten wird man damit ja überhäuft.«

Beth nahm ihren Kakaobecher entgegen und nippte an der sahnigen Haube. »Muss ich denn jetzt aufpassen, was ich sage? Nicht, dass ich noch zitiert werde.«

Patrick lachte auf. »Keine Sorge, ich werde nichts ohne deine Einwilligung tun«, versprach er mit einem verheißungsvollen Glitzern in den Augen.

Beth nahm noch einen Schluck Kakao, um sich Zeit zum

Nachdenken zu verschaffen. Patrick flirtete offensichtlich mit ihr. Er sah gut aus, wirkte freundlich und charmant. Trotzdem verspürte sie keinerlei Lust, auf seine Avancen einzugehen. Was war nur los mit ihr?

Sie schaute auf und lächelte leicht. »Dann bin ich ja beruhigt.«

Nachdem sie sich mit dem Kakao ein wenig aufgewärmt hatte, beschlossen Beth, Patrick und seine Kollegin Lisa noch eine Runde um die Eisskulpturen zu drehen. Bei den meisten war noch immer nicht viel zu erkennen. Offenbar nahmen viele Menschen aus purem Spaß an dem Event teil, manche Blöcke waren inzwischen sogar unfertig verwaist. Vermutlich war es den Teilnehmern schlichtweg zu kalt oder mühselig geworden. Dazwischen gab es aber auch immer wieder Werke, bei denen Beth einfach stehen bleiben musste. Sie hatte gar nicht gewusst, dass man aus Eis so wunderschöne Dinge formen konnte.

Besonders die Arbeit eines alten Mannes hatte es ihr angetan. Sein Block stand am Rande, etwas abseits des Trubels, und er schien vollkommen in seiner Tätigkeit gefangen zu sein. Ein gerahmtes, schon vergilbtes Porträt einer hübschen jungen Frau stand auf einer Holzkiste neben ihm. Vermutlich sollte es als Vorlage dienen, doch er warf keinen einzigen Blick darauf, während seine Hände ruhig und präzise genau dieses Antlitz aus dem Eis freilegten.

»Wahnsinn«, raunte Lisa, die ebenfalls dazugekommen war. »Ob sie wohl seine Frau gewesen ist?«

»Das werden wir gleich erfahren«, verkündete Patrick entschlossen und machte einen Schritt nach vorn.

Der Mann zuckte zusammen, als würde er jetzt erst sein Publikum bemerken. Noch einmal strichen seine Finger über die glatte, eisige Wange der Büste, dann schaute er hoch. Beth sah Tränen in seinen Augen glitzern.

»Entschuldigen Sie bitte die Störung. Ihre Skulptur ist wirklich außergewöhnlich schön«, sagte Patrick unerwartet sanft. »Ist das die Frau auf dem Foto?«

»Ja.« Der Mann nickte und wischte sich über das Gesicht. »Das ist meine Violet. Sie hat den Winter immer so geliebt. Leider kann sie ihn dieses Jahr nicht mehr erleben.« Er atmete tief durch.

»Wie lange waren Sie verheiratet?«

Er lächelte wehmütig. »Fast sechzig Jahre.« Die Sehnsucht und Trauer in seiner Stimme brachen Beth förmlich das Herz. Wie musste es sein, so viele Jahre mit nur einem Menschen zu verbringen? Wie stark musste eine Liebe sein, die so lange hielt?

»Und wie alt ist Violet auf diesem Bild hier?«

»Einundzwanzig. Das Foto entstand, kurz nachdem wir uns kennengelernt hatten. Und so ist sie für immer in meinem Herzen geblieben.«

»Das ist soo schön.« Lisa fasste sich gerührt ans Herz.

»Dürfen wir ein paar Fotos machen?«, fragte Patrick. Der Mann nickte.

Während Patrick den besten Winkel für das Bild aussuchte, konnte Beth ihre Augen nicht von dem alten Mann nehmen. Würde auch ihr jemand irgendwann so sehr nachtrauern wie er seiner Violet?

Die Statistik sprach dagegen. Selbst den Paaren, die tatsächlich zusammen alt wurden, war nicht immer diese besondere, tiefe Liebe vergönnt. Das hier war etwas Einmaliges. Und die Erkenntnis, dass sie so etwas – wie die meisten anderen Menschen – vermutlich nicht erleben würde, tat unsagbar weh. Gleichzeitig zeugte dieses Beispiel davon, dass es trotz allem möglich war. Es gab sie, diese ganz große Liebe, wenn auch nicht für alle.

Beth spürte Tränen in ihren Augen aufsteigen und wandte sich hastig ab. Das war albern. Dennoch fühlte sie sich, als hätte man ihr etwas Wichtiges, etwas Bedeutendes verwehrt.

Sie schüttelte den Kopf. Sie stand noch am Anfang ihres Weges, hatte noch Zeit, die große Liebe zu finden. Aber was, wenn es ihr nicht gelang? Wenn sie ihr nur in abgespeckter Form begegnete? Was wäre besser? Sein Leben in Erwartung von etwas zu vergeuden, das womöglich nie eintraf? Oder einen pragmatischen Weg zu gehen, mit einem Mann, der halbwegs zu ihr passte?

Beth schnaufte selbstironisch. Das war ohnehin eine rein rhetorische Frage. Immerhin gab es nicht einmal einen halbwegs akzeptablen Mann an ihrem Horizont. Sie musste sich also wirklich nicht gleich entscheiden.

Langsam schlenderte sie weiter, während Patrick und Lisa dem alten Mann weitere Fragen stellten. Sie ging an den beiden verbissen feilenden Männern vorbei, die ihren ganz persönlichen Wettbewerb ausfochten. Beth konnte nicht leugnen, dass sie ihr Handwerk wirklich verstanden. Einer hatte sich für eine Szene aus Star Wars entschieden, die er in beeindruckender Detailtreue aus seinem Eisblock schnitt. Der andere hielt mit Frodo und Gollum dagegen.

Das Eis beider Skulpturen funkelte wie geschliffenes Glas und beide waren handwerklich mit Sicherheit perfekt. Dennoch sprachen sie Beth nicht halb so sehr an wie Violets Antlitz. Denn bei all ihrer Kunstfertigkeit fehlte diesen hier die Seele.

Beth schaute sich nach Lisa und Patrick um und stockte, als sie eine bekannte Gestalt erblickte. Richard stand etwas abseits, die Hände in den Taschen seines schwarzen Mantels versteckt. Entweder hatte er Beth noch nicht bemerkt, oder er ignorierte sie einfach, denn er schaute nicht in ihre Richtung. Beth trat näher an die beiden Eisskulpturen heran, damit es so aussah, als würde sie diese betrachten, während sie die Gelegenheit nutzte, Richard in freier Wildbahn zu beobachten.

Leider war er zu weit entfernt, um seinen Gesichtsausdruck genau sehen zu können, aber sie konnte sich den leicht zynischen Schwung seiner Lippen ziemlich gut vorstellen. Seine

Körperhaltung drückte seinen Widerwillen gegen diesen Volksauflauf aus, dennoch war er gekommen. Beth schmunzelte. Der Mann war ein wandelnder Widerspruch, vermutlich wusste er nicht einmal selbst, was er eigentlich wollte.

Plötzlich musste etwas seine Aufmerksamkeit erregt haben, denn sein Kopf fuhr herum. Beth folgte seinem Blick und sah Dorothy auf ihn zueilen. Neugierig verfolgte sie, was nun geschehen würde.

Einen Moment lang glaubte Beth, dass Richard flüchten würde, dann ging ein Ruck durch seinen Körper und ein Lächeln trat auf sein Gesicht. Zumindest sah es aus der Entfernung so aus. Beth zog überrascht die Augenbrauen hoch. Sie hatte gar nicht gewusst, dass er richtig lächeln konnte oder dass er die Höflichkeit besaß, das zu tun.

Dorothy jedenfalls schien offensichtlich erfreut, ihn zu sehen. Sie hakte sich bei ihm unter und zog ihn gut gelaunt mit sich, wobei sie energisch auf ihn einsprach. Beth sah, wie er mehrmals entschieden den Kopf schüttelte, was Dorothy nicht sonderlich zu stören schien.

»Da bist du ja!« Patrick tauchte plötzlich neben Beth auf. »Ich dachte schon, du wärst verschwunden.«

»Nein.« Beth zwang sich, ihre Aufmerksamkeit auf ihn zu richten, auch wenn sie zu gern gewusst hätte, was Dorothy und Richard gerade ausheckten. »Ich habe mich nur ein bisschen weiter umgesehen. Habt ihr eure Bilder im Kasten?«

»Ja. Und mit dem alten Mann auch genau den richtigen Aufhänger für den Bericht.«

»Es ist wirklich rührend, wie er das Andenken seiner Frau ehrt«, murmelte Beth.

»Ja. So etwas findet man nicht alle Tage«, stimmte Patrick ihr zu. »Unser Chefredakteur wird begeistert sein.« Er machte eine kurze Pause und schaute sich nach Lisa um, die gerade ihre Kamera in der Tasche verpackte. »Wir wollen einen Happen essen gehen. Kommst du mit?«

Beths Magen grummelte erwartungsvoll. »Sicher, sehr gerne. Schwebt euch was Bestimmtes vor?«

»Es gibt da so ein nettes Lokal etwa fünf Minuten von hier. Da waren wir letztes Jahr auch.«

»Klingt gut.«

»Patrick, bist du so weit?« Lisa trat zu ihnen.

»Jap. Ich habe Beth gefragt, ob sie sich uns anschließen möchte.«

Seine Kollegin verdrehte grinsend die Augen. »Du fällst doch nicht etwa auf seine Anmache rein?« Sie stupste Beth freundschaftlich mit dem Ellbogen an.

Beth tat, als müsste sie nachdenken. »Nein, ich denke nicht«, erklärte sie schließlich. »Aber ich habe Hunger.«

Lisa lachte auf. »Gut, dann bringe ich die Ausrüstung ins Auto. Wir treffen uns gleich da vorne.« Sie deutete zum Podest.

»Ich komme mit«, sagte Patrick und schlang sich eine der beiden Taschen über die Schulter. »Bis gleich.« Er streichelte leicht über Beths Schulter und sie schaute den beiden lächelnd hinterher.

Dann wandte sie den Kopf und begegnete Richards finsterem Blick. Dorothy stand noch immer bei ihm, sie beide waren nur wenige Schritte von ihr entfernt und sahen zu ihr herüber.

Richard sagte etwas zu Dorothy, dann wandte er sich ab und ging mit langen Schritten davon.

Dorothy schüttelte leicht ihren Kopf, dann eilte sie zu Beth. »Wie ich sehe, haben Sie Spaß. Wer war denn dieser schnuckelige junge Mann?«

Beth lächelte überrumpelt. Es war eigenartig, eine Frau in Dorothys Alter so über Männer sprechen zu hören. »Ein Reporter, wir haben uns vorhin zufällig kennengelernt. Was haben Sie denn mit Richard besprochen?«, wechselte sie das Thema.

»Ich habe ihn überredet, morgen bei der Junggesellenversteigerung mitzumachen«, verkündete Dorothy strahlend.

»Bei der was?«

»Das ist noch so eine Tradition hier im Ort. Nach der Siegerehrung findet in der Turnhalle eine große Feier statt. Es gibt Tanz, Musik, was zu essen und als besonderes Highlight die Versteigerung unserer Junggesellen.«

»Und Richard macht dabei mit?« Irgendwie konnte Beth ihn sich nicht einmal als Zuschauer bei so etwas vorstellen, geschweige denn als Teilnehmer.

»Es war nicht ganz einfach«, gab Dorothy voller Stolz zu. »Trotzdem habe ich es hinbekommen.«

»Und wie?«

»Als ich sagte, dass der Erlös einem wohltätigen Zweck zugutekommt, konnte er sich nicht mehr aus der Schlinge ziehen.«

»Tatsächlich?«, entfuhr es Beth überrascht. Sie hatte Richard nicht als sonderlich wohltätig – oder menschenfreundlich – eingeschätzt.

»Oh ja. Er hat das Herz auf dem rechten Fleck. Doch das wissen Sie inzwischen bestimmt selbst.« Sie zwinkerte Beth verschwörerisch zu. »Er tut nur gerne griesgrämig, hatte es in der letzten Zeit ja auch nicht leicht. Aber es gibt einige Projekte, die er unterstützt, gerade in der Armenhilfe.«

»Wow.« Das war ja eine völlig neue Seite, die sich ihr an ihm offenbarte. Und irgendwie passte diese überhaupt nicht ins Bild.

»Sie werden auch kommen, oder?«, erkundigte sich Dorothy. »Sie könnten mitbieten. Wer weiß, vielleicht haben Sie Glück.«

Beth verschluckte sich und musste husten. Legte Dorothy ihr etwa gerade nahe, sich einen Abend mit Richard zu erkaufen? Davon standen ihr ganz kostenlos noch drei bevor und sie konnte nicht behaupten, dass sie sich sonderlich darauf freute.

»Es werden einige sehr nette Männer dabei sein. Und ein paar davon sind eine wahre Augenweide.«

Beth räusperte sich. »Ich werde sehen, ob ich Zeit habe.« Sie sah Patrick von der anderen Seite der Wiese zu ihr rüberwinken. »Ich muss jetzt los.«

»Oh.« Dorothy schmunzelte. »Dann will ich Sie nicht länger aufhalten. Und vielleicht können Sie Ihren Freund auch zum Mitmachen überreden. Er würde bestimmt ein schönes Sümmchen einbringen.«

»Er reist morgen Nachmittag ab«, informierte Beth sie.

»Schade.« Dorothy zuckte mit den Schultern. »Na ja, das erhöht wohl die Chancen der anderen Herren«, fügte sie mit einem verschwörerischen Unterton hinzu und Beth beschlich das ungute Gefühl, dass Dorothy sie und Richard aus irgendeinem Grund gern verkuppeln würde.

Kapitel 6

»Wir gehen noch mal zurück zu den Eisskulpturen«, sagte Patrick, als sie den gemütlichen Diner verließen, in dem sie die letzten zwei Stunden verbracht hatten. Beth hatte die Zeit mit Patrick und Lisa genossen, sie waren lustig, nett und hatten ein paar interessante Geschichten zu erzählen. »Kommst du mit?«, fügte Patrick hoffnungsvoll hinzu.

»Ich denke, ich brauche eine Pause«, entgegnete Beth. Sie fühlte sich angenehm satt und träge und so spannend war die Entstehung der Skulpturen nun auch wieder nicht. Ihr reichte es völlig, wenn sie morgen die fertigen Ergebnisse sehen konnte.

»Oh.« Patrick klang enttäuscht. Obwohl Beth nicht übermäßig auf seine Flirterei eingestiegen war, hatte er es nicht aufgegeben. »Dann sehen wir uns heute Abend? Es soll Livemusik geben. Oder, wenn es dir lieber ist, könnten wir auch woanders hinfahren. Irgendwo nett essen, vielleicht?«

Lisa schaute demonstrativ zur Seite. Diese Einladung erstreckte sich wohl nicht auf sie.

»Ich überleg's mir«, sagte Beth ausweichend, weil sie sich gerade wirklich nicht festlegen wollte. »Zur Not weiß ich ja, wo ich euch finde.«

»Mich nicht!« Lisa hob abwehrend ihre Arme. »Ich habe ein Skype-Date mit meinem Freund. Ich bin immer so viel unterwegs, da versuchen wir, wenigstens diesen Termin immer einzuhalten.«

»Gut, dann sehen wir uns wohl morgen.«

»Allerspätestens«, präzisierte Patrick mit Nachdruck.

»Genau.«

Während Beth die Straße entlangschlenderte, überlegte sie, was sie mit dem angebrochenen Nachmittag anstellen sollte.

Vielleicht konnte sie auf ihrem Laptop ein paar Serien streamen, denn der kleine Fernseher, der in einer Ecke ihres Zimmers stand, war mit Sicherheit nicht internettauglich.

Erst als sie das *Hope's Inn* erreicht hatte, fiel ihr ein, dass sie keinen Schlüssel für die Eingangstür besaß. Hoffentlich war Richard inzwischen zu Hause, denn er hatte die nervige Angewohnheit, die Tür hinter sich abzuschließen.

Für das Schlimmste gewappnet, legte Beth ihre Hand an den Türgriff und drückte. Mit einem leisen Quietschen sprang die Tür auf und Beth ging erleichtert hindurch. Sofort umfing sie die verlassene, etwas trostlose Atmosphäre des Hauses und sie schauderte. Das Hotel hatte es nicht verdient, so zu enden. Und sicherlich hätte auch Richards Mutter es nicht gewollt, dass er hier ganz einsam und allein hauste.

Beth ging in die Küche und setzte Kaffee auf, bevor sie die Treppe nach oben zu ihrem Zimmer stieg. Es wurde Zeit, etwas mehr über ihren geheimnisvollen Vermieter herauszufinden.

Sie steckte ihren Zimmerschlüssel ins Schloss und stellte erstaunt fest, dass die Tür nicht verriegelt war. Hatte sie das etwa beim Weggehen vergessen? Irritiert stieß Beth die Tür schwungvoll auf. Ein überraschter Aufschrei ertönte, die Tür prallte zurück und erwischte Beth hart an der Stirn.

»Au, verdammt!« Sie presste die Hand auf die schmerzende Stelle und funkelte Richard, der sich die Schulter rieb, böse an. »Was zum Geier tun Sie hier?«

»Ich habe Sie nicht so bald zurückerwartet!«, entgegnete er, als wäre damit alles gesagt. »Sie schienen sich so gut zu amüsieren.«

»Also haben Sie die Zeit genutzt, um in meinen Sachen herumzuschnüffeln?!« Beths Kopf dröhnte und sie musste gestehen, dass sie *das* nicht von ihm erwartet hätte. Vieles, aber nicht das.

»Ist ja interessant, was Sie mir alles zutrauen«, zischte er aufgebracht. »Doch ich kann Sie beruhigen, so spannend ist Ihre Unterwäsche nun auch wieder nicht.« Sein Blick blieb demonstrativ an dem schwarzen Spitzen-BH hängen, den sie gestern Abend achtlos über die Stuhllehne geworfen hatte.

Beth spürte, wie sie rot anlief. Hastig zerrte sie den BH von der Lehne und versteckte ihn hinter ihrem Rücken.

Richards Schultern zuckten leicht, als versuchte er, sich ein Lachen zu verkneifen.

»Sie haben noch immer nicht erklärt, was Sie hier zu suchen haben!«, fuhr Beth ihn an. Er sollte bloß nicht denken, dass sie auf dieses Ablenkungsmanöver hereinfallen würde.

»Ich habe das heiße Wasser in Ihrer Dusche angedreht, damit Sie nicht wieder meine benutzen müssen.«

»Oh.« Es fühlte sich an, als würde Beth unter seinem Blick zusammenschrumpfen.

»Ja, oh. Entgegen Ihrer Annahme lege ich nämlich keinen gesteigerten Wert darauf, mehr von Ihrer Wäsche zu sehen. Nicht jeder Mann erliegt auf der Stelle Ihren Reizen. Es gibt ein paar Ausnahmen!«

Verdutzt starrte Beth ihn an, unsicher, wie sie darauf reagieren sollte. Es hörte sich mal wieder wie eine unterschwellige Beleidigung an, auch wenn sie den Grund dafür nicht erkennen konnte. Sie hatte ihm schließlich nichts getan. Das hier war ein Missverständnis, nichts weiter.

»Gut. Dann wäre das ja geklärt«, murmelte sie und setzte sich auf das Bett. Ihre Stirn tat noch immer höllisch weh. Vorsichtig betastete sie mit den Fingern die Stelle. Das würde eine ordentliche Beule geben.

»Zeigen Sie mal her«, sagte Richard unerwartet freundlich und mit einem Anflug von schlechtem Gewissen in der Stimme. Er beugte sich zu ihr herunter und zog sanft ihre Finger beiseite.

»Es geht schon«, raunte Beth abwehrend.

»Daran habe ich keinen Zweifel. Trotzdem könnte ein bisschen Eis nicht schaden. Im Gefrierfach müsste noch was sein. Ich bin gleich wieder da.«

»Nicht nötig, ich komme mit. Ich möchte eh noch einen

Kaffee.« Beth richtete sich vorsichtig auf und spürte Richards stützende Hand an ihrem Ellbogen.

»Geht es Ihnen gut? Ihnen ist nicht schwummerig oder so?«

»Nein«, beruhigte sie ihn. Es fühlte sich zwar an, als wäre ihr Schädel mit einem Vorschlaghammer behandelt worden, aber das würde hoffentlich bald aufhören.

Beth bemühte sich, so gleichmäßig wie möglich zu gehen, um ihren Kopf nicht unnötig zu erschüttern. »Sie waren heute ja doch bei dem Festival«, sagte sie, um sich abzulenken.

»Ja. Ich brauchte mal eine Pause.«

»Woran schreiben Sie denn?«

Richard hielt Beth die Küchentür auf und ließ sie eintreten, bevor er weitersprach. »Es soll ein Politthriller werden, der zeigt, wie falsch und korrupt die Welt der Reichen und Schönen ist.« Es lag eine gute Portion Bitterkeit in seiner Stimme. Und sie fragte sich, was genau ihn dazu bewogen haben mochte, seinem alten Leben den Rücken zu kehren.

»Wow. Das klingt spannend.« Zumindest als Idee. Von dem Text, den sie gelesen hatte, konnte sie das nicht behaupten. Natürlich konnte sie Richard das nicht so sagen.

»Wir werden sehen«, entgegnete er neutral und öffnete das Gefrierfach. »Ah, hier.« Er holte eine Tüte Eiswürfel hervor und wickelte sie in ein Handtuch.

»Danke.« Beth hielt sich das Päckchen an die schmerzende Stirn. »Ganz schön kalt.« Sie wechselte die Hand, als ihre Finger steif zu werden begannen.

»Hat Eis normalerweise so an sich.«

»Könnte ich vielleicht einen heißen Kaffee bekommen, um meine durchschnittliche Körpertemperatur zu halten?«

Richard schmunzelte. »Kommt sofort.« Er holte einen sauberen Becher hervor und machte sich an der Kaffeemaschine zu schaffen. »Milch und Zucker?«

»Nur Milch bitte«, erwiderte Beth überrascht. Das waren ja ganz neue Töne von ihm.

»Tut es noch sehr weh?«, erkundigte er sich zerknirscht, als er ihr den Becher reichte.

»Es geht.« Beth nippte an der heißen Flüssigkeit. Der Schmerz klang tatsächlich allmählich ab. »Für eine warme Dusche nehme ich das gern in Kauf.«

»Oh ja, eine *warme* Dusche ist schon was Tolles«, bemerkte er.

Sofort schoss Beth die Erinnerung an die Situation am Morgen und seinen nackten Oberkörper in den Kopf. Ob er viel Sport trieb? Vom Schreiben allein konnten diese Muskeln ja nicht stammen.

Oh Gott! Worüber dachte sie hier überhaupt nach?

»Es tut mir leid«, stammelte sie hastig. Hoffentlich hatte er nicht bemerkt, was ihr gerade durch den Sinn gegangen war. »Das mit dem Wasser, meine ich. Habe ich wirklich kein heißes mehr übrig gelassen?«

»So gut wie.« Er zuckte mit den Schultern. »Sie konnten es ja nicht wissen.«

Er nahm sich ebenfalls eine Tasse und setzte sich ihr gegenüber hin. Eine Zeit lang tranken sie schweigend ihren Kaffee. Es war keine unangenehme Stille, vielmehr so, dass jeder seinen eigenen Gedanken nachhängen konnte.

Aufmerksam musterte Beth den ihr gegenübersitzenden Mann. Sie hätte nie gedacht, dass sie sich so schnell an seinen Anblick gewöhnen würde. Selbst die hässliche Narbe jagte ihr keinen Abscheu mehr ein. Irgendwie passte sie sogar zu ihm. Richard war kein Schönling oder Charmeur und für einen Anwalt war er erstaunlich direkt in seinen Meinungsäußerungen. Trotzdem musste er auch eine fürsorgliche, weichere Seite besitzen, wie sein Engagement für Arme und die aktuelle Situation bewiesen.

Plötzlich schaute er auf und ihre Blicke begegneten sich. Es war ihr noch gar nicht aufgefallen, wie ausdrucksstark und tief seine dunkelbraunen Augen wirkten, wie dicht die Wimpern, die sie umrahmten. Beth hielt unwillkürlich den Atem an. Seine Augen waren wunderschön.

Dann wandte Richard den Blick ab und der Moment verflog. Er räusperte sich und stand abrupt auf. »Ich muss dann wieder. Die Arbeit ruft.«

»Ja, sicher.« Beth lächelte fahrig. »Ich denke, ich lege mich ein bisschen hin.«

Sorge flackerte über sein Gesicht. »Ihnen ist aber nicht schwindelig, oder so?«

»Nein.« Sie schüttelte ihren Kopf und verzog schmerzerfüllt das Gesicht. Für solche Bewegungen war es noch definitiv zu früh. »Ich ruhe mich nur ein bisschen aus.« Beth zögerte. »Gehen Sie heute Abend zu der Party?« Sie wusste selbst nicht, wieso sie das fragte.

»Nein«, kam es von ihm entschieden. »So etwas ist nichts für mich«, fügte er etwas versöhnlicher hinzu.

»Sicher.« Sie lächelte, um den Anflug von Enttäuschung zu verbergen.

»Und was ist mit Ihnen?«

»Ich werd's mir überlegen.« Beth fasste sich an den Kopf. »Je nachdem, was meine Beule bis dahin so macht.«

»Mit ein bisschen Make-up lässt sie sich bestimmt überdecken.« Auf einmal war dieser herablassende Ton in seiner Stimme wieder da.

»Eigentlich ging es mir mehr um den Schmerz als ums Aussehen«, stellte Beth klar.

»Wie auch immer.« Er schien es plötzlich recht eilig zu haben, von ihr fortzukommen. »Schönen Abend noch.«

»Danke, Ihnen auch.« Beth runzelte die Stirn, was ihr erneut einen schmerzhaften Stich einbrachte. Sie packte die Eiswürfel zurück ins Gefrierfach und folgte Richard durch die Tür.

Oben in ihrem Zimmer warf Beth sich auf das Bett und zog ihren Laptop zu sich rüber. Sie konnte nicht leugnen, dass Richard sie auf eine verwirrende Art faszinierte. Seine abweisende, arrogante Art wurde immer wieder von freundlicheren Momenten durchbrochen, sodass sie nicht zu entscheiden vermochte, was eher seinem wirklichen Charakter entsprach. Und irgendwie gefiel ihr sein Sinn für Ironie, der sich ab und zu auch gegen ihn selber richtete.

Beth konnte nicht sagen, wann oder wie genau er von *absolut abstoßend* zu *gar nicht so unangenehm* aufgestiegen war, aber er war es.

Vielleicht lag es daran, dass ihn ein Rätsel umgab. Ein Rätsel, das sie zu lösen gedachte.

Beth klappte ihren Laptop auf und startete die Suchmaschine.

Frustriert starrte Richard den Bildschirm seines Laptops an. Normalerweise fiel es ihm schon schwer genug, seine Gedanken auf das Papier zu bannen, doch heute war sogar sein Kopf wie leer gefegt. Nein, das war nicht wahr, er war nicht leer, sondern von etwas erfüllt, das dort absolut keinen Platz hatte. Besser gesagt, von jemandem.

Er seufzte und vergrub die Finger in seinen Haaren. Drei Tage, er musste nur noch knapp drei Tage durchhalten. Dann würde Beth endlich verschwinden und er zu seinem gewohnten Leben übergehen.

Ach! Wem machte er hier etwas vor? Nicht Beth war das Problem, sondern er. Sie gab nur einen perfekten Sündenbock ab. Einen Sündenbock, von dem er sich lieber fernhalten sollte.

Er war schließlich auch nur ein Mann. Und sie verdammt gut aussehend. Wenn er nur daran dachte, wie ihre Augen funkelten, wenn sie sich aufregte. Oder wie verführerisch ihr strammer Hintern in der engen Jeans aussah.

Richard schnaufte. Vielleicht sollte er das warme Wasser in seiner Dusche lieber abdrehen.

Er wusste, dass er von Frauen wie ihr die Finger lassen sollte. Sie war ein Schmetterling, der von Blüte zur Blüte flog auf der Suche nach der einen, die sich als die Verkörperung all ihrer Wünsche herausstellen würde. Er selbst stellte längst keine solche Blume mehr dar. Und wenn er ehrlich war, hatte er nicht die geringste Lust darauf, ständig irgendwelchen Ansprüchen genügen zu müssen.

Seine Hand fuhr zu der Wange, strich die wulstige Narbe entlang. Er hatte sie als Erinnerung behalten, als Mahnmal und Sühne. Aber das war nicht alles, wurde es ihm plötzlich bewusst. Sie war auch ein Schutzschild. Ein Bollwerk gegen die Welt. Damit konnte er Frauen wie Carol oder Beth todsicher auf Abstand halten. Und alle anderen gleich mit.

Ein Klopfen an der Tür ließ ihn überrascht hochfahren. Richard verdrehte genervt die Augen. Offenbar funktionierte es bei Beth nicht ganz so gut.

»Was ist denn jetzt schon wieder …?«, setzte er an, als er die Tür schwungvoll öffnete.

»Dir auch einen schönen Abend«, entgegnete Dorothy ungerührt und trat ein.

»Fühl dich ganz wie zu Hause«, brummte Richard und drückte die Tür hinter ihr wieder ins Schloss.

»Danke.« Ohne innezuhalten, steuerte Dorothy auf sein Wohnzimmer zu.

»Was verschafft mir die Ehre?« Abwartend blieb er stehen.

»Darf ich mich nicht mal erkundigen, wie es meinem Patenkind geht?« Sie ließ sich in einen Sessel sinken.

»Sicher. Das hast du heute Mittag bereits getan. Außerdem ist dieses Patenkind längst erwachsen.«

Dorothy lächelte. »Auch Erwachsene brauchen ab und zu einen Schubs in die richtige Richtung.«

Richard verschränkte die Arme. »Und welche Richtung wäre deines Erachtens die richtige?«

»Jede, die aus diesen Räumen hier führt.«

Er holte tief Luft und zählte innerlich bis zehn. Wieso konnte sie ihn nicht einfach in Ruhe lassen? »Danke für deine Meinung. Aber ich weiß selbst, was ich tue.«

»Das glaube ich eher nicht.«

Richard bemühte sich um eine neutrale Miene. »Das steht dir natürlich frei.« Er merkte, wie eisig sein Ton klang, doch das war ihm egal. Dorothy ging hier eindeutig zu weit.

»Wie kommst du mit deinem Buch voran?«, wechselte sie plötzlich das Thema.

»Ganz gut, wieso?«

»Och.« Sie zuckte mit ihren Schultern. »So viel, wie du dich hier verkriechst, muss es inzwischen schon an die tausend Seiten lang sein.«

Richard schoss ihr einen warnenden Blick zu. Ihrem Ton nach zu urteilen, wusste sie, dass das nicht der Fall war. »Worauf willst du hinaus?«

»Nicht ich, du sollst hinausgehen. Geh unter Leute, Richard, hab ein wenig Spaß. Vielleicht sogar mit einer gewissen Rothaarigen?« Sie zwinkerte ihm bedeutungsvoll zu.

Jetzt war es wirklich genug. »Vielen Dank für deinen Besuch, Dorothy. Schade, dass du schon gehen musst.«

»Ich meine es ernst, Richard. Es tut dir nicht gut, dich Tag und Nacht hier drin zu verkriechen. Du willst mir nicht sagen, was genau vor einem Jahr passiert ist? Auch gut. Dann musst du eben einen anderen Weg finden, damit klarzukommen.« Sie stand auf und ging mit hoch erhobenem Kopf an ihm vorbei. »Und wenn du es schon nicht für dich tust oder für mich, dann tu es wenigstens für dein Buch. Geschichten entstehen nicht im luftleeren Raum.« Mit diesen Worten wandte sie sich ab und stolzierte davon.

Aufgewühlt schaute Richard ihr hinterher. Dorothy hatte ein einzigartiges Talent dafür, den Nagel auf den Kopf zu treffen, selbst wenn sie nicht alle Fakten kannte.

Vielleicht würde es ihm tatsächlich guttun, wenn er ein wenig auf andere Gedanken kam. Nur um Beth würde er einen möglichst großen Bogen machen. An Frauen wie ihr hatte er überhaupt kein Interesse, und ganz gewiss war es umgekehrt genauso.

»Puh.« Mit einem lauten Seufzen klappte Beth ihren Laptop zu. Das musste sie erst einmal verdauen. Wie es aussah, hatte Dorothy nicht übertrieben, als sie Richard als erfolgreich bezeichnet hatte. Er war Partner in einer sehr renommierten Anwaltskanzlei gewesen, die so ziemlich alle juristischen Aspekte abdeckte. Sein Fachgebiet war dabei Wirtschaftsrecht gewesen und er hatte mit vielen Firmenbossen und einflussreichen Politikern verkehrt.

Auf manchen Fotos sah man ihn in Begleitung einer wunderschönen Frau mit langen braunen Haaren und einem makellosen Körper, den sie perfekt in Szene gesetzt hatte. Es fiel Beth schwer, in dem glücklich lächelnden Mann, den diese Bilder ihr gezeigt hatten, ihren griesgrämigen Vermieter wiederzuerkennen. Doch er war es eindeutig, wenn auch ohne seine Narbe. Und auf Bildern, auf denen sie gemeinsam auftraten, war sein Arm stets liebevoll um die Taille der Frau geschlungen.

Dann, vor etwa einem Jahr, hörten derartige Bilder plötzlich auf. Stattdessen hatte Beth ein paar Zeitungsartikel gefunden, die für sich allein genommen keine Lösung des Rätsels enthielten, zusammen aber einen gewissen Sinn ergaben.

Der erste Bericht, vom Dezember letzten Jahres, handelte davon, dass eine Anzeige wegen fahrlässiger Tötung gegen einen Richard Stone fallen gelassen worden war. Offenbar war er in einen Unfall verwickelt gewesen, bei dem ein Obdachloser zu Tode gekommen war. Richard war in allen Punkten entlastet worden. Eine kritische Stimme unter dem Artikel pran-

gerte jedoch an, dass sich hier jemand seine Freiheit wohl er-
kauft hatte.

Diese Stimme hatte wie zum Beweis einen Artikel verlinkt,
auf den Beth ansonsten wohl kaum gestoßen wäre. Es war eine
Kurzmeldung über eine anonyme Spende in Höhe von 300.000
Dollar, die bei der Obdachlosen- und Armenhilfe der Stadt
Chicago eingegangen war.

Das hatte für Beth in der Tat einen unguten Beigeschmack.

Kurz darauf hatte Richard offenbar seine Stelle gekündigt.
In der Pressemitteilung der Kanzlei war von privaten und ge-
sundheitlichen Gründen die Rede. Das war die letzte Meldung,
in der sein Name aufgetaucht war.

Beth versuchte all das, was sie gerade erfahren hatte, mit
dem Bild zu vereinbaren, das sie bisher von ihm gehabt hatte.
War er tatsächlich für den Tod eines Menschen verantwortlich?
Hatte er deshalb alles hinter sich gelassen? Hatte er sein Vermögen gespendet, um sein Gewissen zu erleichtern? Hatte seine Frau ihn verlassen, weil sie von seiner Schuld wusste, oder
hatte sie ihm einfach nicht in die Isolation folgen wollen?

Fragen über Fragen.

Beth war es, als hätte sie plötzlich die Büchse der Pandora
geöffnet, und wünschte sich mit einem Mal, sie hätte es nicht
getan. Vielleicht war es manchmal tatsächlich besser, nicht alles zu wissen. Denn nun würde sie keine Ruhe finden, bevor
sie auch den Rest erfuhr. Bevor sie ganz sicher sein konnte,
dass sie nicht mit einem gewissenlosen Mörder unter einem
Dach hauste.

Sie dachte an Richard, an die Düsternis in seinen Augen, an
die Lippen, die kaum noch lächelten, an die Narbe an seiner
Wange. Nein, gewissenlos war er nicht. Aber ganz sicher auch
nicht unschuldig.

Bevor sie es sich anders überlegen konnte, sprang Beth auf
und hastete zur Tür. Sie würde ihn jetzt sofort zur Rede stellen.

Entschlossen hämmerte sie mit der Faust gegen die Tür. »Richard! Sind Sie da?«

Als keine Antwort ertönte, rüttelte sie versuchshalber an der Klinke. Abgeschlossen. Beth legte ihr Ohr an das Holz und lauschte. Immerhin war es möglich, dass er nicht gestört werden wollte und sich daher versteckte. Doch auf der anderen Seite blieb alles still. Zur Sicherheit klopfte Beth noch mal, mit dem gleichen Erfolg. Vermutlich war Richard tatsächlich nicht da.

Verdammt! Sie schlug mit der Hand gegen den Türrahmen. Gerade jetzt, wo sie unbedingt mit ihm sprechen wollte, trieb er sich irgendwo herum. Dabei machte er sonst nicht den Eindruck, als würde er das Haus häufig verlassen.

Das Klingeln des Handys zerriss plötzlich die Stille und Beth fuhr erschrocken zusammen. Eine unbekannte Nummer leuchtete im Display. Vorsichtig ging Beth ran. »Ja, bitte?«

»Hi, hier ist Tom Hopkins von der Werkstatt, Sie wissen schon, ich habe heute Morgen Ihr Auto geholt.«

»Sicher.« Wie könnte sie das vergessen. Beth verschränkte die Finger und hoffte, dass er ein paar gute Neuigkeiten für sie hatte.

»Ihre Ersatzteile werden morgen geliefert«, berichtete Tommy fröhlich. »Also nicht Ihre direkt, sondern die für das Auto«, präzisierte er verlegen.

»Ist schon klar«, winkte Beth ab. »Dann wird es morgen fertig?«

»Nein.« Wäre ja auch zu schön gewesen. »Aber Montag auf jeden Fall. Das heißt, wenn Sie uns das Okay zum Loslegen geben.«

Ui, das hörte sich nicht so toll an. »Wie teuer wird es denn werden?«

»Um die 400 Dollar.«

»Okay.« Beth nickte. Es war immerhin günstiger als ein neuer Wagen.

»Alles klar, ich melde mich dann, wenn er fertig ist.«

»Danke.« Beth wartete darauf, dass er auflegte. »Ist sonst noch was?«, fragte sie, als das nicht geschah.

»Ähm ja. Ich wollte fragen, ob Sie gleich zu der Party kommen. Sie wissen schon, die in der Turnhalle steigt.«

»Wieso?«

»Nur so. Vielleicht sieht man sich dort.« Er versuchte offensichtlich, mit ihr zu flirten, und Beth biss sich auf die Lippe, um nicht loszuprusten. Er konnte kaum älter als Mitte zwanzig sein und definitiv kein Mann für sie.

»Ja, vielleicht«, hörte sie sich sagen. Wieso auch nicht? Ihre Beule tat gar nicht mehr weh und da ein Gespräch mit Richard nicht möglich war, hatte sie ohnehin nichts anderes vor. Ein bisschen Spaß am Abend konnte sicherlich nicht schaden. Vielleicht würde es sie auf andere Gedanken bringen, sie von Richards geheimnisvoller Vergangenheit ablenken. Und Patrick hatte auch zu kommen versprochen, langweilig würde es ihr also bestimmt nicht werden.

Kapitel 7

Der Schnee knirschte unter Richards energischen Schritten. Doch egal wie weit und wie lange er lief, er konnte seinen Gedanken nicht entkommen. Zum ersten Mal in seinem Leben wusste er nicht, welche Richtung er einschlagen sollte, und diese Orientierungslosigkeit zermürbte ihn.

Bisher hatte er immer ein Ziel gehabt, etwas, worauf er hinarbeiten konnte. Die Highschool, das Studium, die Karriere. Wohlstand, Ansehen, Einfluss, Erfolg. Er hatte sich bemüht, Carol das Leben zu bieten, das sie sich wünschte, und die Bewunderung, die Liebe in ihrem Blick hatten ihn beflügelt.

Bis er merkte, dass diese Liebe gar nicht ihm galt, sondern all den Dingen, die er ihr ermöglichte.

Richard atmete die kalte, würzige Luft tief in sich ein und verdrängte jede Erinnerung an seine Exfrau. Sie hatte keine Bedeutung mehr für ihn. Um ihre Wertschätzung hatte er sich lange genug bemüht, jetzt zählte nur seine eigene. Und genau da lag das Problem. Er fühlte sich immer mehr als Versager.

Nicht, weil er seine Karriere aufgegeben hatte. Das war nach wie vor die richtigste Entscheidung seines Lebens, sondern weil er nun nichts mit sich anzufangen wusste. Er war ein verdammt guter Anwalt gewesen, als Autor war er bestenfalls mittelmäßig. Und irgendwie beschlich ihn das Gefühl, dass sich daran so schnell nichts ändern würde. Was ihn – zusätzlich zu seinem persönlichen Befinden – über kurz oder lang vor die Frage stellen würde, wie er seinen Lebensunterhalt zukünftig zu finanzieren gedachte.

Richard seufzte. Sein Atem stieg wie eine große weiße Wolke in die kalte Nachtluft. Mit fast Mitte dreißig noch einmal komplett von vorn anzufangen, war gar nicht so leicht. Vor allem, wenn man geglaubt hatte, bereits alles erreicht zu haben. Und wenn man lediglich wusste, was man auf keinen Fall mehr haben wollte, ohne die leiseste Ahnung, womit die plötzliche Leere zu füllen war.

Richard schaute sich um. Er war auf seinem Spaziergang ziellos durch die Gegend marschiert und musste sich erst einmal wieder zurechtfinden. Inzwischen war es vollkommen dunkel geworden. Zum Glück reflektierte der Schnee das spärliche Licht der Straßenlaternen, sodass Richard seine Umgebung halbwegs erkennen konnte. Hinter der nächsten Wegbiegung musste schon bald die Turnhalle auftauchen. Richard verharrte unschlüssig. Er konnte bereits die Musik hören, die Party war offenbar in vollem Gange. Eigentlich war ihm überhaupt nicht nach Gesellschaft und Lärm zumute. Aber die Aussicht, in das leere Hotel zurückzukehren, wo er erneut mit seinen Gedanken allein sein würde, erschien ihm ebenso wenig verlockend.

Der Gedanke an Beth streifte flüchtig sein Bewusstsein. Wie nett es gewesen war, mit ihr zusammen einen Kaffee zu trinken – zumindest bis sie sich wieder in die Haare gekriegt hatten. Er wusste selbst nicht, wieso er sie ständig zu provozieren und herauszufordern versuchte. Vielleicht, weil sie es ihm so herrlich leicht machte. Ein Lächeln stahl sich auf sein Gesicht. Ein Lächeln, das sofort wieder verschwand. Beth war jetzt ganz sicher nicht im Hotel. Sie ließ sich die Party bestimmt nicht entgehen. Oder sie amüsierte sich gerade mit diesem Typen, den er heute Mittag bei ihr gesehen hatte. Richard hatte nur einen flüchtigen Blick auf ihn erhascht, aber ihm war nicht entgangen, wie der Kerl Beth angeschaut hatte. Der ließ bestimmt nichts anbrennen. Und sie vermutlich auch nicht.

Richard spürte, wie seine Laune noch weiter sank und der Wunsch nach einem Drink in ihm aufstieg. Entschlossen setzte er sich wieder in Bewegung. Ein heißer Punsch würde ihm nach der langen Wanderung guttun. Und wenn er ihn in der geselligen Turnhalle trank, würde er sich etwas weniger armselig vorkommen als allein mit einer Whiskyflasche in seinem Wohnzimmer.

Kurze Zeit später betrat er die laute, volle Halle. Das Dekorationskomitee hatte dieses Jahr wieder ganze Arbeit geleistet. Überall hingen funkelnde Schneeflocken, Mistelzweige und Schleifen von der Decke. Eine große Discokugel in der Mitte sandte spiegelnde Lichtreflexe auf die Tanzfläche, auf der sich viele Paare im Rhythmus der Musik wiegten.

Und Richard fühlte sich inmitten dieser fröhlichen Menschen vollkommen fehl am Platz.

Während er die Bar im hinteren Bereich der Halle ansteuerte, suchte sein Blick automatisch nach Beth. Er fluchte, als er sich dessen bewusst wurde, und richtete seine Aufmerksamkeit starr nach vorn.

Geradewegs auf Beth.

Atemlos und erhitzt lehnte sie an der Theke, während der attraktive, bärtige Mann vom Vormittag die Getränke bestellte. Er sagte etwas zu ihr und Beth lachte auf.

Richard konnte nicht anders, als sie anzustarren. Sie war mit Abstand die schönste Frau im Saal. Sie trug eine glänzende, dunkle Korsage, die ihre schlanke Gestalt und die üppigen Brüste perfekt zur Geltung brachte, ihre roten Haare schimmerten im Licht der Discokugel, die Wangen waren vom Tanzen – oder vor Aufregung – leicht gerötet und ihre Lippen glänzten verführerisch.

Richard schluckte, konnte seinen Blick aber nicht abwenden.

Zumindest war er nicht der einzige Mann, dem es so erging. Ihr Begleiter konnte seine Augen ebenfalls nicht von ihr nehmen, schien sie regelrecht in ihrem Ausschnitt zu vergraben.

Richard stieg die Galle hoch. Besonders als er merkte, dass Beth dies überhaupt nichts ausmachte. Er musste kein Wahrsager sein, um zu wissen, dass sie heute Nacht nicht in ihrem Zimmer schlafen würde, zumindest nicht allein.

Richard ballte die Hand zur Faust. Ihm war die Lust auf einen Drink vergangen, denn um diesen zu bekommen, hätte er sich zu den beiden gesellen müssen. Und daran hatte er absolut kein Interesse. Am besten sollte er einfach wieder verschwinden. Richard war gerade dabei, sich umzudrehen, als Beths Begleiter scheinheilig nach oben deutete, als wäre ihm gerade erst aufgefallen, dass sie unter einem Mistelzweig standen. Dabei konnte Richard seine Hand dafür ins Feuer legen, dass der Typ sie mit Absicht genau dort positioniert hatte. Eine noch plumpere Anmache hatte Richard selten erlebt.

Beth lächelte überrumpelt. Sie wandte den Kopf, um nach oben zu sehen, dabei streifte ihr Blick Richards Gestalt. Ihre Augen weiteten sich. Ein Ruck ging durch ihren Körper, ihr Lächeln verblasste.

Der Kontrast zu ihrer Reaktion auf diesen anderen Mann hätte nicht stärker sein können. Richard presste die Lippen zusammen und wandte sich ab. Sie ging ihn absolut nichts an. Und er hatte hier nichts verloren.

»Richard, warten Sie!«, rief Beth und machte sich von Patrick los, der sie festzuhalten versuchte. Seine Flirterei ging ihr jetzt ohnehin zu weit. Sie hatten zusammen getanzt und sich gut unterhalten, das hieß jedoch nicht, dass sie gleich wie zwei Teenager herumknutschen mussten.

Unwillkürlich fragte sie sich, welches Bild Richard nun von ihr hatte. Er hatte ohnehin keinen Hehl daraus gemacht, dass er sie für oberflächlich und nur auf Aufmerksamkeit bedacht hielt. Das hier würde ihn in seiner Meinung nur bestärkt haben. Nicht, dass es irgendeine Rolle für sie spielte.

Der Blick, mit dem er sie bedacht hatte, war so missbilligend und gleichzeitig so seltsam intensiv gewesen, dass er ihr einen Schauer über den Rücken gejagt hatte.

»Wo willst du denn hin?« Irritiert hielt Patrick Beth am Arm zurück.

»Ich muss nur kurz mit dem Mann da was klären.« Beth riss sich los und folgte Richard, bevor er in der Menge verschwinden konnte. Der nette Abend hatte sie zwar auf andere Gedanken gebracht, aber sie hatte ihre Enthüllungen über Richard nicht vergessen. Sie musste einfach wissen, was davon der Wahrheit entsprach. Sonst würde sie nachher schlaflos in ihrem Bett liegen, während die Fantasie immer weiter mit ihr durchging und sie sich in wer weiß was noch hineinsteigerte. Sie wollte keine Angst vor Richard haben, glaubte, dass er – trotz allem – kein schlechter Mensch war. Dennoch brauchte sie Gewissheit.

»Richard!«, rief sie erneut, als er nicht reagierte.

Endlich blieb er stehen und schaute sich irritiert um.

Beth drängte sich durch die Menschenmenge zu ihm. »Jetzt warten Sie doch!«, beschwerte sie sich außer Puste.

»Das tue ich gerade«, bestätigte er ihr ruhig. Was auch immer ihm vorhin durch den Kopf gegangen sein mochte, jetzt hatte er sich wieder vollkommen im Griff. »Ich bin mir allerdings nicht sicher, ob das auch auf Ihren Freund zutrifft.« Er deutete auf Patrick, der gerade zu ihnen aufschloss.

Beth verdrehte die Augen. Der wusste wohl wirklich nicht, wann es genug war.

Kurzerhand hakte sie sich bei Richard unter und zog ihn mit sich. Unterwegs schnappte sie sich eine Jacke vom Garderobenständer. Sie würde sie nachher wieder zurückbringen. Jetzt wollte sie ungestört mit Richard reden und hier drin war das offensichtlich nicht möglich.

Richard musterte Beth überrascht, folgte ihr jedoch widerstandslos nach draußen.

»Steht Ihnen«, kommentierte er trocken, als sie in die viel zu kurzen Ärmel schlüpfte. Wieso musste sie ausgerechnet eine so kleine Jacke erwischen?

»Ich weiß«, gab Beth möglichst selbstbewusst zurück. Sie straffte ihre Schultern und sah ihm fest in die Augen. »Haben Sie ein paar Minuten Zeit für mich?«

Sein Blick flackerte. Es war ihr also tatsächlich gelungen, den unerschütterlichen Richard zu verunsichern.

»Sieht nicht so aus, als hätte ich eine Wahl.«

»Die hat man immer«, hielt Beth ihm entgegen.

»Worum geht es überhaupt?« Vorsicht und Neugier mischten sich in seiner Stimme.

»Um die Wahrheit.«

Seine Augenbrauen fuhren zusammen, das Gesicht verdüsterte sich. »Welche Wahrheit?«

Beth nahm ihren ganzen Mut zusammen. »Die über Sie.« Aufmerksam beobachtete sie seine Miene. Er wirkte nicht gerade erfreut.

Abwehrend hob Richard die Hand.

»Ich habe ein paar interessante Artikel gefunden«, fuhr Beth schnell fort, bevor er ihr Einhalt gebieten konnte.

»Sie haben mir nachspioniert?«, entfuhr es ihm wütend. »Ich habe Ihnen ein Dach über dem Kopf gewährt und Sie …« Verstehen huschte über seine Züge. »Sie sind von der Presse, nicht wahr? Sind Ihnen die Klatschgeschichten ausgegangen, sodass sie jetzt im alten Dreck herumwühlen müssen? Ich bin ja so dämlich gewesen!« Aufgebracht wandte er sich ab und ging mit langen Schritten davon.

Es gab also tatsächlich *alten Dreck*.

»Ich bin *nicht* von der Presse!«, rief Beth mit Nachdruck und stöckelte ihm hastig hinterher. Zum Glück war der Schnee vor der Turnhalle schon plattgetrampelt, sonst hätte sie Richard mit ihren Absätzen niemals einholen können.

Beth trat auf eine besonders glatte Stelle, schrie erschrocken auf und ruderte mit den Armen, um ihr Gleichgewicht zu halten.

Richard fuhr herum und eilte mit einem genervten Seufzen

an ihre Seite. »Hier, halten Sie sich fest.« Er streckte ihr den Arm entgegen.

»Danke.« Erleichtert klammerte Beth sich an ihn.

»Sie sollten sich geeignetere Schuhe besorgen«, brummte er.

»Oder Sie hören einfach auf, vor mir davonzulaufen«, gab Beth unbeeindruckt zurück.

»Ich mag nun mal keine Leute, die mir hinterherspionieren!«

»Ich habe nicht spioniert!«, verteidigte sich Beth. »Ich wollte lediglich wissen, mit wem ich es zu tun habe!«

»Oh, dann machen Sie das also bei allen Menschen, die Ihnen begegnen?«

»Natürlich nicht! Aber Sie sind schließlich ein einziges wandelndes Fragezeichen!«

»Bin ich das?« Seine Augenbrauen fuhren interessiert nach oben.

»Und wie!«, erwiderte Beth entschieden, obwohl der Ausdruck in seinen dunklen Augen sie plötzlich nervös machte. Jetzt, da sie so weit vorgeprescht war, würde sie keinen Rückzieher machen. »Immerhin sind Sie ein supererfolgreicher Anwalt, der nach einem Unfall alles plötzlich hinter sich lässt, sein gesamtes Vermögen anonym an eine Wohltätigkeitsorganisation spendet, sich von seiner Frau trennt und in einem verlassenen Hotel verkriecht, das ehemals seiner Mutter gehört hat.« Fast atemlos beendete Beth ihre Aufzählung und wartete gespannt auf Richards Reaktion. Würde er wieder wütend werden? Würde er das Gespräch verweigern? Oder würde er ihr tatsächlich erzählen, was passiert war?

»Wow«, murmelte er leise. Es hörte sich beeindruckt und zugleich verbittert an. »Sie kennen mich jetzt wie lange – zwei Tage? Und wissen schon Dinge über mich, die ich nicht gerade vielen erzählt habe.«

»Was soll ich sagen?« Beth zuckte mit den Schultern. »Recherche ist gewissermaßen mein Beruf. Oder war es zumindest.«

Das Misstrauen in Richards Gesicht flackerte wieder auf. »Also doch von der Presse?«

»Nein!«, entgegnete sie hastig. »Ich war für Organisation und Recherche in einer Unternehmungsberatung zuständig.«

»War?«

Beth nickte betrübt. »Jetzt nicht mehr.« Aber sie wollte gerade ganz sicher nicht über sich selber reden. »Was ist bei dem Unfall passiert?«, fragte sie leise.

Richard zögerte. »Wenn Sie die Berichte gelesen haben, wissen Sie es ja«, sagte er abwehrend.

»Nur die offizielle Version. Ein Mann ist dabei zu Tode gekommen und das Verfahren gegen Sie wurde eingestellt.«

»Mehr gibt es dazu auch nicht zu sagen.«

»Das glaube ich nicht!«, rief Beth entschieden. »Nicht alle waren damals der Ansicht, dass es mit rechten Dingen zuging. Und ihr Verhalten im Anschluss zeigt, dass da tatsächlich noch mehr gewesen sein musste.«

»Das ist schon über ein Jahr her. Welche Rolle spielt das überhaupt für Sie?« Richard klang aufgewühlt. Seine dunklen Augen glühten, während sie sich in die ihren bohrten.

Das war eine verdammt gute Frage.

Beth wusste selbst nicht, wieso es sie dermaßen beschäftigte. Wieso sie wissen musste, was für ein Mensch er tief im Inneren war. Sie schluckte. Ihre Kehle fühlte sich plötzlich wie ausgedörrt an.

»Ich will nur sichergehen, dass Sie kein verrückter Axtmörder sind.« In dem Moment, als die Worte ihren Mund verließen, wäre Beth am liebsten im Erdboden versunken.

»Kein was?« Damit hatte Richard offenbar nicht gerechnet, denn eine Spur von Belustigung mischte sich in seine Betroffenheit. Er kniff die Augen zusammen, wie um Beth besser sehen zu können, und legte den Kopf schräg. »Wie viel Punsch haben Sie heute bereits getrunken?«

»Gar keinen!«, versicherte Beth empört.

»Und wie kommen Sie dann dazu, mich für einen psychopathischen Killer zu halten?«

»Sind Sie denn für den Tod des Mannes verantwortlich?«, fragte Beth geradeheraus, ohne wirklich mit einer Antwort zu rechen.

»Ja«, entgegnete Richard überraschend schlicht.

Instinktiv rückte Beth ein Stück von ihm ab, während ihr Hirn die schockierende Nachricht zu verarbeiten versuchte.

»Und jetzt hoffe ich sehr, dass Sie tatsächlich nicht von der Presse sind«, fügte Richard ruhig hinzu, als hätte er ihre Reaktion nicht bemerkt.

»Wie … Wie meinen Sie das?«, stotterte Beth.

»Nun ja, ich fände es wenig erfreulich, wenn jemand die Geschichte jetzt wieder aufrollt.«

»Das meine ich gar nicht! Was soll das heißen, Sie sind für seinen Tod verantwortlich?!«

»Geht das vielleicht auch ein wenig leiser?«, zischte Richard und schaute sich hastig um. Beth folgte seinem Beispiel.

Ein paar Leute standen vor der Turnhalle, unterhielten sich oder schnappten frische Luft. Zum Glück schenkten sie Richard und ihr, da sie etwas abseits im Schatten standen, keine Beachtung. Beth wollte sich gerade wieder abwenden, als die Tür aufging und Patrick nach draußen trat. Suchend sah er sich um und Beth war froh über die Dunkelheit, die sie vor seinen Blicken verbarg. Patrick war ein netter Kerl, aber gerade stand ihr der Sinn nicht nach belangloser Zerstreuung.

»Vielleicht sollten Sie lieber zurückgehen«, kommentierte Richard sarkastisch. »Nicht, dass er sich noch Ersatz für Sie sucht.«

»Glauben Sie, ich wäre so leicht austauschbar?« Beth bemühte sich, herausfordernd und locker zu klingen, doch der Stachel hatte seinen Punkt gefunden.

Richard zuckte mit den Schultern. »Für diesen Kerl? Schon möglich.«

Trotz seines provozierenden Tonfalls machte Beths Herz einen unerwarteten Sprung. Hatte Richard sich gerade unbewusst von dieser Einstellung ausgenommen?

Ihr Blick blieb an Patrick hängen. Vermutlich hatte Richard recht. Wenn sie in den nächsten zehn Minuten nicht auftauchte, würde er sich einer anderen Frau zuwenden. Wieso auch nicht? Er machte keine falschen Versprechen, wollte bloß ein wenig Spaß. Nur dass ihr das nicht mehr reichte. Sie wollte keinen Mann mehr, für den sie austauschbar war.

Patrick schaute sich noch ein letztes Mal um, dann ging er kopfschüttelnd wieder in die Halle hinein.

»Sicher, dass Sie ihm nicht folgen wollen?«, fragte Richard süffisant.

»Ganz sicher«, entgegnete Beth. So leicht würde er ihr nicht davonkommen. »Erzählen Sie mir jetzt, was passiert ist?«

Richard seufzte. »Sie wollen es wirklich wissen?«

»Ja.«

»Und Sie haben keine Angst?«

»Wovor denn?«

»Dass ich Sie anschließend beseitigen muss?«

»Nein.« Beth ignorierte das leicht mulmige Gefühl in ihrer Magengegend. »Ich schätze, das lohnt die Mühe nicht. Immerhin ist der Fall abgeschlossen. Außerdem hat Dorothy mir versichert, sie hätten das Herz auf dem rechten Fleck.«

»Hat sie das?«, fragte Richard mit einer Mischung aus Belustigung und Fassungslosigkeit. »Sie beide reden recht viel über mich.«

Beth schaute demonstrativ zur Seite. »Bilden Sie sich bloß nichts darauf ein. Es gibt hier sonst nicht viel Gesprächsstoff.«

Sie hörte Richards leises Schnaufen. »Wollen wir ein Stück gehen?«, fragte er dann.

»Okay. Dann hole ich schnell meine Jacke. Die Arme werden mir auf Dauer sonst ziemlich kalt.«

»Und, wenn Sie sich dann besser fühlen, sagen Sie irgendwem Bescheid, dass Sie mit mir weggehen. Nicht, dass ich mich doch noch als … *psychopathischer Axtmörder* entpuppe.«

»Das werden Sie mir wohl ewig vorhalten, was?«

»Nein, nur bis Montag.«

Stimmt. Ihre baldige Abreise hatte sie fast vergessen. »Ich bin gleich wieder da«, sagte Beth statt einer Erwiderung.

Vorsichtig setzte sie einen Fuß vor den anderen, während Richard und sie sich immer weiter von der lauten Turnhalle entfernten. Ihre Stiefel waren eher zum Ausgehen als für längere Spaziergänge im Schnee gedacht.

Schweigend beobachtete Richard, wie sie sich abmühte, dann streckte er ihr seinen Arm entgegen. »Hier, halten Sie sich fest. Ich habe keine Lust, heute noch ins Krankenhaus fahren zu müssen.«

»Ihre Sorge um mein Wohlergehen ist rührend«, bemerkte Beth spöttisch, nahm jedoch dankbar den angebotenen Arm. Sie hätte es nie erwartet, aber sie fand es schön, mit ihm durch die stillen, dunklen Gassen zu wandern, die langsam fallenden Schneeflocken zu beobachten und zu spüren, dass sie nicht allein war. Zumindest an diesem Abend.

Trotzdem brannten ihr die Fragen auf der Zunge und sie zermarterte sich das Hirn, wie sie das Gespräch wieder auf Richards Vergangenheit bringen konnte.

»Ich fürchte, nach all dem Vorgeplänkel werden Sie von der eigentlichen Geschichte enttäuscht sein«, setzte er schließlich an, als hätte er ihre Gedanken gelesen.

Beth schwieg und gab ihm die Zeit, sich zu sammeln. Was auch immer es war, sie bezweifelte, dass er besonders oft darüber sprach.

»Es war ein Abend im November, im letzten Jahr«, sagte Richard leise. »Das Wetter war scheußlich, Schneeregen und überfrierende Glätte. Ich war mit dem Auto unterwegs, nachdem ich länger im Büro geblieben war, um einen wichtigen

Gerichtstermin vorzubereiten. Carol – meine Frau – wartete bereits auf mich. Wir waren zu einer Party eingeladen. Ich wusste, sie würde sauer sein. Trotzdem musste ich noch dringend etwas mit meinem Mandanten besprechen. Ich hatte ihn in der Leitung, er hatte eine Frage gestellt. Die Akte lag aufgeschlagen neben mir auf dem Beifahrersitz. Ich habe nur für wenige Sekunden den Blick von der Straße genommen. Ich habe den Mann nicht rechtzeitig gesehen.« Richard verstummte, offenbar in der Erinnerung gefangen. Dann atmete er tief durch, bevor er weitersprach. »Er stand auf einmal einfach mitten auf der Straße, ich habe versucht, ihm auszuweichen, aber ich habe ihn trotzdem erwischt. Der Wagen geriet ins Schleudern. Es schepperte und krachte. Als ich wieder zu mir kam, war ich im Krankenhaus, mit einer Gehirnerschütterung und einer frischen Naht auf der Wange. Der Mann war tot.«

»Es tut mir leid«, raunte Beth. Sie hörte den Schmerz in Richards Stimme, die Schuld. Sie hatte ihn mit der Erinnerung gequält. »Es ist ein Unfall gewesen.«

»Ja. Aber einer, den *ich* verursacht habe. Hätte ich auf die Straße geschaut, wäre der Mann vermutlich noch am Leben.«

»Das wissen Sie nicht.«

»Richtig. Und ich werde es nie erfahren.«

»Die Polizei war jedenfalls auch der Ansicht, dass es nur ein bedauerlicher Zufall war, immerhin wurde die Anzeige fallen gelassen.«

Richard schaute sie ungläubig an. »Glauben Sie etwa auch noch an den Weihnachtsmann?«

»Nein«, entgegnete Beth gedehnt. »Wieso?«

»Weil die Ermittlungen mit Sicherheit nicht ohne Grund eingestellt worden sind. Meine Partner haben ihre Beziehungen spielen lassen, auch wenn ich das nicht gewollt habe. Aber ihnen ging es dabei gar nicht um mich, zumindest nicht hauptsächlich, sondern um den guten Ruf der Kanzlei. Letztendlich hieß es, der Mann sei alkoholisiert gewesen und ohne Vorwarnung auf die Straße gerannt. Außerdem war er *nur* ein Obdachloser und ich ein angesehenes Mitglied der Gesellschaft. Als ob ein Leben weniger wert als ein anderes wäre!« Richard verstummte und wischte sich über die Stirn.

Seine Trauer und sein hilfloser Zorn rührten Beth auf eine ganz besondere Weise. Dorothy hatte recht. Er war ein anständiger Mensch durch und durch. Er hatte nur Pech gehabt.

»Haben Sie deshalb Ihre Stelle gekündigt?«

»Ja. Plötzlich konnte ich nicht mehr wegsehen. Nicht mehr die Augen davor verschließen, dass die Absprachen, die wir tagtäglich trafen, das Bestreben, die Fälle um jeden Preis zu gewinnen, nichts mit Recht oder gar Gerechtigkeit zu tun hatten. Es ging nur um Macht, Einfluss und Geld. Ich wollte kein Teil mehr davon sein.«

»Das kann ich verstehen«, murmelte Beth leise.

»Tatsächlich?« Er wirkte überrascht.

»Ja, irgendwie schon. Es ist wichtig, hinter dem zu stehen, was man tut. Und es ist toll, wenn man die Wahl hat.«

»Irgendwer hat mir erst vor wenigen Minuten gesagt, dass man immer eine Wahl habe.«

Beth schüttelte schmunzelnd den Kopf. Jetzt schlug er sie schon mit ihren eigenen, klugen Sprüchen. »Vielleicht war ich da etwas voreilig.« Ihre Heiterkeit verflog. »Wenn man es sich leisten kann, sind Prinzipien große Klasse. Aber wenn man nicht weiß, wie man die nächste Miete bezahlen soll, ist es etwas ganz anderes.«

»Sprechen Sie da aus Erfahrung?«, fragte er zögernd.

»Noch nicht.« Beth zuckte mit den Schultern. »Allerdings muss ich mir dringend einen neuen Job suchen.«

»Sie haben gekündigt?«

»Nein, ich wurde.«

»Das tut mir leid.«

»Wer weiß, vielleicht ist das sogar besser so. Zumindest sagt meine Mutter das immer. Sie meint, nichts im Leben geschieht ohne Grund, nur sind wir nicht immer in der Lage, ihn sofort zu erkennen.«

»Eine tröstende Vorstellung, wenn auch eine unrealistische.«

»Vielleicht. Trotzdem hilft es manchmal, wenn man versucht, das Gute in einer Situation zu sehen, die Möglichkeiten, die darin stecken.«

»Das ist nicht immer so einfach«, sagte Richard bedauernd.

»Vielleicht lohnt es sich gerade dann.«

»Ich weiß nicht.« Er schüttelte den Kopf. »Ich kann nichts Gutes in dem erkennen, was letztes Jahr passiert ist.«

Beth schaute ihn nachdenklich an. »Sie haben erkannt, wie Sie nicht mehr leben möchten.«

»Ja.« Er lachte bitter auf. »Und was hat mir das gebracht? Bis auf die Tatsache, dass meine Frau mich verlassen hat?«

Ups, da war ja was. »Das tut mir leid.« Beth verzog ertappt das Gesicht, während sie innerlich nach Worten suchte. Einerseits wollte sie das Thema mit ihm nicht vertiefen, weil es viel zu persönlich war. Andererseits brannte sie vor Neugier.

»Mir nicht«, sagte Richard langsam. »In dem Moment, als sie mich verließ, habe ich sie zum ersten Mal so gesehen, wie sie wirklich war. Ich konnte ihr nicht einmal mehr böse sein. Ich hatte nichts als Mitleid für sie.«

»Wieso denn das?«, fragte Beth erstaunt. Richard klang, als meinte er das vollkommen ernst. Es lag kein Schmerz, keine Spur von gekränktem Ego in seiner Stimme, eher eine tiefe Resignation.

»Weil Carol sich selbst nicht genug ist, sie definiert sich ausschließlich über andere. Ihr Selbstwertgefühl speist sich aus rein äußeren Dingen – ihrem Aussehen, der Bewunderung anderer, dem Erfüllen gesellschaftlicher Standards und Erwartungen. Und als ich ihr nicht mehr genug bieten konnte, hat sie sich einen Mann gesucht, der dazu bereit war.«

Beth presste die Lippen zusammen und senkte den Kopf. Richards Worte trafen sie mehr, als es ihm vermutlich bewusst war. Sie selbst war dieser Carol erschreckend ähnlich. Sie fühlte sich als Versagerin, weil sie sich noch keinen vorzeigbaren Mann geangelt hatte. Ihr ganzes Streben war darauf ausgelegt, den Mann fürs Leben zu finden.

Machte sie das ebenfalls zu einer oberflächlichen, bemitleidenswerten Person, die sich selbst nicht genug war? Die sich nur über andere definierte? »Urteilen Sie nicht etwas zu hart über Ihre Exfrau?«, fragte sie gepresst, ohne Richard ins Gesicht zu sehen.

»Schon möglich«, räumte er nach einer kurzen Pause ein. »Aber ist das nicht das Vorrecht der Verlassenen?«, versuchte er mit einer gewissen Selbstironie, das Gespräch wieder aufzulockern.

Beth gab einen zustimmenden Laut von sich. Zu mehr war sie gerade nicht in der Lage. Richards Worte hatten sie aufgewühlt. Musste sie vielleicht erst lernen, mit sich selbst glücklich zu sein, bevor sie sich auf die Suche nach Mr. Perfect begab? Und wie perfekt musste er eigentlich sein?

Ihr Blick blieb an Richard hängen. Diesem im klassischen Sinne unattraktiven Mann mit einer entstellenden Narbe auf der Wange, einem Schatten auf seiner Vergangenheit und einer undefinierten Perspektive. Dennoch hatte er Charisma, Persönlichkeit, Humor und Moral. Selbst sein abweisendes Verhalten ergab nun, da sie seine Geschichte kannte, allmählich einen Sinn. Und obwohl er mit all seinen Mängeln ihrer Vorstellung von einem Mann ganz und gar nicht entsprach, fühlte sie sich von ihm zunehmend fasziniert.

Beth schloss für einen Moment die Augen und atmete tief durch. Das war absurd. Richard war ganz und gar keine Option. Er hatte genug mit seinen eigenen Dämonen zu kämpfen und musste sich selbst erst noch wiederfinden. Und Oberflächlichkeit hin oder her, sie würde niemals mit einem Mann zusammen sein können, dem es genug war, in einem verlassenen Gebäude zu hausen und sein Potenzial zu vergeuden.

Abgesehen davon, dass dazu immer noch zwei gehörten.

Und was er von ihr hielt, hatte Richard schon mehr als einmal klargemacht.

Beth fröstelte und zog die Jacke enger um sich. »Ich denke, ich habe genug für heute.«

»Ähm, natürlich.« Richard klang überrumpelt. »Soll ich Sie zum Hotel begleiten oder wollen Sie zurück zu der Party?«

»Wenn ich ehrlich bin, möchte ich nur noch ins Bett«, gab Beth zu. »Wenn Sie mir den Weg zum Hotel beschreiben, schaffe ich es auch allein. Sie müssen nicht extra mitgehen.«

»Na ja, ich wohne ebenfalls dort«, sagte er mit der Spur eines Lächelns.

Beth musste unwillkürlich schmunzeln. »Das ist mir durchaus bewusst. Ich dachte nur, sie wollten noch in die Turnhalle. Immerhin sind Sie vorhin gerade erst gekommen.«

»Ähm.« Er wirkte verlegen. »Ich wollte bloß … Ich meine, ich war in der Nähe und habe nur kurz reingeschaut, um etwas trinken … Aber ein Kaffee zu Hause tut es wohl auch. Vielleicht trinken Sie einen mit?«

»Danke, heute wirklich nicht mehr«, sagte Beth. Sie brauchte dringend ein bisschen Ruhe. Der Abend war ganz anders verlaufen, als sie es sich vorgestellt hatte. Sie hatte sich auf ein paar spaßige Stunden mit Patrick gefreut und führte stattdessen draußen im Schnee ein tiefsinniges Gespräch mit Richard. Ein Gespräch, das sie zugleich betrübt und aufgewühlt hatte. Eigentlich hatte sie mehr über seine Vergangenheit herausfinden wollen, stattdessen hatte sie etwas über sich selbst gelernt. Und das musste sie erst einmal verdauen.

»Na dann, gute Nacht«, sagte Richard zögernd im Foyer des Hotels. Nachdem er Beth sein halbes Herz ausgeschüttet hatte, fühlte es sich eigenartig an, sich so kühl und nüchtern von ihr zu verabschieden.

»Danke, Ihnen auch.« Sie hob grüßend die Hand und flüchtete fast schon die Treppe nach oben.

Nachdenklich sah er Beth hinterher. Sein Bericht hatte sie offenbar verstört. Dabei sollte sie nun beruhigt sein, dass er kein Axtmörder war. Er war zwar verantwortlich für den Tod dieses Menschen, dessen richtigen Namen er nicht einmal kannte, dennoch war es ein Unfall gewesen.

Richard spürte, wie die Schuld, die auf seinen Schultern lastete, ein wenig leichter wurde. Es hatte ihm gutgetan, endlich mit jemandem über diese Ereignisse zu sprechen. Und Beths Reaktion hatte ihn überrascht. Bisher war er nur auf völliges Unverständnis gestoßen. Seine ehemaligen Freunde und Kollegen hatten ihn für geistesgestört erklärt. Alle waren der Ansicht gewesen, dass er dankbar und froh sein sollte, so glimpflich davongekommen zu sein. Und das war er ja auch, irgendwie. Vielleicht war es die Selbstverständlichkeit, mit der ein Menschenleben abgewunken worden war, die ihn so störte.

Carol hatte das nicht verstanden. An dem Tag, als er ihr mitgeteilt hatte, nie wieder als Anwalt tätig sein zu wollen, hatte sie ihm ein Ultimatum gestellt, hatte gefordert, dass er seine Schnapsidee aufgab, oder er würde sie nie wiedersehen. Also hatte er sie gehen lassen.

Noch heute sah Richard ihr überraschtes Gesicht vor Augen, damit hatte sie wahrlich nicht gerechnet. Doch Carol war schon immer sehr praktisch veranlagt. Wutentbrannt hatte sie ihre Koffer gepackt und innerhalb weniger Wochen einen geeigneten Ersatz für ihn gefunden.

Richard hatte sie tatsächlich bis zur Scheidungsverhandlung nicht mehr wiedergesehen, zumindest nicht unter vier Augen. Oh, wie hatte sie getobt, als sie erfuhr, dass er einen Großteil seines Vermögens gespendet hatte. Um sie zu besänftigen, hatte er ihr das schicke Penthouse in der City überlassen und sich selbst mit dem alten Hotel seiner Mutter begnügt.

Er hatte gehofft, dass er hier Frieden und zu sich selbst finden würde. Stattdessen kam ihm sein Leben mit jedem Tag immer leerer und sinnloser vor.

Er hörte Beths Tür oben leise ins Schloss fallen und lächelte. Er war froh, dass sie hier war. Dass sie für ein paar Tage seine selbst gewählte Isolation durchbrach. Dann presste er die Lippen zusammen und wandte sich ab. Er sollte sich lieber nicht zu sehr an ihre Gegenwart gewöhnen. Sie war nicht freiwillig hier und schon bald würde sie wieder verschwinden.

Außerdem wollte er niemanden mehr in seinem Leben. So wie er jetzt war, hatte er nichts zu bieten. Und er würde sich nie wieder für einen anderen Menschen verbiegen.

Kapitel 8

Als Beth die Augen aufschlug, war das schlechte Gefühl vom Vorabend direkt wieder da. Dabei konnte sie nicht einmal genau sagen, worin es begründet lag. Richard hatte ihr all ihre Fragen beantwortet. Sie verstand nun seine Haltung und es tat ihr leid, was ihm widerfahren war. Aber das war sicher nicht der Grund für ihre bedrückte Stimmung.

Beth stand auf und wankte ins Bad. Während sie unter der Dusche stand, verglich sie sich im Geiste mit Richards Exfrau. Sie wollte gerne glauben, dass sie anders war als diese Carol. Von außen betrachtet, konnte sie deren Verhalten gegenüber Richard kaum nachvollziehen.

Aber was hätte sie getan, wenn sie selbst direkt betroffen gewesen wäre? Wenn ihr Mann ihr eines Tages mitteilen würde, dass er das Leben, das sie sich gemeinsam aufgebaut hatten, komplett umkrempeln möchte, dass er nicht mehr so weitermachen möchte wie bisher. Hätte sie dann Verständnis für ihn aufbringen können?

Und war es überhaupt fair von Richard, so etwas zu verlangen?

In einem Punkt hatte er sicherlich recht. Man durfte sein Selbstwertgefühl nicht von anderen Menschen abhängig machen. In erster Linie musste man selbst hinter seinen großen und kleinen Entscheidungen stehen, durfte nicht stets auf die Meinung der anderen schielen.

Beth wickelte sich in ein Handtuch, stieg aus der Dusche und trat vor den Spiegel. Mit einer Hand wischte sie das Kondenswasser weg und schaute sich fest in die Augen.

Sie war einunddreißig Jahre alt, arbeitslos und Single. Nach gesellschaftlichen Normen hatte sie auf ganzer Linie versagt.

Trotzdem war sie noch immer sie. Sie fühlte sich nicht viel anders als während der kurzen Beziehungen, die sie in den letzten Jahren immer mal wieder gehabt hatte. Womöglich sogar glücklicher, freier. Letztendlich war es besser, allein zu sein, als mit einem Mann, der nicht zu ihr passte.

Beth verließ das Bad und zog sich an. Heute entschied sie sich für einen dicken Wollpullover, eine gefütterte Jeans und warme Boots. Der Himmel hatte aufgeklart und draußen herrschte wunderschön sonniges Frostwetter. Beth wollte den Tag dazu nutzen, etwas mehr von der Umgebung von Silver Creek zu entdecken. Sie band ihre langen Haare zu einem Pferdeschwanz zusammen und legte ein leichtes Make-up auf, dann ging sie nach unten in die Küche.

Beth wollte schon die Tür aufstoßen, als sie überrascht innehielt. Leise Stimmen waren zu hören. Richard war also bereits auf und er war nicht allein. Unwillkürlich spitzte sie die Ohren.

»Ich weiß wirklich nicht, was ich tun soll«, sagte eine unbekannte, männliche Stimme. »Ich darf die Farm nicht verlieren.« Es klang verzweifelt.

»Noch ist nicht alles verloren.« Das war eindeutig Richard, der besänftigend auf den Besucher einsprach. »Ich denke nicht, dass es so weit kommen wird. Ein formell aufgesetzter Brief kann manchmal schon wahre Wunder bewirken.«

»Und was muss da alles rein?«, fragte der Mann unsicher.

»Ich …« Richard räusperte sich. »Ich mache das schon. Gib mir nur ein, zwei Tage Zeit, um mich in den Sachverhalt reinzulesen.«

»Wirklich?«

»Ja. Es ist keine große Sache.«

»Danke!«, rief der Mann überschwänglich. »Du rettest mir das Leben! Sharon würde es das Herz brechen, wenn wir die Farm verlieren.«

»Schon gut.« Richard klang, als wäre es ihm unangenehm.

Beth entschied, dass das der richtige Augenblick war, um

sich bemerkbar zu machen. Sie klopfte leicht gegen die Tür und trat ein.

»Beth!«, rief Richard erfreut aus. Wobei sein Lächeln wohl eher der Erleichterung über die Unterbrechung geschuldet war als ihrer Gegenwart.

»Ich hoffe, ich störe nicht?«

»Nein, nein.« Richard schlug eine dünne Mappe zu, die vor ihm auf dem Tisch lag. »Wir sind hier fertig.«

»Ja, genau.« Der Mann sprang hastig auf und streckte Richard die Hand entgegen. »Danke nochmals.«

»Lass uns erst mal sehen, was daraus wird«, winkte Richard ab. »Ich melde mich bei dir.«

»Gut.« Der Mann atmete tief durch und wirkte, als wäre ein zentnerschweres Gewicht von seinen Schultern gefallen. Dann wandte er den Kopf und schien Beth zum ersten Mal richtig wahrzunehmen. Er lächelte sie freundlich an und schoss Richard einen anerkennenden Blick zu. »Schönen Tag, euch beiden.«

»Danke. Und viele Grüße an deine Frau.«

Der Mann nickte und eilte davon.

»Wer war denn das?«, fragte Beth neugierig.

»Hank«, entgegnete Richard knapp und machte sich an der Kaffeemaschine zu schaffen. »Möchten Sie auch einen?«, fragte er, nachdem er seinen eigenen Becher wieder aufgefüllt hatte.

»Ja, bitte.« Beth zog sich eine Tasse aus dem Regal. »Was wollte er denn?«

»Er hat ein paar Schwierigkeiten. Hat sich eine Maschine andrehen lassen, die er weder braucht noch sich überhaupt leisten kann. Aber die Verkäufer wollen den Vertrag nicht stornieren.«

»Also wollen Sie ihm helfen?«, fragte Beth beeindruckt.

»Also hat Dorothy ihn zu mir geschickt«, stellte Richard grimmig klar. »Und ich konnte ihn schlecht zu ihr zurück schicken.«

Beth nippte an ihrem Kaffee und betrachtete Richard aufmerksam. Ihr konnte er nichts vormachen, er half Hank nicht, weil er sich genötigt fühlte, sondern weil das sein Ding war.

»Mit Frühstück kann ich heute leider nicht dienen«, unterbrach Richard ihre Gedanken.

»Das macht nichts. Heute bin ohnehin ich dran.«

Seine Augenbrauen fuhren überrascht nach oben.

»Sie haben von Anfang an klargestellt, dass Sie mich nicht jeden Tag bedienen würden.« Sie machte den Kühlschrank auf und studierte dessen Inhalt. Viel war da wirklich nicht zu holen. »Sie kochen nicht besonders gern, oder?«

Er lachte. »Dafür weiß ich, wo man das beste Frühstück der Stadt bekommt.«

»Und das wäre?«

»Natürlich bei Dorothy. Kommen Sie mit?«, fragte er freundschaftlich. »Ich finde, das Mindeste, das sie nach der Sache mit Hank tun kann, ist, uns zum Essen einzuladen.«

»Okay.« Beth grinste. »Gehen wir zu Dorothy.«

Sobald sie das Hotel verlassen hatten, bot Richard Beth wie selbstverständlich seinen Arm an. Dann fiel sein Blick auf ihre Schuhe und er stockte. »Sie haben ja sogar vernünftiges Schuhwerk«, kommentierte er erstaunt.

Beth schüttelte leicht den Kopf. »Haben Sie ernsthaft daran gezweifelt?«

»Nun ja.« Er räusperte sich. »Der Verdacht drängte sich auf, nachdem Sie nur auf Ihren hohen Absätzen herumstolziert sind.«

»Erstens bin ich nicht stolziert, sondern gegangen«, stellte Beth indigniert klar. »Und zweitens habe ich nicht damit gerechnet, längere Wanderungen unternehmen zu müssen.«

»Im Gegensatz zu heute?«

»Ja. Heute möchte ich mir die Gegend ein wenig anschauen. Vielleicht hat Dorothy ein paar Tipps für mich.«

»Was interessiert Sie denn?«

»Ich habe vom Stadtkern noch nicht besonders viel gesehen. Und der eigentliche Silver Creek ist bestimmt auch einen Besuch wert.«

Richard zuckte mit den Schultern. »Ich fürchte, Sie werden enttäuscht sein. Der Stadtkern ist nicht sonderlich groß und eine Shoppingmeile haben wir hier nicht zu bieten.«

»Wirklich?« Beth zog spöttisch eine Augenbraue hoch. »Und ich dachte, ich wäre hier in einer Weltmetropole gelandet.« Sie atmete tief durch und kämpfte ihre Enttäuschung nieder. Glaubte er wirklich, dass sie außer Klamotten nichts interessierte? »Ich bin sicher, auch hier gibt es ein paar sehr nette Fleckchen zu entdecken«, stellte sie nachdrücklich klar.

Richard presste peinlich berührt die Lippen zusammen. »Natürlich. Das wollte ich auch gar nicht abstreiten.«

»Hoffentlich bekommen wir überhaupt noch einen Tisch«, wechselte Beth das Thema, da gerade die kleine Pension in Sicht kam.

»Da mache ich mir keine Sorgen. Ich habe die besten Beziehungen«, versuchte auch Richard, das Gespräch wieder in andere Bahnen zu lenken.

»Inwiefern?« Beth war es natürlich schon aufgefallen, dass Dorothy besonderen Anteil an seinem Leben nahm.

»Sie war recht gut mit meiner Mutter befreundet.« Er schmunzelte. »Hat sich sogar dazu überreden lassen, meine Patentante zu werden.«

»Daher weht der Wind also.«

»Welcher Wind?«

»Sie scheint sehr an Ihrem Wohlergehen interessiert zu sein.«

»Ihnen ist es also auch schon aufgefallen?«

Richard öffnete die Tür und überließ Beth den Vortritt.

»Ich hoffe, Ihre Kontakte sind wirklich so gut, wie Sie sagen«, bemerkte Beth, als sie sich in dem gut besuchten Foyer umsah. Menschen strömten in verschiedenen Richtungen an ihnen vorbei, manche steuerten die Treppe an, andere den Speisesaal oder den Ausgang.

»Wow!«, entfuhr es Richard überrascht. »Sie haben nicht übertrieben, als Sie sagten, es wäre ausgebucht.«

Beth runzelte spöttisch die Stirn. »Haben Sie es etwa für einen billigen Trick gehalten, um in den Genuss Ihrer Gastfreundschaft zu kommen?«

»Nein.« Richard schüttelte lächelnd den Kopf. »So vermessen wäre ich nie im Leben.«

»Richard? Beth! Was macht ihr beiden denn hier?« Dorothy eilte überrumpelt auf sie zu. Sie wirkte gehetzt.

»Eigentlich wollten wir nur in Ruhe frühstücken«, erklärte Richard.

»Heute?« Dorothy sah ihn an, als hätte er den Verstand verloren. »Du siehst doch selbst, was hier los ist.«

»Ich bin mir sicher, dass sich noch irgendwo ein Plätzchen für uns beide finden wird.«

Dorothys Blick heftete sich auf Richard, dann wanderte er zu Beth. Ihre Augen weiteten sich aufgeregt. Erst jetzt schien ihr aufzugehen, dass sie beide gemeinsam angekommen waren.

Unwillkürlich rückte Beth ein Stückchen von ihrem Begleiter ab. Sie wollte nicht, dass Dorothy falsche Schlüsse zog. Richard schien da weniger Bedenken zu haben, denn er schob sich wieder näher an Beth heran.

»Ihr wollt frühstücken? Zusammen?«, fragte Dorothy erfreut.

»Wonach sieht es denn aus?« Richard grinste sie herausfordernd an.

»Also gut«, gab Dorothy sich geschlagen und eilte in den Speisesaal voran. »Da hinten am Fenster wird gerade ein Tisch frei«, sagte sie, nachdem sie sich einen Überblick verschafft hatte.

»Danke!« Richard steuerte umgehend den ihnen zugewiesenen Platz an. Unter Dorothys wachsamem Blick zog er einen Stuhl für Beth zurück.

Etwas unsicher setzte Beth sich hin. »Ich fürchte, Dorothy hat einen falschen Eindruck von uns bekommen«, sagte sie zögernd.

Richard räusperte sich, ein ertappter Ausdruck schlich sich auf sein Gesicht. »Es tut mir leid, ich wollte Sie nicht in Verlegenheit bringen. Ich werde nachher auch alles wieder klarstellen, versprochen.«

»Wieso haben Sie es nicht direkt getan?«

»Sie sah aus, als wollte sie uns tatsächlich wegschicken. Das wollte ich nicht riskieren.«

»Na und? Das ist sicher nicht der einzige Ort, an dem wir was zu essen bekommen können.«

»Schon. Aber ich habe Ihnen das beste Frühstück der Stadt versprochen. Und das gibt es nun einmal hier.«

»Hört, hört!« Dorothy war an ihren Tisch getreten. »Was kann ich euch bringen?«

»Ich würde das Spezialfrühstück empfehlen«, wandte Richard sich an Beth. »Danach kann man zwar auf das Mittagessen verzichten, doch das ist es wert.«

Dorothy lächelte geschmeichelt.

»Gut, dann versuche ich das mal«, entschied Beth.

»Zweimal Spezialfrühstück«, bestätigte Dorothy und eilte davon.

»Wie lange leben Sie eigentlich wieder hier?«, erkundigte sich Beth.

»Seit rund acht Monaten.«

»Und ist es komisch, zurück zu sein?«, fragte sie neugierig. Sie selbst konnte es sich nicht vorstellen, wieder in ihren Heimatort zu ziehen, auch wenn ihr vielleicht bald nichts anderes übrig bleiben würde. Ihre Wohnung war nicht gerade billig. Und wenn sie in den nächsten zwei Monaten keinen Job fand, würde Beth sie wohl oder übel aufgeben müssen.

»Ein wenig schon«, gab Richard zu. »Als Teenager konnte ich es kaum erwarten, diesen verrückten kleinen Ort hinter mir zu lassen. Natürlich habe ich meine Eltern hin und wieder besucht. Aber das ist etwas ganz anderes. Und in den letzten drei Jahren habe ich keinen Fuß mehr nach Silver Creek gesetzt.« Er schnaufte leicht. »Einerseits fühle ich mich hier völlig fehl am Platz, andererseits ist es, als wäre ich nie weg gewesen. Was ist mit Ihnen?«, wandte er sich plötzlich an Beth. »Könnten Sie es sich vorstellen, das Großstadtleben hinter sich zu lassen?«

»Ich weiß es nicht«, gab Beth ehrlich zu. »Ich fühle mich sehr wohl in Chicago, ich liebe den Trubel und all die Möglichkeiten dort. Andererseits ist es hier auch nicht gerade ruhig.« Sie zeigte schmunzelnd auf den gut gefüllten Speisesaal. »Eine Freundin von mir ist vor eineinhalb Jahren nach Alaska gezogen«, fügte sie plötzlich hinzu. »Ich hätte es nie für möglich gehalten, doch sie ist dort tatsächlich glücklich. Vielleicht kommt es also gar nicht so sehr auf den Ort an.«

»Und worauf dann?«

Auf die Menschen, mit denen man sich umgibt, hätte Beth beinahe gesagt. Mit dem richtigen Mann an ihrer Seite könnte sie bestimmt überall glücklich werden.

Gerade noch rechtzeitig biss sie sich auf die Zunge. Sie tat es schon wieder. In ihren Gedanken war sie ohne Weiteres bereit, ihr Leben an einem anderen – noch überhaupt nicht existenten – Menschen auszurichten. Sie musste dringend damit aufhören, musste sich selbst endlich finden.

»Das ist die große Frage«, sagte sie leise, als ihr auffiel, dass Richard noch immer auf eine Antwort von ihr wartete.

»Na, was habt ihr beide heute noch vor?« Dorothy stellte ein voll beladenes Tablett mit Rührei, Speck und Pancakes auf dem Tisch ab und zog sich selbst einen Stuhl heran.

»Ich wollte mir die Stadt und die Gegend ein wenig anschauen.«

»Oh, das ist eine wunderbare Idee. Richard kann bestimmt einige Geschichten dazu erzählen.«

»Ähm.« Beth schoss ihm einen hilflosen Blick zu. Sie wollte nicht, dass er sich genötigt fühlte, den Fremdenführer für sie zu spielen. »Eigentlich wollte ich alleine los. Ich möchte Richard nicht von seiner Arbeit ablenken.«

»Es ist Wochenende«, fegte Dorothy ihren Einwand beiseite. »Und es ist ja nicht gerade so, als würde ihm ein Abgabetermin im Nacken sitzen.«

Beth hörte die leise Spitze in Dorothys Worten und schaute zu Richard hinüber.

Der verzog allerdings keine Miene. »Ich wollte mir Hanks Fall mal genauer ansehen.«

»Oh, dann war er tatsächlich bei dir?« Dorothy klang erfreut.

»Ja, gleich heute früh.«

»Und kannst du ihm helfen?«

»Ich denke schon.«

»Ha! Wusste ich es doch!« Sie klatschte einmal in die Hände. »Du bist ein guter Junge.«

»Bekomme ich jetzt auch einen Keks?«, fragte Richard sarkastisch.

»Ich muss mal in der Küche nachsehen«, gab Dorothy trocken zurück.

Richard schmunzelte. »Aber einen mit Schokolade, bitte.«

»Du willst mich nur loswerden. Aber so leicht kommst du mir nicht davon. Ich finde wirklich, dass du Beth ein wenig herumführen solltest.«

»Ich komme schon klar«, warf diese schnell ein.

Dorothy schenkte ihr einen verschwörerischen Blick. »Daran habe ich gar keinen Zweifel. Richard ist es, um den ich mir Sorgen mache, er verkriecht sich zu viel in letzter Zeit.« Dorothy atmete tief durch und erhob sich. »Doch ich will euch nicht reinreden. Ihr seid beide erwachsen genug.«

»Das sind ja ganz neue Töne.« Richard sah seine Patentante erstaunt an.

»Ich muss wieder weiter. Habt einen schönen Tag. Und vergesst nicht die Junggesellenversteigerung heute Abend.«

Richard stöhnte gequält. »Es ist herabwürdigend und sexistisch.«

Dorothy grinste. »Keine Bange, mein Lieber. Es wird sich schon jemand finden, der für dich bietet.« Sie zwinkerte Beth vergnügt zu und eilte davon.

»Ich finde es toll, dass Sie da mitmachen«, sagte Beth, um Richard aufzumuntern. Er schien sich wirklich nicht besonders wohl bei dem Gedanken zu fühlen.

»Es ist für einen guten Zweck«, seufzte er resigniert. »Trotzdem spende ich das Geld beim nächsten Mal lieber direkt selbst.«

»Und das hier ist der berühmte Entscheidungsbaum von Silver Creek.« Richard deutete auf eine große Eiche, die mitten auf einem kreisrunden, gepflasterten Platz stand. Seit über einer Stunde führte er Beth bereits durch das Städtchen und gab eine unglaublich klingende Anekdote nach der anderen zum Besten.

»Ein Entscheidungsbaum?«, entfuhr es Beth belustigt. »Was soll das denn sein?«

»Nun, es ist ein Baum, der Entscheidungen fällt.« Richard klang vollkommen ernst.

»Aha.« Beth schaute aufmerksam in die dichte Baumkrone hoch. »Und wie macht er das?«

»Das Prozedere ist im Grunde ganz einfach und hat sich seit 150 Jahren nicht mehr geändert. Wenn sich der Stadtrat bei irgendeiner Frage absolut nicht einigen kann, ziehen alle feierlich hierhin. Jeweils ein Vertreter der streitigen Ansichten stellt sich unter diesen Baum. Sehen Sie die Linie da«, er deutete auf eine Reihe rötlicher Pflastersteine, die sich von dem Grau der übrigen abhoben. »Das ist die Grenze. Nacheinander tragen die

Kontrahenten ihr Anliegen in einem kurzen Plädoyer dem Baum vor.«

Beth biss sich auf die Lippe, um nicht laut loszuprusten.

Richards Mundwinkel zuckten, er bemühte sich krampfhaft um ein gefasstes Gesicht und wandte schließlich den Blick ab. »Ein bisschen mehr Respekt vor unseren altehrwürdigen Traditionen, bitte«, ermahnte er sie.

Beth konnte nur nicken. Sie hatte heute schon einige wilde Geschichten gehört, das war jedoch mit Abstand die absurdeste. Sie räusperte sich. »Und was geschieht dann?«

»Dann wartet man. Und der Baum fällt die Entscheidung. Die Seite, auf der zuerst ein Blatt oder ein Zweig zu Boden geht, bekommt recht. Es kann sein, dass einmal auch ein Vogelschiss genügt hat, aber da bin mir nicht ganz sicher.«

»Und wenn gar nichts fällt?«

Er zuckte amüsiert mit den Schultern. »Dann wartet man halt noch länger. Irgendwann fällt schon irgendetwas herab. Und sei es nur der Schnee im Winter.«

»Das ist jetzt ein Scherz, oder?« Kein Mensch war so verrückt, die Entscheidung in die Hände – äh, Zweige – eines Baumes zu legen.

»Ganz und gar nicht«, versicherte Richard ihr. »Sehen Sie her.« Er ging um den Baumstamm herum und deutete auf eine Reihe eingeritzter Buchstaben. Manche davon waren schon so verblasst, dass sie kaum noch zu erkennen waren. »Jeder Bürgermeister von Silver Creek hinterlässt hier bei der Amtseinführung seine Initialen, zum Zeichen, dass er die hohe Autorität des Baums anerkennt.«

Beth schnaufte ungläubig und musterte Richard aufmerksam. Er konnte sie nur auf den Arm nehmen.

»Zur Verteidigung der Stadt muss ich zugeben, dass der Baum in den letzten Jahrzehnten nur bei solchen Fragen bemüht wird, bei denen sich der Stadtrat absolut nicht einigen kann, also bei Fragen, die für einen normal denkenden Menschen gar keine Rolle spielen – also etwa die Farbe der Schleifen bei einer Parade oder das Motto für den Herbstball.«

»Dann bin ich ja beruhigt.« Beth schmunzelte. Es machte Spaß, Richard dabei zuzuhören, wie er über die Marotten seiner Heimatstadt sprach. Es war offensichtlich, dass er vieles für absolut unnötig und lächerlich hielt, gleichzeitig lag ein gewisser trotziger Stolz in seinen Worten.

»Gut.« Richards Lächeln vertiefte sich. »Ich muss also nicht befürchten, dass Sie gleich schreiend aus dieser verrückten Stadt zu fliehen versuchen?«

»Nein.« Beth schüttelte den Kopf. »Dieser Ort erscheint zwar wirklich verrückt, aber auf eine liebenswerte, fast schon zauberhafte Art.«

Nachdenklich legten sich Richards dunkle Augen auf sie. Unsicher erwiderte Beth den intensiven Blick, der sie bis in ihr Innerstes zu beleuchten schien. Was mochte Richard in ihr sehen, wenn er sie so ansah? Zum ersten Mal seit ihrer Ankunft hatte sie das Gefühl, dass kein Urteil in seinen Augen lag, zumindest kein negatives. Sie schluckte und wandte den Kopf ab.

Der Mann war überhaupt nichts für sie, erinnerte sie sich entschieden. Auch wenn seine Gegenwart sich für sie immer vertrauter anfühlte und jede Andeutung eines Lächelns auf seinen vollen Lippen ein warmes Gefühl in ihrer Brust aufsteigen ließ.

»Und wie stehen Sie zu dieser Stadt?«, fragte sie, um sich von ihren verwirrenden Gedanken abzulenken.

Richard blinzelte, als wäre auch sein Geist gerade ganz woanders gewesen. »Ich schätze, man kann es als eine Art Hass-Liebe bezeichnen«, sagte er schließlich langsam. »Als Jugendlicher hat mich das ganze Brimborium nur genervt, deshalb konnte ich es kaum erwarten, von hier zu verschwinden. Doch wenn ich zu lange fort bin, fange ich an, Silver Creek zu vermissen. Ich finde es bewundernswert, wie die Menschen hier immer wieder einen Anlass finden, um zu feiern und sich zu freuen. Und sei er auf den ersten Blick noch so nichtig.« Richard zuckte mit den Schultern. »Vermutlich habe ich zu viel von dieser *liebenswerten Verrücktheit*, wie Sie das nannten, schon mit der Muttermilch eingesogen.«

»So wirken Sie gar nicht.«

»Ach nein?« Seine Augenbrauen fuhren interessiert nach oben. »Wie wirke ich dann?«

Im Geiste verfluchte Beth ihre vorlaute Zunge. Was sollte sie darauf auch sagen? Noch vor zwei Tagen hätte sie ihn, ohne zu zögern, für arrogant, herablassend und unterkühlt erklärt. Aber das war er nicht, nicht auf den zweiten Blick zumindest. Er war humorvoll, aufmerksam und auf eine unaufdringliche Weise charmant. Gleichzeitig war er ein Mann, der sein Potenzial vergeudete, der sich für seine Vergangenheit bestrafte und sich vor der Zukunft versteckte.

»Das weiß ich noch nicht so genau«, beantwortete Beth wahrheitsgemäß seine Frage und erntete einen erstaunten Blick.

»Wie sieht's aus?«, wechselte Richard abrupt das Thema. »Haben Sie genug von alten Geschichten und frischer Luft oder möchten Sie noch einen Abstecher zum Fluss machen?«

»Ich würde den Fluss sehr gerne sehen«, ging Beth dankbar darauf ein. Zum einen, weil sie sich wirklich auf die Landschaft freute, zum anderen, weil sie Richards Gesellschaft viel zu sehr genoss, um jetzt schon darauf zu verzichten.

»Gut, dann geht es hier entlang.«

Etwa zehn Minuten folgte Beth ihm durch die Straßen der Stadt, bevor sie die letzten Häuser hinter sich ließen und auf ein freies Feld hinaustraten.

»Sehen Sie die hohen Bäume dort?« Richard deutete auf eine Reihe kahler Bäume am Rande des Felds, deren Zweige sich unter der Schneelast bogen. »Gleich dahinter liegt der Silver Creek.« Er setzte sich zielstrebig in Bewegung.

»Dürfen wir einfach querfeldein laufen?«, fragte Beth unsicher. Sie konnte weit und breit keinen Weg erkennen.

»Wer soll uns daran hindern?«, erkundigte sich Richard vergnügt. »Außerdem gibt es irgendwo hier einen Pfad, ich kann ihn leider nur nicht mehr sehen.« Er machte einen weiteren Schritt und versank knietief im Schnee. »Das verspricht abenteuerlich zu werden.« Er streckte Beth seine Hand entgegen. »Halten Sie sich lieber an mir fest, der Boden kann sehr uneben sein.«

Beth ergriff seine Finger und spürte, wie sie sich fest um die ihren schlossen. Selbst durch ihre Wollhandschuhe konnte sie Richards Wärme spüren. Beths Herzschlag beschleunigte sich und sofort ärgerte sie sich über sich selbst. Es war eine ganz harmlose, freundschaftliche Geste. Es sollte sich nicht so besonders für sie anfühlen.

Zum Glück verlangte bald die Wanderung ihre ganze Aufmerksamkeit. Die umgepflügte, steif gefrorene Erde war in der Tat äußerst uneben. Dennoch konnte Beth sich nicht erinnern, wann sie das letzte Mal so viel unbeschwerten Spaß gehabt hatte. Sie stampfte glücklich durch den unberührten Schnee und schleuderte bei jedem Schritt etwas von der pulvrigen weißen Masse hoch in die Luft.

»Vermissen Sie den Schneesturm so sehr?«, erkundigte sich Richard spöttisch und klopfte sich den aufgewirbelten Schnee von Jacke und Hose.

Ertappt hielt Beth inne. Erst jetzt fiel ihr auf, wie kindisch sie sich benahm. Doch sie wollte sich den Spaß nicht nehmen lassen. »Jetzt seien Sie nicht so steif, Herr Anwalt!«, sagte sie herausfordernd, bückte sich und machte einen Schneeball. Zumindest versuchte sie, es zu tun. Der Schnee war so fein und kalt, dass er sich nicht formen ließ.

Richard lachte über ihren missglückten Versuch. »So geht das!«, behauptete er und nahm ebenfalls eine Handvoll Schnee. Er drückte ihn ganz fest zusammen, aber als er die Kugel warf, hinterließ auch diese im Flug einen langen Schneeschweif und löste sich nach wenigen Yards vollkommen auf.

»Ich schätze, wir beide sind ein wenig aus der Übung«, kommentierte Beth schadenfroh.

Er grinste. »Sieht so aus. Schade eigentlich. Ich dachte, das wäre wie Fahrradfahren, so was verlernt man nicht.«

»Offenbar schon«, erwiderte Beth, plötzlich ernst. »Wann haben Sie denn das letzte Mal einen Schneemann gebaut oder eine Schneeballschlacht gemacht?«

»Keine Ahnung«, gab Richard erstaunt zu. »Das muss bestimmt in der Highschool gewesen sein. Danach hat es sich nicht mehr ergeben.«

Beth nickte. Ihr ging es genauso. »Das müssen wir dringend ändern!«, verkündete sie dann entschieden, schöpfte erneut etwas Schnee und warf ihn auf Richard.

Das weiße Pulver hinterließ einen breiten Fleck auf seiner Brust.

»Ach, so ist das?«, murmelte er und holte zum Gegenschlag aus, während Beth eilig davonlief.

Lachend, außer Atem und beide mit einigen Treffern erreichten sie schließlich den Rand des Feldes.

»Das war das Verrückteste, das ich seit Langem getan habe!«, stieß Beth keuchend hervor und klopfte sich den Schnee ab. »Es hat wirklich Spaß gemacht«, fügte sie fassungslos hinzu.

Richards ausdrucksstarke Augen ruhten dunkel und warm auf ihr, vergnügte Sprenkel tanzten darin. »Vielleicht färbt die Stadt ja allmählich auf Sie ab.«

»Es gibt Schlimmeres«, erwiderte Beth und gab sich alle Mühe, nicht in seinem Blick zu versinken. »Ich schätze, etwas Verrücktheit ab und an schadet nicht.«

Richard lächelte. »Vielleicht sollten wir das in den Stadtslogan aufnehmen.«

»Ich schätze, das ist nicht nötig. Wer hierher kommt, findet das über kurz oder lang selbst heraus. Also, wo ist jetzt der

Fluss?«, fragte Beth, bevor ihr ihr Verhalten in den letzten zehn Minuten doch noch peinlich werden konnte.

»Direkt hinter den Bäumen«, erwiderte Richard. »Er ist nicht zu verfehlen.«

»Es ist wunderschön hier!« Verzaubert schaute Beth sich um.

Die Mitte des Flusses glitzerte silbern in der Sonne und die Eiskristalle am zugefrorenen Rand funkelten wie Tausende Diamanten. Ein Paar weißer Schwäne zog ruhig seine Kreise und die von Schnee niedergebeugten Gräser wiegten sich leicht im Wind.

»Es hat schon was«, murmelte Richard leise, als er zu ihr trat.

Beth atmete tief durch und versuchte, den Frieden, die Schönheit und die Harmonie, die dieses Bild ausstrahlte, tief in sich aufzunehmen.

Richard stand so nah bei ihr, dass sie sich fast an ihn lehnen konnte, und kurz wünschte sie sich, er würde einfach seine Arme um sie schließen, damit sie ihren Rücken an seine Brust schmiegen, seinen Herzschlag spüren und zusammen mit ihm diesen Augenblick genießen konnte.

Was natürlich völlig absurd war und zum Glück tat er ihr nicht den Gefallen.

»Wollen wir ein Stückchen am Ufer entlanggehen?«, fragte er nach einer Weile.

»Ja.« Beth nickte. »Das wäre schön.«

Langsam setzten sie sich wieder in Bewegung, wobei Beth es geflissentlich vermied, ihren Begleiter anzusehen. Sie wollte gar nicht wissen, was ihm jetzt durch den Kopf ging, was dieser durch und durch romantische Ort in ihm auslöste, ob er auch diesen ganz besonderen Zauber wahrnahm, der sich plötzlich über sie legte. Sie wollte es nicht wissen. Denn wenn sich in seinen Augen auch nur ein Nachhall dessen widerspiegeln würde, was sie in ihrem Inneren empfand, würde sie nicht widerstehen können. Und das wäre definitiv ein Fehler.

Richard war nicht der Richtige für sie, war es auf so vielerlei Weise nicht. Er hatte keine Ziele im Leben, geschweige denn die gleichen wie sie. Und sie hatte keine Lust mehr, sich ein weiteres Mal die Finger zu verbrennen, keine Lust, einen weiteren Frosch zu küssen, wohl wissend, dass er sich niemals als ihr Prinz entpuppen würde.

»Was ist denn das?«, fragte Beth nach einer Weile und deutete auf einen großen Stein, der nah am Wasser stand und mit Sicherheit nicht auf natürlichem Wege dorthin gekommen war.

»Ach das.« Richard wirkte plötzlich verlegen. »Nur eine weitere verrückte Legende von Silver Creek, fürchte ich.«

»Klingt spannend.« Beth trat näher heran. Nun konnte sie erkennen, dass der Stein grob behauen war, sodass man bequem darauf sitzen konnte.

Richard seufzte. »Das ist der *Lover's Seat* oder auch *Lover's Mirror,* je nachdem, ob man sich auf den Stein oder die Stelle im Fluss bezieht.«

Beth kam noch ein wenig näher. Direkt vor dem Stein bildete das Ufer eine kleine halbrunde Kuhle. »Und was genau bedeutet das?«, fragte sie neugierig.

»Der Legende zufolge kann man hier in einer vollmondklaren Nacht das Gesicht seiner wahren Liebe im Wasser spiegeln sehen. Daher *Lover's Mirror.*«

»Und der Stein?«

»Wurde hier aufgestellt, damit man bequemer auf die Offenbarung warten kann«, erklärte Richard trocken.

»Sie glauben nicht daran, oder?«

Er zog skeptisch eine Augenbraue hoch. »Sie etwa?«

»Nein, natürlich nicht«, versicherte Beth hastig. »Aber es klingt irgendwie nett, finde ich zumindest.«

»Was soll dabei nett sein, hier stundenlang in der Nacht herumzuhocken und darauf zu warten, dass rein gar nichts geschieht, außer dass es immer dunkler und kälter wird?«

»Oh, mein Gott!«, rief Beth ungläubig aus und schlug sich lachend die Hand vors Gesicht. »Sie haben das gemacht!«

Richard räusperte sich peinlich berührt. »Wie kommen Sie denn darauf?«, fragte er abwehrend, doch sie hörte das Schmunzeln in seiner Stimme.

»Wer war sie?«, fragte Beth neugierig.

»Offensichtlich nicht meine wahre Liebe, da ich die ganze Nacht völlig ergebnislos hier gehockt habe.«

Beth grinste. »Wer hätte es denn sein sollen?«

»Summer Jetkins«, gestand Richard mit einem wehmütigen Unterton. »Sie war ein Jahr älter und ich der Ansicht, unsterblich verliebt zu sein.«

»Wie alt waren Sie denn?«

»Vierzehn.« Richard schnaubte selbstironisch. »Ich hatte ihr einen Brief geschrieben und sie gebeten, sich hier mit mir zu treffen. Sie müssen wissen, damals war das bei uns ein gängiger Trick, um die Sage für eigene Zwecke zu nutzen.« Seine Hand strich langsam den Schnee von dem glatten Stein. »Das hier war ein sehr beliebter Ort für heimliche Rendezvous gewesen. Und wenn man sich dann gemeinsam spiegelte, bedeutete es, dass man zusammengehörte.« Er zuckte mit den Schultern. »Leider ist Summer nicht gekommen.«

»Das tut mir leid.«

»Braucht es nicht. Mein Liebeskummer war damals fast so schnell kuriert wie meine Erkältung. Seitdem habe ich allerdings einen Bogen um diesen Ort gemacht.«

»Sie haben es nie wieder versucht?«

»Nein.« Seine Stimme wurde wieder fester, verlor den verträumten Klang. »Ich bin niemand, der denselben Fehler zweimal macht.«

Kapitel 9

Beth warf einen prüfenden Blick in den Spiegel und überlegte, ob sie den engen, mit Glitzerfäden durchwebten Rollkragenpullover tatsächlich zur großen Feier heute Abend tragen sollte.

Nach seiner Offenbarung am *Lover's Mirror* hatte Richard es plötzlich sehr eilig gehabt, von dort wegzukommen. Vielleicht bereute er es, so viel von sich preisgegeben zu haben. Vielleicht war ihm das Ganze noch immer peinlich. Oder aber er hatte wirklich noch einiges zu tun, wie er vorgeschützt hatte.

Beth jedenfalls war noch ein wenig über das Eisskulpturenfeld geschlendert, weil sie ohnehin nichts anderes vorhatte, und hatte sich sehr gefreut, die Siegesplakette neben dem Werk des alten Mannes zu entdecken, das sie am Vortag so berührt hatte. Irgendwann hatte sie schließlich den kleinen Diner angesteuert, den sie gestern bereits kennengelernt hatte.

Ein Teil von ihr hatte befürchtet, Patrick noch mal über den Weg zu laufen, aber Lisa und er waren vermutlich bereits abgereist. Immerhin war der Gewinner des Wettbewerbs schon gekürt. Und nur dafür waren die beiden in Silver Creek gewesen. Einerseits fand Beth es schade, sich von den beiden nicht verabschiedet zu haben, andererseits war sie erleichtert, dass sie Patrick ihr plötzliches Verschwinden gestern Abend nicht hatte erklären müssen. Sie ging ohnehin davon aus, dass er nicht lange Trübsal geblasen hatte.

Als es zu dämmern begann, hatte Beth sich auf den Weg ins Hotel gemacht, um sich für den Abend fertig zu machen. Da war sie nun und überlegte, was sie anziehen sollte.

Seufzend legte Beth den glitzernden Pulli in den Schrank zurück. Wenn es heute wieder so voll in der Turnhalle werden würde, würde sie sich darin vermutlich zu Tode schwitzen.

Stattdessen wählte sie eine elegante schwarze Tunika mit passender Strickjacke. Dazu noch die enge dunkelblaue Jeans und das Outfit war perfekt.

Während Beth sich ihren Haaren und dem Make-up widmete, wanderten ihre Gedanken immer wieder zu Richard. Wie würde er reagieren, wenn er sie sah? Würde ihr Anblick ihm ein bewunderndes Lächeln auf die Lippen zaubern oder würde sie erneut seine Verachtung dafür zu spüren bekommen, dass sie es wagte, Wert auf ihr Äußeres zu legen?

Fast schon trotzig sprühte Beth sich etwas von ihrem Lieblingsparfüm in die Haare und genoss den leicht blumigen, frischen Duft, der sie daraufhin unaufdringlich umgab. Es war egal, was Richard von ihr dachte. Sie war fest entschlossen, sich den Abend durch nichts vermiesen zu lassen.

»Muss das wirklich sein?«, fragte Richard zum vermutlich zehnten Mal. Sie standen vor der Turnhalle, die sich in einer Stunde wieder in einen lauten Festsaal verwandeln würde.

»Ja«, lautete Dorothys knappe Antwort. »Du bist schon seit acht Monaten hier, es wird Zeit, dem weiblichen Teil von Silver Creek zu zeigen, dass du nicht nur existierst, sondern auch verfügbar bist.«

»Oh, ich denke, der weibliche Teil ist bestens informiert«, brummte Richard. »Immerhin hält der Handarbeitsverein seine Sitzungen jeden Donnerstagnachmittag nach wie vor im *Hope's Inn* ab.«

»Ich meinte den Teil *unter* fünfzig«, tat Dorothy seinen Einwand ab.

»Und was ist, wenn ich gar nicht verfügbar bin?«

»Oh.« Dorothy stieß ihn erfreut mit dem Ellbogen an. »Gibt es etwas, das ich wissen sollte?«

»Ja. Ich bin in keiner Weise an einer Beziehung interessiert.«

»Du musst die Frau ja nicht gleich heiraten!« Dorothy verdrehte die Augen. »Ein bisschen freundlicher lächeln könntest du allerdings schon. Sonst bin ich am Ende die Einzige, die auf dich bietet.«

Richard lächelte. »Mit dir würde ich den Abend liebend gern verbringen.«

»Das kannst du auch sehr gerne tun. An jedem anderen Tag in der Woche. Und jetzt komm endlich rein. Mir ist kalt und außerdem haben wir versprochen, beim Aufbau zu helfen.«

Richard folgte ihr, legte seine warme Jacke ab und schaute sich aufmerksam um. »Wo soll ich beginnen?«, wandte er sich fragend an Dorothy und bemerkte ihren skeptischen Blick. »Was ist denn?«, entfuhr es ihm leicht gereizt.

»Hättest du nicht was Schickeres anziehen können? Diesen schönen schwarzen Anzug, zum Beispiel?«

Prüfend schaute er an seinem schlichten Pullover und der schwarzen Jeans herunter. »Tja, gekauft wie gesehen, würde ich sagen«, kommentierte er und schaffte es nicht, die Bitterkeit ganz aus seiner Stimme zu verbannen. »Ich bin ein brotloser Künstler, ein anderes Auftreten käme schon fast einer arglistigen Täuschung gleich.«

»Wenn du dich da mal nicht selber täuschst, Herr Anwalt«, gab Dorothy kopfschüttelnd zurück. »Wie dem auch sei, die Arbeit wartet.«

Die nächste Stunde verbrachte Richard damit, Tische zu schieben und Stühle zu schleppen. Schon bald wurde es ihm so warm, dass er den dünnen Pulli auszog und in dem engen schwarzen T-Shirt blieb, das er darunter anhatte.

Als alles schließlich zur Zufriedenheit des Festkomitees erledigt war, wollte er nach draußen gehen, um sich ein wenig abzukühlen. Suchend schaute Richard sich nach seinem Pullover um, konnte ihn aber nirgends entdecken.

Äußerst merkwürdig, wenn er bedachte, dass er ihn direkt

auf seiner Jacke abgelegt hatte, die noch ordnungsgemäß an ihrem Platz hing. Sein Blick fiel auf Dorothy, die überaus geschäftig tat. Richard schickte einen Stoßseufzer in den Himmel. Waren sie etwa im Kindergarten angelangt?

Entschieden marschierte er auf seine Patentante zu und baute sich vor ihr auf. »Gibst du mir bitte meinen Pullover wieder?«

»Ich weiß nicht, was du meinst«, erwiderte Dorothy scheinheilig.

»Natürlich nicht. Dann werde ich wohl nach Hause gehen und mich umziehen müssen. Falls ich dabei zufällig die Versteigerung verpasse, ist es nicht meine Schuld.«

»Spaßverderber«, sagte Dorothy beleidigt.

»Nein, erwachsen«, gab er trocken zurück.

»Du siehst in dem Shirt wirklich gut aus«, versuchte sie es noch einmal. »Deine Oberarme kommen so schön zur Geltung.«

Er wusste, dass sie recht hatte. Er wusste allerdings auch, dass er allein damit keine Frau vom Hocker reißen würde. Also hatte er nicht vor, es auch nur zu probieren.

»Hoffst du etwa, meine Arme würden von meinem Gesicht ablenken?«, fragte er harsch.

Dorothys Miene nahm einen betroffenen Ausdruck an. »Nein, so war das nicht gemeint …«, stammelte sie hastig.

»Vielleicht sollte ich mich auch ganz ausziehen? Würde das meine Chancen erhöhen?«

»Natürlich nicht!«, zischte Dorothy verärgert. »Und nun hör auf, mir Worte in den Mund zu legen, die ich gar nicht gesagt hab. Ich will nur das Beste für dich.«

»Das ist sehr löblich von dir. Doch ich bin wirklich alt genug, selbst zu entscheiden, was das sein soll.«

»Alter hat nichts mit Vernunft oder Weisheit zu tun«, grummelte Dorothy leise, reichte ihm aber immerhin seinen Pullover.

»Danke!« Richard zog ihn sich über, schnappte sich seine Jacke und lief vor die Tür.

Warum konnte Dorothy ihn nicht einfach in Ruhe lassen? Er brauchte keine Frau. Er hatte kein Interesse an einem flüchtigen Vergnügen, ganz abgesehen davon, dass die Ladys bei ihm in letzter Zeit nicht gerade Schlange standen, dafür war er nicht mehr glamourös genug. Und an das große Glück glaubte er schon lange nicht mehr. Womöglich bereits seit der Nacht, als er bibbernd und frierend am Ufer des Silver Creek gehockt und verzweifelt in das dunkle Wasser gestarrt hatte, nur um sein eigenes Gesicht zu sehen, das ihn regelrecht zu verhöhnen schien.

Es gab sie einfach nicht, diese wahre, große Liebe. Es war nichts als ein Hirngespinst, die älteste und hartnäckigste Legende der Menschheit, dass es für jeden das perfekte Gegenstück geben sollte, einen Menschen, der einen so akzeptierte, wie man war, ohne Forderungen zu stellen.

Beths Gesicht drängte sich in Richards Geist und er schüttelte selbstironisch den Kopf. Sie mochte anders sein, als er auf den ersten Blick geglaubt hatte – nicht nur schön, sondern auch warmherzig, vielschichtig und klug. Aber sie würde definitiv mit einer ganzen Wagenladung von Forderungen ankommen, wenn er sich auch nur im Geringsten auf sie einließ.

Als sie die Treppe herunterkam, verharrte Beth unschlüssig und lauschte. Kein Geräusch drang aus der Richtung von Richards Quartier. Sie hatte den ganzen Nachmittag nichts von ihm gesehen oder gehört und fühlte sich seltsam unruhig. Ging er ihr etwa aus dem Weg? Oder gab es eine andere, ganz harmlose Erklärung?

Beth gab sich einen Ruck, ging zu seiner Tür und klopfte laut. Alles andere wäre albern gewesen.

Nichts rührte sich. Sie klopfte erneut, dann drückte sie versuchshalber die Klinke herunter. Die Tür war abgeschlossen. Offenbar hatte Richard dazugelernt.

Beth unterdrückte den Anflug von Enttäuschung und machte sich auf den Weg. Entweder tauchte er von allein auf, oder er kniff tatsächlich. Ihr konnte es eigentlich egal sein.

Die Festhalle war schon gut gefüllt, als Beth dort ankam. Hastig schlüpfte sie ins Warme und schaute sich aufmerksam um. Aufgeregtes Stimmengemurmel lag in der Luft. Ein paar Pärchen belegten bereits die Tanzfläche. Und es gab keine Spur von Richard.

Beth beschloss, sich zuerst einen heißen Kakao zu holen, um sich nach dem Fußmarsch wieder aufzuwärmen.

Sie hatte es sich mit ihrem Becher gerade auf einem der Hocker bequem gemacht, als Dorothy zu ihr trat.

»Ich freue mich, dass Sie gekommen sind.« Die ältere Frau lächelte sie herzlich an.

»Danke.« Beth erwiderte das Lächeln aus vollem Herzen, dann reckte sie wieder den Hals, um nach Richard Ausschau zu halten.

»Darf ich Sie etwas fragen?«, erkundigte sich Dorothy unvermittelt.

»Was denn?«, fragte Beth zurück.

»Was hat Sie eigentlich hierher verschlagen? Ich meine, Silver Creek war ja nicht Ihr eigentliches Ziel.«

»Ich war auf dem Weg zu meinen Eltern, doch der Schneesturm hat mich überrascht.« Beth zuckte mit den Schultern. »Den Rest kennen Sie.«

»Das tut mir leid. Ihre Eltern hätten sich sicher gefreut, Sie zu sehen.«

»Ist halb so schlimm. Immerhin fahre ich am Montag schon weiter.«

»Oh, dann haben Sie einen längeren Urlaub bei den Eltern geplant?«

Beth schmunzelte über Dorothys Neugier und ihren Versuch, sie möglichst subtil auszufragen, aber irgendwie störte es sie nicht. Dorothy schien wirklich Anteil zu nehmen. Beth atmete tief durch. »Nein, keinen Urlaub. Ich wurde letzte Woche entlassen.« Sie biss sich auf die Lippe. »Und auch sonst läuft es in meinem Leben derzeit nicht so ganz rund. Ich schätze, ich brauchte einfach etwas Abstand.« Sie schnaufte leicht. »Zumindest den habe ich hier wohl gekriegt.«

Dorothy lächelte. »Manchmal hilft ein Tapetenwechsel ganz gut.«

»Wohl wahr.« Beth nippte an ihrem Kakao.

»Was belastet Sie denn noch? Liebeskummer?«

»Nein.« Beth schüttelte den Kopf. Liebeskummer setzte immerhin Liebe voraus. Und davon war sie meilenweit entfernt. »Ich bin Single.«

Dorothy musterte sie aufmerksam. »Sie klingen nicht besonders glücklich darüber.«

Beth schaute zur Seite. »Wer wäre das schon?«

»Ich«, erwiderte Dorothy fröhlich. »Ich war in meinem Leben dreimal verheiratet. Und ich habe mich nie freier und besser gefühlt als jetzt.« Sie grinste verschmitzt. »Dreimal habe ich versucht, das Glück in einem anderen Menschen zu finden, bis ich erkannt habe, dass es in mir selber liegt.«

»Soll das heißen, wir alle wären allein besser dran?«, entfuhr es Beth skeptisch. Daran konnte und wollte sie nicht glauben.

»Nein. Nur, dass man sowohl mit als auch ohne Partner glücklich oder unglücklich, vollständig oder unvollständig sein kann. Nehmen Sie Richard zum Beispiel. Er hat sich von seiner Frau getrennt – ist er jetzt besser oder schlechter dran als zuvor?«

Beth runzelte irritiert die Stirn. »Keine Ahnung«, gab sie offen zu. »Er selbst meint, es sei besser.«

»Aber ist er jetzt glücklicher?«

»Nein. Und wenn ich ehrlich bin, verstehe ich ihn nicht.«
Nun, da Dorothy selbst das Gespräch auf Richard gebracht hatte, wollte Beth die Gelegenheit nutzen.

Dorothy gluckste leise. »Da sind Sie wohl nicht die Einzige. Was genau stört Sie denn an ihm?«

»Stören ist vielleicht etwas übertrieben, immerhin geht mich sein Lebensstil ja nichts an«, versicherte Beth hastig.

»Ist schon okay, sagen Sie es einfach.«

»Ich habe das Gefühl, dass er sein Leben vergeudet. Als Anwalt war er wirklich große Klasse, dass er das einfach aufgibt, ist äußerst ... schade«, schloss sie lahm, außerstande, ihre Gefühle und Gedanken in klare Worte zu fassen. Richard war zu so viel mehr fähig.

»Er hat eben einen neuen Weg für sich gewählt. Hat er Ihnen erzählt, dass er an einem Buch schreibt?«

»Ja«, erwiderte Beth verhalten. Mit seinem Alibi hielt er nicht gerade hinter dem Berg. »Haben Sie denn mal reingelesen?«, fügte sie vorsichtig hinzu.

»Nein. Soweit ich weiß, zeigt er es niemandem.«

Beth räusperte sich unbehaglich. Sollte sie es Dorothy wirklich sagen? Richard hatte es ihr selbst streng genommen ja auch nicht gezeigt. Andererseits glaubte sie wirklich, dass er eine völlig falsche Richtung eingeschlagen hatte. Und selbst wenn sie ihn niemals wiedersehen sollte, wünschte sie ihm nur Gutes. »Ich habe einen Blick hineingeworfen«, sagte sie zögernd.

»Und?«, entfuhr es Dorothy aufgeregt.

»Sagen wir mal, er ist ein viel besserer Anwalt als Autor«, erklärte Beth mit einer vielsagenden Grimasse.

Dorothys Lächeln fiel in sich zusammen. »So schlimm?«

»Schlimmer«, bestätigte Beth düster. »Ich meine, ich bin natürlich kein Literaturkritiker ...«

»Ich verstehe schon«, murmelte Dorothy. »Und ich muss zugeben, dass mich das nicht wirklich überrascht. Wenn er mit vollem Herzen dabei wäre, wäre er schon längst fertig. So verplempert er nur seine Zeit.«

Beth nickte erleichtert. Dorothy nahm ihr ihre Einschätzung nicht nur nicht übel, sie teilte sie sogar.

»Aber was soll man machen?«, fuhr die alte Frau fort. »Von seinem Anwaltsberuf will er einfach nichts mehr wissen. Sie sollten ihn mal lamentieren hören. Seiner Ansicht nach ist das alles ein einziger verlogener, verbrecherischer Sumpf.«

»Dabei stimmt das gar nicht. Heute Morgen, als er mit diesem Mann gesprochen hat, war er ganz in seinem Element. Ich denke, es hat ihm richtig gefallen, wieder etwas Sinnvolles zu machen. Er muss ja keine Firmenbosse vertreten, er könnte im kleinen Rahmen viel Gutes für die Menschen tun.«

Dorothy nickte langsam. »Ich habe auch in eine ähnliche Richtung gedacht, als ich Hank zu ihm schickte. Wer weiß«, sie stupste Beth verschwörerisch an, »vielleicht gelingt es uns beiden ja, ihn auf den richtigen Weg zu führen.«

»Wen wollt ihr wohin führen?«

Beim Klang von Richards Stimme zuckte Beth erschrocken zusammen und fuhr herum. Wie viel hatte er von der Unterhaltung mitbekommen?

»Nur den alten Jeffrey nachher nach Hause. Der Arme wird in letzter Zeit zunehmend verwirrt«, sagte Dorothy, ohne mit der Wimper zu zucken, als hätten sie tatsächlich über nichts anderes geredet. »Und, hast du dich wieder abgekühlt?«, fügte sie hinzu, bevor Richard noch mal nachhaken konnte.

Er schoss Dorothy einen finsteren Blick zu.

»Richard war so lieb, uns beim Aufbau zu helfen«, erklärte diese an Beth gewandt, »und wollte anschließend etwas frische Luft schnappen.«

»Ich habe mich schon gewundert«, sagte Beth lächelnd.

»Dachten Sie etwa, ich wollte mich drücken?«, fragte er grimmig. Seine Laune schien nicht die beste zu sein.

Beth versuchte, sich nicht davon einschüchtern zu lassen.

»Der Gedanke war mir in der Tat gekommen. Schließlich haben Sie sehr deutlich gemacht, wie wenig Lust Sie auf diese Veranstaltung haben.«

»Wenn ich mein Wort gebe, stehe ich auch dazu.«

»Ist ja gut!« Beth hob abwehrend die Hände. Was war ihm denn über die Leber gelaufen? Heute Vormittag war er noch deutlich netter gewesen.

»Also, Kinder, so geht das nicht!«, ging Dorothy entschieden dazwischen. »Ihr könnt euch doch nicht immer noch siezen!«, erklärte sie kopfschüttelnd, als Richard schon den Mund öffnete, um vermutlich weiter aufzubrausen.

Irritiert hielt er inne.

»Ihr seid ungefähr gleich alt und wohnt quasi unter einem Dach!«

»Es läuft nichts zwischen uns!«, stellte Richard nachdrücklich klar und die Vehemenz seiner Worte versetzte Beth einen kleinen Stich. Obwohl er natürlich recht hatte. Weder waren sie zusammen noch würde es jemals dazu kommen.

»Das tut es auch nicht zwischen dir und Hank! Trotzdem duzt du ihn. Sonst noch Einwände?« Dorothy schaute Richard streng an.

Er schüttelte verärgert den Kopf. »Meine Güte.« Er streckte Beth steif den Arm entgegen. »Beth, wie schön, dich wiederzusehen. Reicht das?«, fügte er an Dorothy gewandt hinzu, »oder müssen wir noch Brüderschaft trinken?«

»Das müsst ihr schon selbst entscheiden«, sagte diese, als hätte sie damit überhaupt nichts zu tun.

»Ich denke, das reicht aus«, erwiderte Beth schnell und ergriff seine Hand.

Warm, groß und fest schmiegte sich seine Handfläche an die ihre. Beths Haut, die die seine berührte, kribbelte angenehm, viel zu angenehm. Fast gleichzeitig ließen sie beide ihre Finger los, als hätten sie sich verbrannt.

Richard räusperte sich. Doch bevor er etwas sagen konnte,

ertönte das Knistern eines Mikrofons. Die Musik verstummte und alle Augenpaare richteten sich auf eine große Frau um die fünfzig, die gerade die Bühne betrat.

»Hallo und herzlich willkommen zum großen Highlight des heutigen Abends! Ladys, zückt schon mal eure Brieftaschen, denn gleich präsentieren wir euch die begehrtesten Junggesellen der Stadt!«

Tosender Applaus wurde laut.

»Das ist dein Stichwort«, raunte Dorothy Richard zu.

»Ich gehe ja schon«, brummte dieser und machte sich auf den Weg.

Gespannt drängte sich Beth mit Dorothy zusammen weiter nach vorn. Sie spürte, wie die kribbelnde Aufregung um sie herum auch von ihr Besitz ergriff, obwohl sie gar nicht vorhatte, auf irgendeinen der Männer zu bieten. Abgesehen davon, dass sie keine Lust hatte, einen wildfremden Kerl den ganzen Abend an der Backe zu haben, war die Reparatur ihres Wagens schon teuer genug.

Der erste Kandidat trat nun auf die Bühne. Erstaunt erkannte Beth in ihm ihren Automechaniker. Vielleicht sollte sie ihre Haltung noch mal überdenken? Womöglich könnte sie ihn dazu überreden, den Abend in der Werkstatt ausklingen zu lassen. Ein paar kostenlose Arbeitsstunden an ihrem Wagen kämen ihr sehr gelegen.

Nein, das wäre Tommy gegenüber wohl nicht ganz fair.

Amüsiert schaute Beth dabei zu, wie der Zuschlag für fünfunddreißig Dollar an eine zierliche und etwas blasse junge Frau ging. Tommy schien sich daran nicht zu stören, als er grinsend die Treppe runterging und ihre ausgestreckte Hand ergriff.

»Na endlich!«, seufzte Dorothy zufrieden. »Ich habe mich schon gefragt, ob Pat den Mut aufbringen würde, auf ihn zu bieten.«

Beth warf ihr einen amüsierten Blick zu. Dorothy schien regen Anteil am Liebesleben ihrer Mitbürger zu nehmen.

Die nächsten vier Männer wurden genauso schnell und ohne großes Aufsehen versteigert, sodass Beth allmählich das Interesse an der Auktion verlor. Sie ließ ihren Blick durch die Menge schweifen und beobachtete verstohlen die Pärchen, die sich gerade zusammengefunden hatten. Bisher schienen alle mit dem Ergebnis durchaus zufrieden zu sein.

Plötzlich ging ein Raunen durch die Menge und Beth wandte ihre Aufmerksamkeit der Bühne zu. Sie rechnete fest damit, Richard dort oben stehen zu sehen, denn sie konnte sich nicht vorstellen, dass jemand anderer eine derartige Reaktion auslösen konnte.

Der Mund blieb ihr vor Überraschung offen stehen. Sie hatte sich geirrt.

Der Mann, der auf der Bühne stand, war definitiv nicht Richard. Er war etwa Mitte dreißig, groß, athletisch gebaut und dunkelhaarig. Allerdings hörten da die Gemeinsamkeiten auch schon auf. Sein Gesicht wirkte wie gemeißelt – aristokratisch, ausdrucksstark und männlich, es hätte jeder griechischen Götterstatue problemlos Konkurrenz gemacht. Der Mann trug einen dunkelgrauen Anzug, der an ihm weder steif noch zugeknöpft wirkte, sondern seine natürliche Vornehmheit noch unterstrich.

»Als Nächstes freue ich mich sehr, Ihnen Oliver Ward vorzustellen, auch wenn das wohl kaum nötig sein dürfte«, säuselte die Ansagerin. »Schließlich ist Mr. Wards Buchhandlung nicht aus dem Herzen von Silver Creek wegzudenken.«

»Das ist der *Buchhändler*?«, entfuhr es Beth überwältigt. Wenn sie das gewusst hätte, hätte sie heute Morgen darauf bestanden, dass Richard ihr auch die Geschäfte zeigte.

Die ersten Gebote wurden bereits laut, obwohl die Ansagerin mit ihrer Anpreisung noch gar nicht fertig war. Und Beth musste zugeben, dass sie auch in Versuchung geriet.

»Ja«, sagte Dorothy verhalten. »Er ist schon nett anzusehen ...«

»Aber?«, fragte Beth überrascht.

»An Ihrer Stelle würde ich mir mein Geld lieber sparen.«

»Wieso?« Beth betrachtete aufmerksam den Mann auf der Bühne. Mr. Ward wirkte durch und durch wie ein Gentleman, wie der Inbegriff eines Traummannes. »Ist er nicht so nett, wie er aussieht?«

»Oh doch. Er ist freundlich, höflich, gebildet und verliert selten die Contenance.«

»Und was ist es dann?«

»Er ist schwul«, entgegnete Dorothy knapp.

»Tatsächlich?«, entfuhr es Beth überrascht. Er sah überhaupt nicht so aus.

»Seit er vor rund drei Jahren hierhergezogen ist, hat er sich noch nie auch nur flüchtig für eine der Frauen interessiert. Dabei umschwärmen sie ihn wie die Fliegen.«

»Hatte er denn Interesse an einem Mann?«

»Nicht öffentlich. Aber so was behandelt man meist auch eher diskret.«

Beth warf einen letzten Blick auf Mr. Ward. Dorothy hatte recht. Dieser Mann musste einfach schwul sein, er wäre sonst zu gut, um wahr zu sein.

Die Frauen, die auf ihn boten, schienen derartige Überlegungen nicht zu stören. Das Gebot lag bereits bei über 350 Dollar. Mr. Ward ertrug das Ganze mit stoischer Miene und dem unverändert höflichen Lächeln auf den Lippen.

»Wenn er nicht auf Frauen steht, wieso macht er dann überhaupt mit?«, fragte Beth leise.

»Vermutlich für den guten Zweck. Das hier ist fast die einzige Gelegenheit, bei der man ihn außerhalb seines geliebten Buchladens antrifft.«

Endlich erhielt eine Frau um die vierzig den Zuschlag für 425 Dollar. Freudestrahlend lief sie auf Mr. Ward zu und streckte ihm die Hand entgegen. Er hauchte ihr einen eleganten Handkuss darauf, bevor er ihr durch die Menge folgte.

»Als Nächstes darf ich Ihnen Mr. Richard Stone ankündigen«, riss die Stimme der Ansagerin Beths Aufmerksamkeit von der strahlenden Siegerin los.

Richard trat auf die Bühne und Beth fand, dass er keine schlechtere Figur als Mr. Ward machte, auch wenn seine Ausstrahlung eine ganz andere war. Lässig, fast gelangweilt stand er da, als würde ihn das Ganze nichts angehen. Nicht die leiseste Andeutung eines Lächelns lag auf seinen Lippen, dafür wirkte sein Blick herausfordernd und unnahbar, als glaubte er nicht daran, dass irgendeine Frau es wagen würde, auf ihn zu bieten.

»Mein Gott, ist der hässlich«, raunte eine Rothaarige neben Beth, was sie ihr sofort unsympathisch machte.

»Und so grimmig«, stimmte ihre Freundin ihr zu.

»Dass er sich überhaupt hat aufstellen lassen …«

»Na ja, vielleicht ist das seine Masche«, sagte eine dritte Frau. Sie war ungefähr Mitte vierzig, hatte viel zu viel Make-up im Gesicht und wasserstoffblonde Haare. »Sein Körperbau ist jedenfalls nicht übel. Und mit dem Gesicht kriegt er bestimmt nicht allzu oft eine Frau ab.« Ihr Blick taxierte Richard, als wäre er ein Zuchtbulle auf dem Basar.

»Das Anfangsgebot liegt bei fünf Dollar«, eröffnete die Ansagerin die Auktion.

»Nee, da bin ich raus«, sagte die Rothaarige. »Den brauche ich nicht einmal geschenkt.«

»Ach, was soll's.« Die Blonde hob ihre Hand. »Der wird bestimmt ein Schnäppchen.«

»Fünf Dollar.« Die Frau auf der Bühne nickte ihr zu. »Höre ich zehn?«

Noch bevor Beth sich darüber im Klaren war, was sie eigentlich tat, streckte sie ihre Hand nach oben. Es war immerhin für einen guten Zweck und sie konnte Richard dieses blonde Gift einfach nicht antun.

»Zehn Dollar!«, rief die Ansagerin erfreut und Beth konnte nicht sagen, wer überraschter wirkte, die Blonde vor ihr oder Richard.

»Fünfzehn!« Die Blonde hob erneut ihre Hand.

»Zwanzig!«, hielt Beth dagegen und ignorierte den düsteren Blick, den Richard ihr unter zusammengezogenen Augenbrauen schenkte. Er sollte ihr dankbar sein!

»Fünfundzwanzig!«

»Dreißig.« Beth hoffte wirklich, dass die Blonde bald aufgab. Mehr als fünfzig konnte sie sich auf keinen Fall leisten. Diese drehte sich nun zu ihr um und sah Beth abschätzend an. Möglichst ungerührt grinste Beth zurück.

»Du kannst ihn haben, Schätzchen«, sagte die Frau mit einem Schulterzucken. »Es gibt bestimmt noch ein paar willigere Kandidaten.«

»Das Gebot liegt bei dreißig Dollar, höre ich mehr?« Die Frau auf der Bühne sah sich aufmerksam um. »Dreißig zum Ersten, zum Zweiten und zum Dritten.« Sie lächelte Beth aufmunternd an. »Er gehört Ihnen.«

»Ich wusste es!«, rief Dorothy begeistert neben ihr.

Erst da wurde Beth bewusst, was sie getan hatte. Sie hatte sich einen Abend mit Richard ersteigert. Einem Richard, der nun wie eine finstere Gewitterwolke auf sie hinabsah.

»Ich hätte nicht gedacht, dass du bei diesem Unsinn mitmachst!«, zischte er ärgerlich, als sie näher trat und der bereitstehenden Kassiererin das Geld reichte.

Beth presste verstimmt die Lippen zusammen. Sie hätte doch lieber auf Mr. Ward bieten sollen. Richard tat ja gerade so, als hätte sie ihn damit beleidigt. »Es ist für einen guten Zweck«, erwiderte sie knapp, wandte sich um und ließ ihn einfach stehen. Er sollte nicht glauben, dass sie Wert auf seine Gesellschaft legte, sie hatte ihm lediglich einen Gefallen tun wollen.

Hinter sich hörte Beth, wie Dorothy leise mit Richard schimpfte, drehte sich jedoch nicht um, sondern bahnte sich ihren Weg zur Bar hinüber.

Sie bestellte sich ein Wasser und setzte sich auf einen der freien Hocker.

Der Mann neben ihr prostete ihr mit seiner Bierflasche zu. Er war ungefähr in ihrem Alter und – wie es aussah – alleine hier. Beth lächelte unverbindlich zurück.

»Möchten Sie tanzen?«, fragte er nach einer kurzen Pause.

Sie deutete entschuldigend auf ihr halb volles Glas. »Vorerst nicht.«

Der Mann lächelte noch einmal, dann stand er auf und schlenderte davon. Da war wohl einer auf Aufreißer-Tour. Beth nippte an ihrem Wasser und verbot sich jeden Blick in die Richtung, in der sie Richard und Dorothy vermutete.

Was war eigentlich sein Problem? Hätte er nicht einfach Danke sagen können? Oder war er so scharf darauf gewesen, den Abend mit der Blonden zu verbringen? Beth schüttelte sich. Das konnte sie sich beim besten Willen nicht vorstellen.

Sie spürte eine Bewegung in ihrem Rücken und ein Hauch von Richards Aftershave streifte ihre Nase. Beth blieb regungslos sitzen. Sie hatte keine Lust darauf, schon wieder von ihm angefahren zu werden.

»Ich denke, ich schulde dir einen Tanz«, sagte Richard beherrscht. Beth hörte die unterschwellige Emotion in seiner Stimme, doch sie konnte nicht sagen, ob es Widerwille, Reue oder etwas ganz anderes war.

Langsam drehte sie sich um. »Da irrst du dich. Es waren keinerlei Bedingungen an die Versteigerung geknüpft. Du kannst also tun und lassen, was auch immer du möchtest. Ich glaube sogar, die Blonde von vorhin ist noch frei. Wenn du dich beeilst, könntest du sie also erwischen.«

Richard musterte sie ernst. »Du bist sauer«, stellte er fest.

»Wie kommst du denn darauf?« Beth wandte sich wieder ihrem Glas zu.

Richard atmete tief durch und setzte sich auf den Barhocker neben ihr. »Wieso hast du das getan?«

»Was denn?«

»Auf mich geboten.«

Wenn sie das nur selber wüsste. War Dummheit oder Mitleid der ausschlaggebende Grund gewesen? »Es ist für einen guten Zweck«, wiederholte sie ihre Ausrede.

»Dann hättest du auch auf jeden anderen bieten können.«

Worauf wollte der Kerl hinaus? »Jeden anderen hätte ich den Abend lang an der Backe gehabt. Bei dir konnte ich sicher sein, dass du mich anschnauzt und dann in Ruhe lässt. Dachte ich zumindest«, fügte sie süffisant hinzu.

»Ich meine es ernst«, beharrte er.

»Ich auch.« Beth sah ihn unverwandt an. »Gleichzeitig dachte ich, dir einen Gefallen damit zu tun. Die andere Frau, die auf dich geboten hat, hätte nicht so leicht von dir abgelassen.«

»Gut.« Er wirkte erleichtert.

»Was dachtest du denn, was los ist? Dass ich deinem unwiderstehlichen Charme erlegen wäre?« Beth legte all die Ironie, die sie aufbringen konnte, in ihre Worte, um ihn nicht merken zu lassen, dass da tatsächlich ein klein wenig was dran sein konnte. Sie mochte Richard, so sehr, dass es sie selbst überraschte.

»Natürlich nicht.« Er räusperte sich. »Nun, da wir das geklärt haben, danke.«

»Wofür?«

»Dafür, dass ich selbst entscheiden kann, wie ich meinen Abend verbringe.«

»Immer wieder gern.« Beth nahm noch einen Schluck aus ihrem inzwischen fast leeren Glas. Sie fühlte sich seltsam bedrückt. Vielleicht sollte sie einfach ins Bett gehen. Der aufregende Teil der Veranstaltung war ohnehin vorbei. Sie schob dem Barmann das Glas hinüber und erhob sich.

»Also, wie sieht es aus?«, fragte Richard. »Möchtest du tanzen?«

Abwartend sah er sie an und fragte sich, wieso er plötzlich so nervös war. Und welche Antwort er sich überhaupt erhoffte. Er hatte das Gefühl, dass er so oder so nur verlieren konnte. Wieso hatte er sich von Dorothy nur dazu breitschlagen lassen?

Er wusste wieso. Weil Beth eine Entschuldigung verdiente. Als sie ihre Hand gehoben hatte, um für ihn zu bieten, war die Panik mit ihm durchgegangen. Er hatte auch so bereits mehr Zeit mit ihr verbracht, als ihm guttat, da brauchte er nicht auch noch einen romantischen Abend. Eine Frau wie Beth war nichts für ihn. Und er nichts für sie. Er dachte, ihr wäre ebenfalls klar, dass er nicht in ihr Beuteschema passte.

Nun, offensichtlich war es das auch. Sie hatte aus Barmherzigkeit für ihn geboten, nicht aus romantischem Interesse. Er sollte erleichtert darüber sein, doch ein Teil von ihm war es nicht.

Plötzlich wünschte er sich, er könnte erfahren, was gerade hinter Beths leicht gerunzelter Stirn vorging. Sie schien nicht sicher zu sein, ob sie seine Aufforderung annehmen sollte.

Die Sekunden zogen sich ins Unermessliche. Richard steckte die Hände in die Taschen, weil er nicht wusste, was er sonst damit tun sollte. Er war drauf und dran, seine Einladung wieder zurückzunehmen. Vielleicht wollte Beth wirklich nur ihre Ruhe. Vielleicht legte sie gar keinen Wert auf seine Gesellschaft, auch wenn es bislang nicht so gewirkt hatte.

»Wieso eigentlich nicht?«, sagte sie schließlich mit einem vorsichtigen Lächeln.

Richard nickte, erleichtert und verunsichert zugleich. Wenn es ihr so viel ausmachte, konnten sie es auch gleich sein lassen. »Dann nimmst du meine Entschuldigung an?«, fragte er, um keinen Zweifel daran aufkommen zu lassen, dass dieser Tanz ausschließlich so gemeint war.

»Wenn es denn eine ist?«

Richard seufzte. »Es tut mir leid, ich habe vorhin etwas überreagiert.«

»Das kann man wohl sagen«, stimmte Beth ihm zu. »Das war unfreundlich, unangebracht und völlig unbegründet«, zählte sie streng auf, doch in ihren wunderschönen grünen Augen tanzte bereits ein vergnügter Funke.

»Ist ja gut, ich hab's verstanden«, grummelte Richard. »Es tut mir leid, ich war nicht ganz bei mir.« Er streckte ihr die Hand entgegen.

Sie musterte ihn einen Herzschlag lang intensiv und er hoffte, sie würde nicht nach den Gründen für sein Verhalten fragen. Er wüsste nicht, was er darauf erwidern sollte.

Zum Glück legte Beth wortlos ihre Finger in die seinen und ließ sich von ihm auf die Tanzfläche führen. Während sie sich durch die Menge drängten, war Richard sich überdeutlich der Blicke der Umstehenden bewusst und er fragte sich, welches Bild Beth und er wohl gerade abgaben. Sie – die mit Abstand schönste Frau im Saal – und er, der seit Monaten nicht einmal beim Frisör gewesen war, von der Narbe auf seiner Wange ganz zu schweigen.

Beth jedenfalls schien sich nicht daran zu stören. Warum auch? Es war lediglich ein einziger harmloser Tanz.

Richard legte eine Hand auf ihre Hüfte und achtete darauf, so viel Abstand wie möglich zu wahren, ohne dabei steif und ungelenk zu wirken. Beth fühlte sich auch so schon viel zu gut in seinen Armen an und wenn er den Blick ein wenig senkte, schaute er geradewegs in die verführerische Rundung ihres Ausschnitts. Er atmete tief durch und zog Beth nun doch etwas enger an sich, damit er ihr weder in die Augen noch auf ihren Körper, sondern bequem an ihr vorbeischauen konnte. Ein frischer, leicht blumiger Duft stieg ihm in die Nase und er erschauerte. Beth roch fast noch besser, als sie aussah. Worauf zum Teufel hatte er sich hier bloß eingelassen?

Beth wagte es kaum, zu atmen, während sie sich mit Richard zu den Klängen der Musik wiegte. Sie hätte es nie vermutet, aber er war ein ausgezeichneter Tänzer – leichtfüßig und sicher im Takt. Es fühlte sich gut an, mit ihm zu tanzen. *Er* fühlte sich gut an.

Seine große, starke Hand ruhte warm und fest auf ihrer Hüfte. Beth genoss den leichten Druck, mit dem er sie über die Tanzfläche führte. Obwohl ihre Körper sich nicht berührten, war sie sich Richards Nähe überdeutlich bewusst, sah das Spiel seiner Muskeln unter dem dünnen Pullover. Sie konnte sich noch genau erinnern, wie er ohne ihn aussah. Entschieden riss Beth den Blick von seinem Oberkörper los, ließ ihn weiter nach oben gleiten. Richard war fast einen Kopf größer als sie und die kleine Kuhle an seinem Hals lud förmlich dazu ein, ihr Gesicht darin zu vergraben.

Beth schluckte und rief sich zur Ordnung. Das stand hier nicht zur Diskussion. Damit würde sie ihn höchstens in die Flucht schlagen, obwohl sie den Grund dafür nicht verstand. Sie glaubte, dass er sich durchaus angezogen von ihr fühlte, nicht gleich von Beginn, aber mittlerweile fast sicher. Und es blieb ihr ein Rätsel, weshalb er sich nicht darauf einließ.

Beth schaute zu Richards Gesicht auf. Sein Blick war starr nach vorne gerichtet, sein Kiefer fest zusammengepresst. Ein flaues Gefühl breitete sich in ihr aus. Er wirkte nicht, als ob ihm das hier gerade gefiel, er schien sich regelrecht dazu zwingen zu müssen, mit ihr zu tanzen.

Ernüchterung durchzuckte Beth. *So* nötig hatte sie das auch nicht. Sie rückte ein wenig von Richard ab und zwang ihn damit, sie endlich anzusehen. Dunkle Funken tanzten in seinen Augen, es konnten aber auch Reflexionen der Discokugel sein, die sich in der Mitte des Raumes drehte.

»Danke für den Tanz«, sagte Beth beherrscht. Ihr war die Lust auf diesen Abend endgültig vergangen.

»Er ist noch gar nicht zu Ende«, entgegnete Richard überrascht.

»Für eine Entschuldigung reicht das vollauf.« Beth wollte nur noch fort, fort von diesem Mann, der ganz und gar nicht ihren Vorstellungen und Erwartungen entsprach und der sie dennoch auf eine sehr beunruhigende Art berührte.

Eine Spur von Enttäuschung huschte über Richards Gesicht. »Wenn du meinst …«

»Ja, ich bin müde. War wohl heute etwas zu viel frische Luft für mich«, sagte Beth leise und ohne ihn anzusehen.

»In Ordnung.« Seine Stimme klang rau und warm. »Ich bringe dich nach Hause.«

»Das ist wirklich nicht nötig!«, wehrte Beth hastig ab.

»Doch, ist es. Außerdem hält mich hier ohnehin nichts mehr.«

Stimmt ja, er hatte seine Schuldigkeit getan.

Kapitel 10

Beth fröstelte, als sie nach draußen trat. In der warmen Festhalle konnte man zu leicht vergessen, wie eisig es draußen war. Richard stellte sich neben sie und reichte ihr seinen Arm. Etwas widerwillig hakte Beth sich unter. Sie wurde einfach nicht schlau aus ihm. War es pure Höflichkeit, die aus seiner Geste sprach? War es Fürsorge oder doch Galanterie? Beth seufzte tief.

»Was ist los?«, fragte Richard leise und setzte sich in Bewegung.

Sie zuckte mit den Schultern. »Nichts. Oder alles. Hast du dir als Kind eigentlich vorgestellt, wie dein Leben einmal sein sollte?«, fragte sie plötzlich. Jetzt, unter dem Mantel der Dunkelheit und allein mit Richard auf dem zugeschneiten Weg, fühlte sie, wie ihre Hemmungen abfielen. Es lag kein Flirt in ihrer Frage, keine verborgene Absicht. Sie wollte wirklich wissen, verstehen, was in ihm vorging. Und ob sie allein das Gefühl hatte, dass ihr Leben sich ganz anders entwickelte, als es eigentlich sollte.

»Sicher. Tun wir das nicht alle?«

»Und was war dein Traum?«

»Zuerst wollte ich Superheld werden oder zumindest ein heldenhafter Feuerwehrmann.« Beth hörte das Lächeln in seiner Stimme. »Später wollte ich eine Zeit lang gern wichtig sein und reich, damit es Summer richtig leidtat, dass sie mich hatte abblitzen lassen.«

»Und danach?«

»Ich weiß nicht. Irgendwie habe ich das Träumen danach wohl aufgegeben, ich wurde erwachsen und suchte nach dem besten Weg für mich.«

»Wie bist du auf Jura gekommen?«

»Der Debattierklub hat mir immer viel Spaß gemacht. Ich habe sogar ein paar Wettbewerbe gewonnen. Also hat mir mein Lehrer dazu geraten, zumal ich die nötigen Noten hatte.«

»Du warst gerne Anwalt, nicht wahr?«

»Ja, doch das ist vorbei«, sagte Richard in einem Ton, der jeden weiteren Kommentar verbot.

»Und hast du dir auch eine Familie gewünscht?«, fragte Beth nach einer kurzen Pause. Sie wollte nicht, dass er sie als aufdringlich empfand.

»Ich bin wohl eher stillschweigend davon ausgegangen, irgendwie gehörte das zu meiner Vorstellung von Leben dazu.«

»Hast du Kinder?«, fragte Beth. Wieso hatte sie bisher noch keinen Gedanken daran verschwendet?

»Nein. Carol hat das Leben, das wir führten, zu sehr geliebt, um sich schon damit belasten zu wollen. Na ja, ich war auch noch nicht besonders darauf erpicht.«

»Bereust du es?«

»Nein. Weder sie noch ich hätten dieser Verantwortung gerecht werden können.«

»Und wie sieht es mit der Zukunft aus?«

»Fragst du mich ernsthaft, ob ich Kinder will?«, fragte er entgeistert.

»Nein.« Beth ließ sich davon nicht beirren. »Ich meine prinzipiell. Rein statistisch liegen noch etwa sechzig Prozent deines Lebens vor dir. Wäre doch irgendwie schade, wenn du damit nichts mehr anfängst.«

»Ich denke, wir haben genug von mir geredet«, sagte Richard abrupt. »Wie sieht es mit dir aus, Beth? Bist du mit deinem Leben zufrieden?«

»Nein«, lautete ihre schlichte und ehrliche Antwort. »Ich habe nichts von dem, was ich mir als kleines Mädchen erträumt habe.«

Richard schwieg, als wartete er darauf, dass sie weitersprach.

»Ich wollte immer ein Leben, das von Freude und Liebe er- füllt ist. Ich wollte Freunde, mit denen ich lachen und Spaß ha- ben konnte. Einen Mann, der mein Leben mit all seinen Höhen und Tiefen teilt, bei dem ich mich wohlfühlen kann und gebor- gen. Ich wollte eine Arbeit, die mich erfüllt und mir genug Freiraum und Energie für die schönen Dinge des Lebens lässt. Ich wollte Kinder, die mich mit ihren strahlenden Augen anse- hen ...« Beth verstummte. Sie hörte selbst, wie kitschig und naiv das klang. Aber das war es nun mal, was sie wollte.

»Die perfekte Familienidylle also«, sagte Richard mit leich- tem Spott.

»Ja. Ist das wirklich so abwegig?«

»Nein, vermutlich nicht«, gab er betreten zu. »Und wie weit bist du mit deinem Plan?«, fügte er zögernd hinzu.

»Zu meinen Freunden habe ich kaum noch Kontakt, weil sie – im Gegensatz zu mir – den Sprung in die nächste Lebenspha- se tatsächlich geschafft haben. Ich habe keinen Mann, keinen Job und werde, wenn sich das nicht schleunigst ändert, wieder zu meinen Eltern ziehen müssen. Ich habe also auf ganzer Li- nie versagt«, fasste sie mit einem selbstironischen Unterton zu- sammen, um nicht ganz so armselig zu wirken.

»Das tut mir leid.«

»Ja, mir auch. Aber was soll's, so ist das Leben.«

»Nein, das habe ich nicht gemeint«, widersprach Richard behutsam. »Sondern die Tatsache, dass du dich als Versagerin empfindest. Denn das bist du nicht. Du bist schön, klug, warm- herzig ... Und für alles Weitere hast du nach eigener Aussage noch knapp sechzig Jahre Zeit.«

Beth lächelte, von seinen Worten getröstet, während sich ihr Herz aufgeregt zusammenzog. Richard fand sie also schön, warmherzig und klug.

Sie blieb stehen und wandte sich ihm zu. »Danke«, raunte sie leise und sah, wie sein Adamsapfel auf und ab hüpfte, wäh- rend er schluckte. Beth hob den Kopf noch höher und schaute ihm ins Gesicht. In dem schwachen Mondschein wirkten seine Züge wie gemeißelt, jede Linie ausdrucksstark und klar. Wie konnte sie ihn jemals für unattraktiv gehalten haben? Selbst die Narbe, die einen leichten Schatten auf seine linke Wange warf, störte sie nicht mehr. Sie gehörte zu ihm und machte ihn zu dem Mann, der er war. Mit all seinen Mängeln und Fehlern, aber auch mit all den faszinierenden Seiten.

Beths Augen suchten Richards Blick, versanken in seinen dunkel glänzenden Iriden. Mit jeder Faser ihres Körpers spürte sie seine Gegenwart, diese fast elektrische Spannung, die plötzlich die Luft zwischen ihnen erfüllte. Richard sagte kein Wort, sah sie nur mit einer Intensität an, die ihr den Atem raubte.

Wie von selbst hob sich Beths Hand, strich eine schwarze Strähne aus seiner Stirn, fuhr die Kontur seines Gesichts entlang. Ihr Herz hämmerte laut in ihrer Brust.

Quälend langsam neigte Richard ihr seinen Kopf entgegen. Seine Lippen öffneten sich leicht. Beths ganzer Körper spannte sich in Erwartung dieses Kusses an, der jetzt endlich kommen musste. Es war ihr selbst nicht bewusst gewesen, wie sehr sie sich danach sehnte. Sie wagte es kaum noch zu atmen und reckte ihm ihr Gesicht entgegen.

Sanft legte sich Richards Hand über die ihre, die noch immer auf seiner Wange lag. Die Berührung schickte kribbelnde Impulse durch Beths Arm. Schon lange hatte sie nicht mehr das Bedürfnis verspürt, Hand in Hand mit einem Mann zu gehen. Bei Richard wünschte sie sich, er würde seine Finger mit den ihren verschränken und sie nicht mehr loslassen.

Einen Moment glaubte sie, er würde das tatsächlich tun. Seine Hand schloss sich mit leichtem Druck um die ihre. Richard kniff die Augen zu und atmete krampfhaft durch. Dann nahm er ihre Finger von seinem Gesicht, richtete sich abrupt auf und räusperte sich. »Es ist kalt, wir sollten weitergehen.«

Ohne ihre Reaktion abzuwarten, drehte er sich um und setzte sich mit langen Schritten in Bewegung.

Verwirrt blinzelte Beth ihm hinterher. Er ließ sie tatsächlich einfach so stehen!

»Richard, warte!« Beth lief ebenfalls los. So leicht würde sie ihn nicht davonkommen lassen. »Was ist denn los?« Sie packte ihn am Arm und hielt ihn fest. Er hatte sie ebenfalls küssen wollen, da war sie sich sicher, das bewies nicht zuletzt seine plötzliche Flucht. Aber wovor hatte er solche Angst?

»Was ist los?«, wiederholte Beth eindringlich.

Ein Muskel in Richards Gesicht zuckte, während er sie aufgewühlt ansah. Dann legte sich ein harter, zynischer Zug um seinen Mund. »Wie gesagt, ich schuldete dir lediglich einen Tanz. Und eine Begleitung nach Hause. Für dreißig Dollar ist mehr einfach nicht drin.«

Wortlos und geschockt starrte Beth ihn an, während sie zu begreifen versuchte, womit sie die Beleidigung, diese Abfuhr verdient hatte. Es fühlte sich an, als hätte er ihr mitten ins Gesicht gespuckt. Nach all den netten Stunden, die sie zusammen verbracht hatten, hätte sie so etwas von ihm niemals erwartet.

Beths Nasenflügel blähten sich, während sie tief Luft holte und um ihre Selbstbeherrschung kämpfte. Sie würde weder toben noch weinen.

»Und wie ich bereits sagte«, setzte sie an und betonte jedes Wort klar und deutlich, »erwarte ich nicht das Geringste von dir.«

Würdevoll drehte sie sich um und ging mit schnellen Schritten davon.

Schuldbewusst und verärgert starrte Richard Beth hinterher. Er hatte sich wie ein waschechter Arsch aufgeführt. Vermutlich würde sie nie wieder ein Wort mit ihm reden.

Und genau das war schließlich das Ziel, nicht wahr?, meldete sich die vorlaute kleine Stimme in seinem Hinterkopf. *Du wolltest sie so verletzen, so vor den Kopf stoßen, dass sie dir nie wieder zu nahe kommen kann.*

Richard vergrub die Finger in seinen Haaren. Das war ihm gründlich gelungen. Und das war gut so. Natürlich tat es ihm leid, dass Beth jetzt beleidigt war, er wollte ihr nicht wehtun, sondern nur ein für alle Mal dafür sorgen, dass sie gebührenden Abstand zu ihm hielt. Denn er allein war dazu nicht mehr in der Lage.

Diese Frau bezauberte ihn, ließ ihn erkennen, dass ein hübsches Gesicht durchaus mit einem schönen Geist einhergehen konnte. Sie überraschte ihn damit, dass sie sich tatsächlich zu ihm hingezogen fühlte. Sie war die erste Frau seit fast einem Jahr, die er in seinen Armen gehalten hatte. Und wenn er nicht im letzten Moment die Reißleine gezogen hätte, hätte er der Versuchung nicht widerstehen können. Ihre glänzenden Augen, die vollen Lippen hatten ihn förmlich dazu eingeladen, sie zu küssen. Und vermutlich hätte Beth daraufhin auch die Nacht mit ihm verbracht. Für sie wäre es Bestandteil des Abenteuers, das sie in dieser verrückten kleinen Stadt erlebt hatte. Nichts weiter.

Er selbst würde das nicht so leicht abschütteln können.

Er war noch nie ein Womanizer gewesen und das letzte Jahr hatte ihn zusätzlich verändert. Ihn womöglich ganz untauglich für jede Art von Beziehung gemacht.

Langsam setzte Richard sich in Bewegung. Beths schockiertes, ungläubiges Gesicht noch immer vor Augen. Hätte er keine besseren Worte finden können? Er hatte sich wie ein Arsch aufgeführt und sie ohne jeglichen Grund tief beleidigt.

Er seufzte. Er musste sich bei ihr entschuldigen. Schon um seines eigenen Seelenheils willen. Musste zumindest versuchen, ihr zu erklären, dass es nicht an ihr lag.

Und das würde er auch. Aber nicht jetzt. Zuerst musste er seine aufgewühlten Gedanken abkühlen und den Duft von Beths Parfüm aus seiner Nase bekommen.

Noch ein letztes Mal schaute er in die Richtung, in die Beth vor wenigen Minuten verschwunden war, dann drehte er sich zur anderen Seite und marschierte entschlossen los.

Beth hatte das *Hope's Inn* fast erreicht, als ihr Telefon klingelte. Im ersten Moment glaubte sie schon, es wäre Richard, der sich bei ihr entschuldigen wollte. Dann fiel ihr ein, dass er ihre Nummer gar nicht hatte. Außerdem, wenn er sich wirklich hätte entschuldigen wollen, hätte er das längst persönlich getan. So schnell war sie schließlich nicht unterwegs. Doch egal, wie aufmerksam Beth in den letzten Minuten in die Dunkelheit hinter sich gelauscht hatte, da waren keine Schritte gewesen, kein Richard, der ihr irgendeine Erklärung für sein beleidigendes Verhalten anbot.

Das Handy klingelte weiter und Beth war versucht, es dieses Mal einfach zu ignorieren. Schließlich holte sie es trotzdem hervor. Wenn es ihre Mutter war und sie sich nicht meldete, würden ihre Eltern vermutlich die ganze Nacht kein Auge vor lauter Sorge um ihr Wohlergehen zumachen. Lustlos warf Beth einen Blick auf das Display. Es war nicht ihre Mutter, sondern ihre Freundin Liv. Beth atmete tief durch, bevor sie ranging.

Sie mochte Liv, rief sie sich nachdrücklich in Erinnerung. Und sie freute sich für sie. Liv konnte absolut nichts dafür, dass Beths eigenes Leben nicht ganz so rosig war.

»Hey! Wie läuft es im hohen Norden?«, meldete sie sich so fröhlich wie möglich. Sie wollte Liv nicht merken lassen, wie dreckig es ihr gerade ging.

»Ich kann nicht klagen.« Die junge Frau am anderen Ende der Leitung klang durch und durch zufrieden. »Ich finde, es hat schon was, so gemütlich eingeschneit zu sein. Es ist, als würde die ganze Welt plötzlich innehalten.« Sie kicherte. »Matt und ich haben seit drei Tagen das Haus kaum verlassen.«

Beth rang sich einen zustimmenden Laut ab und ließ ihren Blick schweifen. Sie konnte dem Schnee gerade absolut nichts Gemütliches oder gar Romantisches abgewinnen. Aber sie hatte schließlich auch keinen fürsorglichen Göttergatten an ihrer Seite. Sie hatte nicht einmal einen Richard.

»Ist alles in Ordnung?«, erkundigte Liv sich besorgt. Offenbar fand sie Beths Darbietung nicht ganz überzeugend.

»Ja, sicher«, beruhigte Beth sie hastig.

»Hält Harper euch immer noch so auf Trab? Er will bestimmt wieder alle Projekte bis Weihnachten fertig haben, oder?«

»Ich kann mich dieses Jahr nicht beschweren«, erwiderte Beth ausweichend. Sie wollte ihrer Freundin nichts von der Kündigung erzählen. Sie brauchte weder ihr Mitleid noch ihre Einmischung. Und wenn sie es ihr erzählte, würde Liv es ihrer Schwiegermutter verraten und die würde ihren Bruder, der gleichzeitig Beths Exchef war, mit Sicherheit ins Gebet nehmen. Dabei ging das Ganze sie überhaupt nichts an. »Ich habe mir ein paar Tage freigenommen und bin gerade in einem gemütlichen kleinen Örtchen namens Silver Creek.«

»Allein?«, fragte Liv neugierig.

»Nicht ganz«, gab Beth diplomatisch zurück.

»Erzähl!«

»Sobald es was zu erzählen gibt, erfährst du es als Erste.«

»Dann ist bei dir also wirklich alles in Ordnung?«, vergewisserte sich Liv aufgeregt.

»Ja, wieso?«

»Weil ich ganz fantastische Neuigkeiten habe und nicht unsensibel wirken möchte!«

»Fantastische Neuigkeiten?« Beth erstarrte. Liv hatte einen Superjob und einen Traum von Ehemann, das konnte nur bedeuten … »Du bist schwanger?« Beth kreischte ihre Frage beinah in den Hörer.

»Ja!« Pures Glück schwappte ihr aus dem Lautsprecher entgegen. »Kannst du dir das vorstellen?« Liv lachte überwältigt.

»Wow! Herzlichen Glückwunsch!«, stammelte Beth. »Ich freue mich so für euch beide.«

»Danke!« Liv atmete tief durch. »Das ist so großartig und unfassbar.«

»Und wie geht es dir?«

»Bis auf die gelegentliche Übelkeit relativ gut. Ich bin ja noch ganz am Anfang.«

»Wann soll das Baby denn kommen?«

»Voraussichtlich Anfang August.«

»Wow«, wiederholte Beth. »Das ist fantastisch!« Selbst in ihren eigenen Ohren hörten sich ihre Worte irgendwie schal an. Aber Liv schien sich daran nicht zu stören, vermutlich weil sie in der rosaroten Wolke, die sie umgab, ohnehin nichts Negatives mehr wahrnahm.

»Lass uns die Tage noch mal ausführlich darüber sprechen«, würgte Beth das Telefonat schließlich ab. »Ich bin gerade etwas auf dem Sprung. Grüß Matt ganz lieb von mir, ja?«

»Natürlich. Ich möchte dich nicht aufhalten. Ich wollte es dir nur sagen.«

»Ich freue mich wirklich für euch«, wiederholte Beth mit Nachdruck und legte auf.

Stumm starrte sie ein paar Herzschläge lang auf das Handy. Kam es ihr nur so vor oder war das Leben tatsächlich ziemlich ungerecht? Wobei ein Baby ja nur der nächste logische Punkt aufs Livs Liste war. Wenn man den richtigen Mann dazu hatte, war das normalerweise gar nicht so schwer.

Beth seufzte und steckte das Handy weg. Ihre Augen blieben an dem großen, dunklen Hotel hängen, das vor ihr aufragte. Was für ein ideales Sinnbild für ihr Leben. Einsam, kalt und ungeliebt.

Auf einmal verspürte sie keine Lust, in ihr Zimmer zurückzukehren. Ohne darüber nachzudenken, wandte Beth sich nach rechts und marschierte davon.

Schon bald ließ sie die Wohnhäuser hinter sich und erreichte ein freies Feld. Ohne innezuhalten, lief sie weiter, genoss die Bewegung und das Prickeln der kalten Luft auf ihren Wangen, wünschte sich, die Kälte könnte auch ihre Gedanken besänftigen, ihr Klarheit und Zuversicht schenken.

Das fahle Mondlicht, das durch die wenigen Wolken schien, wurde von dem hellen Schnee reflektiert, sodass Beth ihre Umgebung halbwegs erkennen konnte. Nicht, dass sie sonderlich darauf achtete, wohin sie lief.

Nach einiger Zeit erreichte sie eine Reihe hoher Bäume. Sie lauschte und konnte tatsächlich ein leises Plätschern hören. Sie war – ohne es zu wollen – am Silver Creek angelangt. Langsam ging sie weiter. Es war eine andere Stelle als die, an der sie am Vormittag mit Richard gewesen war. Aber das spielte keine Rolle. Beth trat vorsichtig näher ans Ufer. Spätestens jetzt war es ganz deutlich, warum der Fluss Silver Creek hieß. Wie ein Band aus flüssigem Silber wand er sich im spiegelnden Mondlicht durch den unberührten Schnee. Wie verzaubert blieb Beth stehen. Ein Lächeln schlich sich auf ihre Lippen. Wäre sie zwanzig Jahre jünger gewesen, hätte sie hier wohl die Pforte ins Feenreich gesucht.

Langsam ging sie am Ufer des Flusses entlang und spürte, wie sich die lang ersehnte Ruhe endlich in ihr ausbreitete. Eine Schneeflocke schwebte federleicht an ihrem Gesicht vorbei und Beth stellte sich vor, dass sie einen Wunsch frei hätte, wenn sie es schaffte, diese einzufangen. Die eisige Flocke landete auf ihrer Hand. Während sie zu einem Wassertropfen zusammenschmolz überlegte Beth, was sie sich überhaupt wünschen sollte. Einen Mann? Den richtigen? Oder einfach nur Glück – was auch immer das beinhaltete?

Sie dachte an Richard und wie sehr seine Zurückweisung sie verletzt hatte. Dabei war es nur um einen Kuss gegangen. Sie hatte schon sehr viele davon mit mehr Männern, als sie zählen wollte, getauscht. Oft war es dabei geblieben, manchmal war es danach weitergegangen. Und die meisten dieser Männer hatte sie nach wenigen Treffen nie wiedergesehen. Wieso traf sie also Richards Ablehnung so hart? Und wieso hatte er es auf so gemeine, fast schon bösartige Art getan?

Wobei … wäre es ihr jetzt wirklich besser gegangen, wenn Richard ihr freundlich und einfühlsam erklärt hätte, warum er sich nichts aus ihr machte? Wohl kaum. Dann hätte sie bloß wieder das Gefühl gehabt, nicht liebenswert genug zu sein. So wie nach der Sache mit Ryan.

Nein, bei Richard traf sie definitiv keine Schuld. Es war sein verkorkstes Problem, nicht ihres, das ihn in die Flucht geschlagen hatte. Beth spürte, wie Ärger wieder in ihr aufflammte. Ärger war gut, Ärger vertrieb die Enttäuschung und den Schmerz.

Sie schaute auf den kleinen Tropfen in ihrer Hand und wischte ihn entschieden an der Hose ab. Wenn sie wirklich einen Wunsch frei hätte, sollte sie sich wohl einen klaren Durchblick wünschen, um nie wieder ihre Zeit mit einem Mann zu verschwenden, der sie schlichtweg nicht zu schätzen wusste.

Richards Hose war bis über die Knöchel durchnässt, als er sich endlich auf den Rückweg machte. Er fühlte sich noch immer nicht wirklich bereit, Beth gegenüberzutreten, hatte keine Ahnung, was er sagen, wie er sein beleidigendes Verhalten erklären sollte, ohne zu viel von sich preiszugeben. Denn, dass er aus purem Selbstschutz gehandelt hatte, würde er niemals zugeben.

Richard fuhr sich durch die ohnehin bereits ziemlich zerzausten Haare. Es half nichts. Er würde zu Beth gehen, sich knapp entschuldigen und ihr einen Tag lang aus dem Weg gehen. So schwer würde das schon nicht werden. Viel länger hinauszögern konnte er es ohnehin nicht. Das Wetter wurde zu-

nehmend ungemütlich, der Wind frischte auf und die Schneeflocken fielen immer schneller vom Himmel. Er sollte zusehen,
dass er ins Warme kam.

Knapp zehn Minuten später erreichte er das Hotel, klopfte
sich notdürftig den Schnee von der Kleidung und eilte nach
oben. Er nahm sich nicht einmal die Zeit, sich umzuziehen oder
aufzuwärmen. Er wollte die Sache mit Beth so schnell wie möglich hinter sich bringen, um endlich seine Ruhe wiederzufinden.

Richard klopfte an Beths Tür und lauschte. Nichts regte
sich.

Vielleicht schlief sie bereits, fiel es ihm siedend heiß ein
und er schielte auf seine Armbanduhr. Es war kurz vor elf. Richard klopfte erneut, etwas vorsichtiger dieses Mal. Dann
presste er sein Ohr an das Türblatt und hoffte, dass er es rechtzeitig mitbekam, falls Beth doch noch die Tür öffnete. Sonst
würde es peinlich für ihn werden.

Absolute Stille herrschte auf der anderen Seite, nicht einmal
das Knarzen des Bettes oder leises Schnarchen waren zu hören.
Beunruhigt richtete Richard sich wieder auf. Seine Hand fuhr
zu dem Universalschlüssel in seiner Tasche. Sollte er oder sollte er nicht?

Falls Beth tatsächlich schlief, würde sie über sein Eindrin-
gen nicht erfreut sein. Sie würde ihn für einen durchgeknallten
Spinner halten und hätte damit nicht einmal unrecht.

Richard wandte sich ab, doch er konnte sein Beine nicht
zum Weggehen zwingen. Als Beth vorhin abgerauscht war,
hatte sie so wütend, so verletzt ausgesehen. Was, wenn sie sich
zu einer Dummheit hinreißen ließ? Oder in ihrem aufgebrach-
ten Zustand unvorsichtig war? Heute Abend hatte sie sich
schließlich wieder für die Optik und gegen die Vernunft entschieden. Ihre High-Heel-Stiefel waren für diese Witterung
einfach nicht geeignet, egal wie umwerfend sie darin aussah.

Richard zog den Schlüssel aus seiner Tasche. Sollte Beth
ruhig sauer auf ihn sein, wenn er dafür die Gewissheit bekam,

dass alles gut war, dass sie zwar wütend, aber sicher in ihrem Bett lag.

Er drehte den Schlüssel im Schloss und öffnete vorsichtig die Tür.

Das Zimmer war dunkel und er spürte sofort die Leere, die darin herrschte. Richard schluckte und trat langsam ein. So leise wie möglich schlich er zum Bett, um ganz sicher zu sein. Es war unberührt. Richard atmete laut aus und knipste das Licht an. Nichts deutete darauf hin, dass Beth in der letzten Stunde hier gewesen war. Keine feuchte Jeans oder Jacke hing zum Trocknen, es gab keine schmutzigen Spuren auf dem Boden.

Richard drehte sich ratlos um sich selbst und kämpfte seine aufsteigende Sorge nieder. Vielleicht war Beth lediglich in der Küche. Er machte das Licht aus, zog die Tür hinter sich zu und eilte nach unten.

Schon im Speisesaal merkte er, dass sie nicht da war, es drang kein Lichtschein durch die Ritze unter der Tür. Dennoch trat er ein und schaute sich in der leeren Küche so aufmerksam um, als könnte Beth sich hinter einem der Schränke verstecken. Alles sah genauso aus, wie er es zuletzt verlassen hatte. Beth war nicht hier gewesen. Unruhig trommelte Richard mit den Fingern gegen den Tisch. Wo zum Teufel konnte sie stecken? Er kramte sein Handy hervor und wählte Dorothys Nummer.

Vermutlich war Beth einfach zu der Party zurückgekehrt und hatte sich längst einen willigeren Begleiter für diesen Abend gesucht, während er sich hier völlig umsonst um sie Sorgen machte.

»Richard?«, meldete sich Dorothys überraschte Stimme. Durch die laute Musik im Hintergrund war sie kaum zu verstehen. »Ist etwas passiert?«

»Nein, nein. Sag mal, ist Beth vielleicht da?«

»Beth?« Die Musik im Hintergrund wurde leiser, offenbar suchte Dorothy sich ein ruhigeres Plätzchen, um besser sprechen zu können. »Seid ihr nicht zusammen weggegangen?«

»Doch, ja. Ich habe sie nach Hause begleitet und bin dann eine Runde gegangen.«

»Alleine?« Dorothy hörte sich an, als konnte sie das nicht glauben.

»Mit wem denn sonst?«

»Du willst mir erzählen, dass du eine wunderschöne Frau, die dich außerdem – warum auch immer – wirklich zu mögen scheint, einfach stehen lässt, um *spazieren* zu gehen?«

»Ja.« Er würde das Thema ganz bestimmt nicht mit Dorothy vertiefen. »Also, was ist jetzt? Ist sie da?«

»Wieso willst du das wissen?«

»Weil sie nicht in ihrem Zimmer ist.«

»Und?«

»Ich mache mir Sorgen«, gab er widerwillig zu. »Ich fürchte, dass sie ebenfalls spazieren gegangen sein könnte.«

»Richard«, sagte Dorothy mahnend. »Hätte Beth denn einen Grund dazu, mitten in der Nacht draußen herumzurennen? Den gleichen wie du vielleicht?«

»Schon möglich«, brummte er.

»Habt ihr euch gestritten?«

»So ungefähr.«

»Ich hoffe, du suchst sie jetzt, um dich bei ihr zu entschuldigen.«

»Wieso gehst du automatisch davon aus, dass *ich* schuld daran bin?«

»Nenn es weibliche Intuition. Aber ich muss dich enttäuschen, mein Lieber. Ich habe Beth seit eurem Aufbruch nicht mehr gesehen.«

Richards Herz sank. »Könntest du trotzdem noch mal nachschauen?«, bat er, während er darüber nachdachte, wo sie noch stecken könnte.

»Wieso rufst du sie nicht einfach an?«

»Weil ich ihre Handynummer nicht habe.« Auf der Hotelanmeldung hatte Beth nur ihre Nummer in Chicago hinterlegt, vermutlich weil sie nichts mit ihm zu tun haben wollte. Damals hatte es ihn nicht gestört, immerhin beruhte das auf Gegenseitigkeit. Jetzt wünschte er sich, er hätte auf ihrer Mobilnummer bestanden.

»Ich kann sie nirgends entdecken«, unterbrach Dorothys bedauernde Stimme seine Grübelei.

Richard zögerte, bevor er den Gedanken aussprach, der sich wie flüssiges Feuer durch sein Inneres fraß. »Glaubst du, sie ist mit jemand anderem unterwegs?«

»Du meinst, ob sie sich gerade mit einem anderen Mann vergnügt?«, fragte Dorothy unbekümmert. Ihr schien das Gespräch regelrecht Spaß zu machen.

»Ja«, brummte Richard. Allein die Vorstellung machte ihn rasend, gleichzeitig ärgerte er sich über sich selbst. Es sollte ihm nicht so viel ausmachen, es ging ihn überhaupt nichts an. Außerdem, wenn es tatsächlich der Fall sein sollte, war Beth für ihn keinen Pfifferling wert. Eine Frau, für die Männer so austauschbar waren, verdiente seine Sorge nicht.

»Ich wüsste nicht, mit wem«, sagte Dorothy nachdenklich. »Fast ganz Silver Creek ist hier versammelt, zumindest der infrage kommende Teil. Und Beth müsste schon sehr fix gewesen sein, um hier aufzutauchen, einen Mann aufzureißen und wieder zu verschwinden, ohne dass ich sie auch nur einmal zu Gesicht bekomme. Sie ist nun wirklich keine unauffällige Erscheinung.«

»Und wo steckt sie dann?«

»Keine Ahnung. Du hast am meisten Zeit mit ihr verbracht.« Dorothy brach ab und räusperte sich. »Vielleicht möchte sie einfach nur ihre Ruhe? Sie ist erwachsen, Richard. Sie kommt bestimmt bald zurück.«

»Ja, du hast sicherlich recht«, sagte er nicht ganz überzeugt. »Ruf mich bitte trotzdem an, falls sie auftauchen sollte.«

»Ist gut. Und wenn sie tatsächlich nicht innerhalb einer Stunde zurückkommt, lass es mich bitte wissen. Nicht, dass wir noch einen Suchtrupp aufstellen müssen.«

»So weit wird es schon nicht kommen«, sagte Richard, mehr um sich selbst zu beruhigen. »Bis später.«

»Mach dir nicht immer zu viele Sorgen.«

Sie hatte leicht reden. Er fühlte sich doppelt schuldig. Er hatte Beth nicht nur beleidigt, seinetwegen lief sie jetzt auch irgendwo dort draußen in der Nacht herum.

»Mach ich nicht«, log er, »bis dann.« Richard legte auf und dachte nach. Natürlich wäre es das Vernünftigste gewesen, im Hotel auf sie zu warten, aber das konnte er nicht. Adrenalin jagte durch seinen Körper und allein der Gedanke, untätig herumzusitzen, war unerträglich für ihn.

Richard lief in seine Wohnung und schnappte sich eine Taschenlampe. Der Himmel war inzwischen vollständig zugezogen, die Schneeflocken fielen immer dichter und abseits der beleuchteten Straßen würde es vollkommen düster sein.

Er verließ das Hotel und betrachtete aufmerksam den Boden. Der kleine Pfad, der zu der Eingangstür führte, war inzwischen völlig zugeschneit.

Wo könnte Beth bloß stecken? Sie kannte nur die Ecken, die er ihr gezeigt hatte.

Der *Lover's Mirror* kam ihm plötzlich in den Sinn. Sie würde doch nicht etwa …? Noch bevor er den Gedanken zu Ende bringen konnte, setzte Richard sich hastig in Bewegung.

Beth zog sich die Kapuze in die Stirn, um ihre Augen vor dem immer dichter fallenden Schnee abzuschirmen. Seit fast einer Stunde schlenderte sie schon am Ufer des Silver Creek entlang und verspürte noch keinerlei Lust, wieder umzukehren, obwohl die Kälte ihr allmählich unter die Haut kroch.

Bei jedem Schritt versank sie bis zu den Waden im weichen Schnee und musste aufpassen, auf dem unebenen Boden nicht umzuknicken, doch das war es ihr wert. Beth kam es vor, als wäre sie ganz allein auf der Welt, als würde dieser Ort nur ihr gehören. Nichts schien hier von Bedeutung zu sein, keine Zukunft und keine Vergangenheit, nur der gegenwärtige Augenblick und die Tatsache, dass sie ihn erleben durfte.

Irgendwann, als die Wolkendecke immer dichter wurde und das Licht des Mondes nicht mehr auf die Erde drang, hatte Beth ihr Handy hervorgeholt, um es als Taschenlampe zu benutzen. Schließlich hatte sie nicht vor, an der flachen Uferböschung abzurutschen, durch die Eisdecke zu brechen und in dem eisigen Wasser des Creeks zu landen. Nun zerschnitt der Lichtkegel die sonst fast undurchdringliche Finsternis und Beth beobachtete hingerissen die Schneeflocken, die in dem hellen Licht glitzerten und tanzten.

Eine plötzliche Windbö riss ihr die Kapuze vom Kopf und Beth fröstelte. Vielleicht sollte sie sich wirklich auf den Rückweg machen. Sie wollte sich gerade umdrehen, als ein unförmiges Gebilde ein paar Schritte vor ihr ihre Aufmerksamkeit auf sich zog. Sie schmunzelte. Sie war tatsächlich an dem *Lover's Seat* angekommen.

Beth schaute in den Himmel. Er war wolkenverhangen, aber wenn sie nicht alles täuschte, hatte der Mond vorhin ziemlich voll gewirkt. Vielleicht sollte sie es einfach versuchen. Vielleicht war an dieser Legende tatsächlich etwas dran.

Vorsichtig näherte sie sich dem großen Stein. Irgendwo vor ihm musste die Wasserkuhle sein, verborgen unter dem frisch gefallenen Schnee. Da die Strömung den kleinen Pool kaum erreichte, war er bereits vollständig zugefroren. Beth hockte sich hin und wischte den Schnee behutsam beiseite. Tatsächlich kam darunter eine Eisschicht zum Vorschein.

Über sich selbst innerlich den Kopf schüttelnd, beugte Beth sich weiter darüber und schaute mit angehaltenem Atem hinein. Das stumpfe Eis zeigte nicht das Geringste, nicht einmal ihr eigenes Abbild. Enttäuscht ließ Beth die Luft entweichen. Was hatte sie denn erwartet?

Gedankenverloren strich sie mit der Hand über die zugefrorene Fläche. Vielleicht war der Mond gar nicht voll. Vielleicht war alles auch bloß ein Märchen. Die Legende vom *Lover's Mirror* genauso wie die, dass es irgendwo für jeden den perfekten Partner gab. Sie hatte in ihrem Leben schon so viele Männer getroffen, rein statistisch hätte der Richtige schon längst dabei sein müssen.

Beth seufzte. Es war albern und naiv, trotzdem wollte sie die Hoffnung nicht aufgeben. Sie stand auf und schaute noch einmal in die Kuhle hinab. Natürlich konnte sie nichts spiegeln, das Eis reflektierte ja kaum das Licht. Vielleicht, wenn sie es einschlug …

Sie begann, im Schnee um sich herum nach einem Stein oder Ähnlichem zu tasten, und konnte selbst nicht fassen, dass sie das gerade tat. Beth kicherte leise. Zum Glück würde niemand erfahren, dass sie mitten in der Nacht mit einem Stein auf Eis einschlug, nur um zu sehen, ob sich dann eine alte, völlig absurde Legende erfüllen würde. Endlich schlossen sich ihre Finger um ein passendes Werkzeug. Beth holte aus und ließ den Stein mit aller Kraft niedersausen. Der Aufprall vibrierte schmerzhaft in ihrem Arm und Beth ließ vor Überraschung fast den Stein fallen. Sie hätte nicht erwartet, dass das Eis so hart war. Es war nur eine kleine Einkerbung in der glatten Fläche zu sehen.

Ernüchtert ließ Beth den Stein los und stand auf. Ihre alberne Euphorie verflog. Sie war einunddreißig. Sie sollte endlich aufhören, an Märchen zu glauben. Es gab keinen Prinzen, der auf seinem weißen Ross herbeigaloppieren und sie aus ihrem traurigen Dasein erretten würde.

Ein fremder Lichtschein huschte plötzlich über das zugeschneite Ufer, Schnee knirschte unter schweren Schritten, die sich ihr hastig näherten. Erschrocken fuhr Beth herum. Ein Mann eilte auf sie zu.

»Beth!«, rief er atemlos und erleichtert zugleich.

»Richard?« Beth kniff peinlich berührt die Augen zusammen. Was zum Teufel machte er hier? Hatte er gesehen, wie sie das Eis einzuschlagen versuchte?

»Geht es dir gut?«, fragte er, als er sie erreichte.

Sein Anblick versetzte Beth einen schmerzhaften Stich. Sofort spürte sie wieder den Stachel der Zurückweisung, die Wut über die Kränkung in sich aufsteigen. Sie stemmte sich die Hände in die Hüften und funkelte ihn an. »Was verschlägt dich denn hierher?«, fragte sie schnippisch statt einer Antwort. »Wolltest du etwa noch einmal dein Glück bei dem Liebesspiegel versuchen?«

»Nein«, entgegnete er ruhig, offenbar dazu entschlossen, sich nicht provozieren zu lassen. »Ich habe mir Sorgen um dich gemacht.«

»Wieso denn das?«

»Nun …« Er räusperte sich überrascht. »Du bist nach unserem … Gespräch einfach verschwunden.«

Gespräch! So nannte er es also. Beth unterdrückte ein wütendes Schnauben. »Mir war nach einem Spaziergang.«

»Bei diesem Wetter?« Richard ließ den Kegel seiner Taschenlampe durch die Dunkelheit gleiten. Windböen wirbelten die immer dichter fallenden Schneeflocken herum.

Beth war gar nicht aufgefallen, dass sich erneut ein regelrechter Schneesturm zusammenbraute, so sehr war sie in ihre eigenen Gedanken vertieft. Nun bemerkte sie, wie eisig und vermutlich feucht ihre Zehen waren, wie die Jeans an ihren Beinen klebte und die Kälte unter ihre dicke Jacke kroch. Das würde sie Richard gegenüber allerdings niemals zugeben. »Was dagegen?«, fragte sie herausfordernd.

Er atmete geräuschvoll durch. »Es tut mir leid, falls ich dich beleidigt habe.«

Beth verschränkte die Arme und bewegte ihre Zehen, um sie ein wenig aufzuwärmen. »Wieso sollte ich beleidigt sein?«, fragte sie zynisch. »Nur weil ich es deiner Ansicht nach nötig habe, für männliche Gesellschaft zu bezahlen?« Sie zuckte mit den Schultern. »Und was sagt das überhaupt über dich aus?«

»So war das nicht gemeint«, setzte Richard an.

»Doch, war es. Aber keine Sorge, ich bin schon darüber hinweg.«

Eine Windbö fegte ihr Schnee ins Gesicht und sie hielt ihre Kapuze fest, damit sie nicht von ihrem Kopf rutschte. Sie sollte sich wirklich auf den Rückweg machen. Beth setzte sich in Bewegung.

Richard reihte sich neben ihr ein.

»Ist noch was?«, fragte sie ungerührt.

»Ich bin einfach kein Mann für eine Nacht, Beth«, sagte er leise.

»Wow.« Sie wandte ihm langsam ihren Kopf zu. Bedeutete das, in seinen Augen taugte *sie* nicht für mehr? »Du schaffst es tatsächlich, noch einen draufzusetzen.« Sie beschleunigte ihre Schritte.

Richard beeilte sich, ihr zu folgen. »Ich habe lediglich versucht, es dir zu erklären!«

»Danke, das ist dir wirklich gut gelungen. Gab es noch einen anderen Grund für dich, hier rauszukommen, oder wolltest du mich nur noch einmal beleidigen?«

Richard blieb stehen, packte Beth am Arm und zwang sie damit, ihn anzusehen. »Ich wollte mich bei dir entschuldigen.«

»Dann solltest du das lieber noch mal üben.«

Er seufzte und ließ sie los. »Du hast recht. Es tut mir leid.«

»Was denn?«, fragte Beth etwas ruhiger und ging langsam weiter. Zum Stehenbleiben war es viel zu kalt.

»Alles … Ich meine, wie ich mich dir gegenüber verhalten habe …«

»Schon okay«, murmelte Beth und kämpfte die plötzliche Traurigkeit nieder, die von ihr Besitz ergriff. Es war nicht ganz die Entschuldigung, die sie zu hören gehofft hatte, wie sie nun erkannte. Sie wollte, dass er seine Meinung änderte, dass er sie in seine Arme zog, sie küsste und wärmte. Sie wollte ihm nahe sein, Geborgenheit spüren. Stattdessen fühlte sie sich noch einsamer als je zuvor. Denn nichts in Richards Worten, Stimme oder Körperhaltung deutete darauf hin, dass er seine Entscheidung an sich bereute. Ihm ging es nur um die Art und Weise, wie er es ihr mitgeteilt hatte.

»Wieder Freunde?«, fragte Richard zögernd und bot ihr seinen Arm.

»Sicher«, entgegnete Beth knapp und tat, als würde sie seine Geste nicht bemerken. Stattdessen steckte sie ihre eisigen Hände in die Taschen ihrer Jacke und war froh über die Dunkelheit, die ihr die Gelegenheit gab, sich halbwegs zu fangen.

Einige Zeit stampften sie schweigend durch den tiefen Schnee. Beths Zähne hatten inzwischen zu klappern begonnen, doch sie hielt sich tapfer. Nahm dieses Feld denn niemals ein Ende? Die Lichter der Häuser, die irgendwo vor ihr in der Dunkelheit leuchteten, schienen sie regelrecht zu verspotten, denn seit mindestens fünf Minuten kamen sie überhaupt nicht näher.

Beth setzte ihren Fuß auf und spürte, wie ihr Absatz auf der unebenen, harten Erde plötzlich den Halt verlor. Ihr Fuß knickte um, sie strauchelte und wäre gestürzt, hätte Richard sie nicht aufgefangen.

»Alles in Ordnung?«, fragte er besorgt.

»Ja.« Versuchsweise ließ Beth den Fuß kreisen. Ihr Knöchel protestierte zwar ein wenig, aber das würde sich hoffentlich schnell wieder geben. Sie stellte den Fuß hin und verlor erneut das Gleichgewicht, als ihre Ferse plötzlich wegsackte. Zum Glück hatte Richard sie noch nicht losgelassen. »So ein Mist!«, fluchte Beth und betastete ihren Stiefel, an dem nun der Absatz fehlte. Natürlich! Wie konnte es auch anders sein.

»Das sieht nicht gut aus«, kommentierte Richard hilfsbereit.

»Was du nicht sagst«, brummte Beth. »Kannst du mir bitte ein wenig leuchten?« Sie hielt sich an Richard fest, während sie – auf einem Bein balancierend – im Schnee nach ihrem Absatz suchte.

»Deine Hände sind ja eisig«, bemerkte er alarmiert.

»Wirklich?« Sie konnte sich gar nicht vorstellen, wieso. »Hey!«, fügte Beth protestierend hinzu, als Richard plötzlich auch noch ihre Beine und dann ihr Gesicht abtastete. »Was soll das werden?«

»Du musst dringend ins Warme!«

Was er nicht sagte. »Wir sind doch schon dabei«, winkte sie ab. »Ich habe ihn!«, verkündete sie im nächsten Moment triumphierend und hielt den abgebrochenen Absatz hoch.

»Kannst du auch ohne ihn laufen?«

»Muss ich wohl. Oder hast du zufällig dein Schusterwerkzeug dabei?«

Richard schüttelte bedauernd den Kopf. »Ausgerechnet heute leider nicht.«

»So ein Pech.« Beth schmunzelte. Es erleichterte sie, wieder halbwegs unbefangen mit ihm sprechen zu können.

»Und jetzt komm, wir sollten uns beeilen.« Sein Arm legte sich stark und stützend um ihre Taille.

Beths Unbefangenheit verflog. Sie war drauf und dran, sich aus seinem Griff zu befreien. Nur der Gedanke, dass es völlig albern wäre, hielt sie davon ab. Für Richard war das ein reiner Akt der Ritterlichkeit, vermutlich merkte er durch ihre dicken Jacken hindurch nicht einmal, dass er ihr damit näher kam, wusste nicht, wie verdammt gut es sich für sie anfühlte.

Ohne innezuhalten, manövrierte Richard Beth durch das Foyer des Hotels in Richtung seiner Räume. Obwohl er sich extra beeilt hatte, um sie ins Warme zu bringen, fand er es schade, dass es für ihn gleich keinen Grund mehr gab, Beth länger festzuhalten. Es hatte sich so unglaublich gut angefühlt, als hätte er tatsächlich ein Anrecht darauf, für sie da zu sein, sich um sie zu kümmern und zu sorgen.

Richard schüttelte kaum merklich den Kopf. Er sollte sich mal entscheiden, was er wollte.

Wobei das nicht das eigentliche Problem war. Tief in seinem Inneren spürte er genau, was er wollte. Aber er wusste auch, dass er das nicht bekommen würde. Beth würde ihn nie so akzeptieren, wie er war, nicht langfristig zumindest.

»Du kannst mich jetzt loslassen«, sagte sie und versuchte, sich zu befreien. Ihre Stimme klang heiser, was vermutlich an der Kälte lag, der sie viel zu lange ausgesetzt war. »Ab hier komme ich allein zurecht.«

»Natürlich.« Ertappt ließ Richard sie los und ging um den Empfangstresen herum, um die dahinterliegende Tür zu öffnen.

»Also dann, bis morgen.« Beth hob zum Abschied etwas unsicher die Hand. Selbst in dem künstlichen Licht des Hotels konnte er sehen, wie blau ihre Lippen waren.

»Und was ist mit dem heißen Bad?« Erst als er Beths erstaunten Gesichtsausdruck bemerkte, fiel Richard auf, dass er das mit ihr noch gar nicht abgesprochen hatte. Für ihn war die Sache in dem Moment klar gewesen, als ihm auffiel, wie durchgefroren sie war.

»Danke, eine Dusche tut es auch. Ich … Es ist schon spät.«

Richard schaute auf seine Uhr. »Es ist erst kurz vor zwölf«, fegte er ihren Einwand beiseite. »Sieh es als kleine Wiedergutmachung«, fügte er hinzu, als sie weiterhin zögerte.

»O-kay«, gab Beth schließlich gedehnt nach und musterte ihn aufmerksam, als versuchte sie, irgendwie schlau aus seinem Verhalten zu werden.

Da würde sie wenig Glück haben, er verstand sich ja kaum selbst.

»Gut, dann lasse ich schon mal Wasser einlaufen.« Richard verschwand durch die Tür.

»Auch auf die Gefahr hin, dass ich wieder das ganze warme Wasser verbrauche?«, fragte Beth herausfordernd, als sie ihm folgte.

Das Bild, wie er zu ihr in die warme Wanne stieg, flirrte durch Richards Kopf und er schluckte. »Kein Problem«, krächzte er und eilte ins Badezimmer.

Rasch suchte er das flauschigste Badetuch heraus, das er besaß, und ließ heißes Wasser in die Wanne rinnen. Gern hätte er Beth irgendeinen Badeschaum oder Ähnliches zur Verfügung gestellt, leider besaß er nichts dergleichen. Richard wischte sich die Hände an der Hose ab und fragte sich, wieso zum Geier er plötzlich so nervös war. Schließlich ging es lediglich um ein Bad, das Beth – ganz ohne ihn – nehmen würde, um anschließend allein in ihr Bett zu gehen. Weil *er* es so gewollt hatte.

»Kann ich reinkommen?« Beth stand in der Tür. Sie hatte ihre warme Jacke, die Stiefel und das leichte Strickjäckchen inzwischen abgelegt. Nun stand sie auf Socken und in einer engen schwarzen Tunika vor ihm, die ihm durch ihren asymmetrischen, überaus verführerischen Ausschnitt schon bei der Versteigerung aufgefallen war.

»Ähm, sicher.« Richard schob sich ein wenig zur Seite, um Beth Platz zum Eintreten zu lassen. War das Badezimmer schon immer so klein gewesen? Er ließ seinen Blick noch einmal über ihre schlanke, wohlgeformte Gestalt gleiten, die in fast hautengen Klamotten steckte. »Ich …« Er räusperte sich gegen die plötzliche Enge in seinem Hals. »Ich lass dich dann allein. Ruf mich, wenn du was brauchst.«

»Danke.« Beth lächelte. »Wenn das Badetuch da für mich ist, komme ich schon zurecht.«

»Ja, natürlich.« Richard nickte ihr knapp zu und verließ beinah fluchtartig den Raum.

Er hörte, wie Beth hinter ihm den Schlüssel im Schloss umdrehte, und lehnte sich schwer an die Wand. Was war nur los mit ihm?

Das Rauschen des Wassers hörte auf, als Beth den Wasserhahn zudrehte. Richard hörte es nebenan leise rascheln und stellte sich vor, wie sie sich gerade auszog.

Frustriert vergrub er die Hände in seinen Haaren und schüttelte vehement den Kopf. Er führte sich ja auf wie ein Stalker oder ein notgeiler Idiot. Trotzdem ließen sich die Bilder nicht so einfach vertreiben. Es plätscherte leise. Vermutlich war Beth nun nackt und ließ sich in das warme Wasser gleiten. War das ein wohliges Seufzen, das er gerade vernahm?

Richard ballte die Hände zu Fäusten und zwang seine Füße dazu, sich von der Badezimmertür zu entfernen. Zum Glück klingelte in diesem Augenblick sein Handy und riss ihn aus seinen lüsternen Gedanken. »Hallo?«, fragte er heiser.

»Richard? Ist alles in Ordnung?« Es war Dorothy und sie klang besorgt.

Mist! Er hatte vergessen, sich bei ihr zu melden. »Ja, alles bestens. Ich hab sie gefunden. Sie war nur spazieren, ich habe mir umsonst Sorgen gemacht.«

»Hast du dich wenigstens vernünftig bei ihr entschuldigt?«

Richard verzog schuldbewusst das Gesicht. Irgendwie hatte das nicht so richtig geklappt. Zum Glück schien Beth nicht sonderlich nachtragend zu sein. »Ich habe ihr ein heißes Bad angeboten, falls das zählt.«

Dorothy lachte. »Das ist ja richtig süß von dir.«

»Süß?«, erkundigte sich Richard konsterniert. »Das war dringend nötig. Du hättest sehen sollen, wie durchgefroren sie war.«

»Dann solltest du ihr noch einen Tee machen oder noch besser – eine heiße Schokolade. Ach ja«, Dorothy seufzte wehmütig. »Ein kuscheliger Bademantel, prasselndes Kaminfeuer, cremige Schokolade und ein starker Mann, was braucht frau mehr für einen rundum perfekten Abend?«

»So war das nicht gemeint«, setzte Richard an, doch Dorothy ließ ihn nicht aussprechen.

»Was nicht ist, kann ja noch werden«, erwiderte sie leichthin. »Ich wünsche euch beiden jedenfalls eine schöne Nacht.«

»Danke, schlaf du auch gut.« Es hatte keinen Sinn, mit ihr

darüber zu diskutieren. Richard legte auf. Vom Badezimmer her erklang schon wieder ein leises Plätschern und unwillkürlich sah er sofort Beth vor sich, die sich im warmen Wasser genüsslich rekelte. Würden ihre Brüste dabei wie zwei weiße Hügel hinausragen? Oder würde nur die rosige Spitze zu sehen sein?

Richard spürte, wie das Blut in die untere Region seines Körpers rauschte, sein Mund wurde trocken. Er musste hier raus. Sofort! Vielleicht war Kakao doch keine so schlechte Idee. Dafür musste er schließlich in die Hotelküche. Erleichtert stürmte er zur Tür.

Widerwillig stieg Beth aus dem herrlich warmen Wasser. Das Bad hatte ihr wirklich gutgetan, sie fühlte sich wohlig und herrlich träge. Ihre Füße versanken in dem weichen Vorleger und sie trocknete sich sorgfältig mit dem flauschigen Handtuch ab. Dann blieb ihr Blick an der durchnässten Jeans kleben und ihre Euphorie verflog.

Sie hatte nichts zum Anziehen! Wieso hatte sie nicht vorher daran gedacht?

Beth angelte nach ihrer Unterwäsche und zog sich zumindest diese über. Ihre Tunika war leider nicht lang genug, um als Kleidchen durchgehen zu können, und nur obenrum angezogen konnte sie sich schlecht vor die Tür trauen. Seufzend schlang sie sich das Badetuch um den Körper und schaute prüfend in den Spiegel. Die spitzenbesetzten Träger ihres schwarzen BHs hoben sich überdeutlich von dem quietschgelben Handtuch ab, dennoch fühlte sie sich besser, nicht völlig nackt darunter zu sein.

Beth klemmte sich ihre Oberbekleidung unter den Arm, öffnete die Tür und spähte hinaus. Vielleicht könnte sie schnell zu ihrem Zimmer huschen, ohne dass Richard sie sah.

Auf Zehenspitzen trippelte sie in den Flur und linste in das angrenzende Wohnzimmer. Es war leer. Erleichtert atmete Beth auf und eilte weiter. Sie hatte die Hand bereits an der Klinke der Ausgangstür, als diese plötzlich aufschwang. Beth schrie erschrocken auf, zuckte zurück und hielt krampfhaft das Handtuch fest, das bei der Bewegung ins Rutschen geriet.

»Ho!«, rief Richard nicht minder überrascht aus und riss zwei Becher hoch, bevor ihr Inhalt sich über Beth ergießen konnte. Beth spürte, wie sein Blick über ihren Körper wanderte, sich an ihren – bis auf die dünnen Träger entblößten – Schultern festsaugte und dann zu ihren nackten Beinen hinabglitt.

Ein Ruck ging durch seinen Körper und als er die Augen hob, um ihr ins Gesicht zu sehen, erkannte sie darin ganz deutlich die dunklen Funken des Begehrens, die ihr einen Schauer über den Körper jagten.

Nun ja, er war immerhin auch nur ein Mann. Aber offenbar einer mit einer verdammt guten Selbstbeherrschung.

»Wolltest du flüchten?«, fragte Richard und lediglich seine leicht belegte Stimme verriet, dass er nicht ganz so unbefangen war, wie er zu wirken versuchte.

»Eigentlich wollte ich mir nur etwas anziehen.« Beth presste das Handtuch enger an ihre Brust. Sie fühlte sich vor ihm viel zu entblößt. Sicherlich merkte er, wie schnell ihr Puls ging, sah, wie hastig sich ihr Brustkorb hob und senkte. Gleichzeitig war da ein kleiner Teil in ihr, der ihr einflüsterte, sie solle das Handtuch einfach fallen lassen und sehen, was dann passierte.

»Im Foyer ist es viel zu kalt«, beschied Richard ihr. »Wenn du möchtest, kann ich dir etwas aus deinem Zimmer holen.«

»Nein, schon gut«, sagte Beth schnell. Die Vorstellung, wie er in ihren Sachen herumwühlte, war zu verstörend intim.

»Ich habe Kakao gemacht«, wechselte Richard abrupt das Thema.

Das erklärte die Tassen.

»Es ist ein altes Familienrezept. Damit hat meine Mutter mich immer aufgewärmt, wenn ich draußen im Schnee gespielt habe.«

»Klingt verlockend.«

»Und schmeckt noch besser«, versprach Richard lächelnd und reichte ihr einen Becher, der verführerisch nach Schokolade und Gewürzen duftete. »Setz dich schon mal ins Wohnzimmer, während ich nach ein paar Socken für dich suche.« Er deutete auf ihre nackten Zehen, die Beth angezogen hatte, damit sie nicht zu viel Kontakt mit dem kühlen Boden bekamen.

»Danke.« Sie lächelte überrumpelt. Richard war ja regelrecht fürsorglich geworden. Er wandte sich ab und ging davon, während sie ihre Gedanken und Gefühle zu sortieren versuchte. Sie fühlte sich unglaublich wohl in seiner Nähe und hätte jetzt nichts lieber getan, als sich an ihn zu kuscheln.

Beth seufzte und ging zum Sofa hinüber. Richard stand der Sinn offenbar nicht danach, obwohl er körperlich eindeutig auf sie reagierte. Allein bei der Erinnerung an seinen Blick vorhin im Flur wurde ihr heiß.

Zu gern hätte sie gewusst, was er tatsächlich von ihr dachte, was ihn auf Abstand zu ihr gehen ließ. Sicherlich würde er sich nicht so um sie sorgen, wenn er sie nicht wenigstens ein bisschen mögen würde. Er scherte sich schließlich nicht um Höflichkeitsregeln oder Konventionen, das hatte sie bei ihrer Ankunft deutlich zu spüren gekriegt. Hin und wieder zeigte er jedoch eine ganz andere Seite von sich – eine warmherzige, freundliche, humorvolle. Und Beth spürte tief in sich drin, dass das der richtige Richard war, den er – aus welchem Grund auch immer – versteckte.

»Schau mal, ob dir was davon passt.« Richard hielt Beth einen breiten, grob gestrickten Pullover und ein paar Wollsocken entgegen.

»Das wäre doch nicht nötig«, setzte sie verlegen an. Sollte sie wirklich seine Sachen anziehen?

»Und ob. Das Handtuch ist bestimmt feucht. Und mir wird gleich selbst kalt, wenn ich dich nur ansehe.«

Beth presste die Lippen zusammen. Das war nicht ganz der Effekt, den sie gern auf ihn gehabt hätte. »Ich habe übrigens darauf geachtet, nicht zu viel heißes Wasser zu nehmen. Wenn du dich also aufwärmen willst …«

Richard schoss ihr einen überraschten Blick zu. »Das ist sehr rücksichtsvoll von dir. Aber ich denke, ich bleibe vorerst beim Kakao.« Er setzte sich in einen Sessel und nippte an seiner Tasse. »Hast du denn schon probiert?«

»Nein«, gestand Beth und trank hastig einen Schluck. »Hmm, wirklich gut«, sagte sie und es stimmte, auch wenn sie gerade zu angespannt war, um das Getränk wirklich würdigen zu können. Die ganze Situation erschien ihr viel zu widersprüchlich, fast schon absurd.

Richard hatte mehr als deutlich zu verstehen gegeben, dass er nicht im Geringsten daran interessiert war, ihre Bekanntschaft zu vertiefen. Gleichzeitig stellte er ihr sein Badezimmer zur Verfügung, machte ihr einen Kakao und bot ihr seine Sachen zum Anziehen an. Bei jedem anderen Mann hätte sie das ohne Zweifel als Annäherungsversuch gewertet, doch bei Richard …

»Ich denke, ich sollte jetzt gehen«, traf Beth ihre Entscheidung. Sie leerte die Tasse in einem Zug und erhob sich, wobei sie das Handtuch sicherheitshalber mit der freien Hand festhielt. »Danke für das Bad und die Schokolade.«

Überrumpelt sprang Richard ebenfalls auf. »Bist du sicher?«

»Ja. Ich bin müde, es war ein langer« – und ziemlich merkwürdiger – »Tag.«

»Willst du nicht wenigstens den Pulli anziehen?«

Beth schmunzelte. »Danke, ich habe es nicht weit.« Sie presste die Lippen zusammen und atmete tief durch. »Gute Nacht, Richard.« Die Verabschiedung fühlte sich viel zu kühl und viel zu nüchtern an. Doch was sollte sie tun? Ihn umarmen? Ihm einen Wangenkuss geben? Das hätte mindestens genauso krampfig gewirkt.

»Schlaf schön«, sagte Richard leise. Er wirkte enttäuscht, tat aber nichts, um sie aufzuhalten.

»Ja, du auch.« Langsam wandte Beth sich ab und ging davon.

Kapitel 11

Beth drehte sich auf die andere Seite und kuschelte sich tiefer in ihre Decke. Nachdem sie am Vorabend noch ewig wach gelegen und über Richard nachgegrübelt hatte, war sie irgendwann schließlich in den Schlaf geglitten. Sie hatte eine Menge Zeug geträumt, an das sie sich nicht wirklich erinnern konnte. Was blieb, war der ungewisse Nachhall eines Gefühls, eines überaus angenehmen Gefühls von Glück und Geborgenheit. Beth versuchte, dieses Echo in ihrem Inneren festzuhalten, während sich ihr Verstand immer weiter an die Oberfläche des Bewusstseins kämpfte. Schließlich gab sie den Versuch resigniert auf. Vielleicht war es besser so. Sie konnte sich zwar kaum an Details erinnern, aber ein Paar ausdrucksstarker, dunkel glänzender Augen hatte in ihren Träumen zweifelsohne eine wichtige Rolle gespielt.

Beth rekelte sich und schaute zum Fenster. Es war noch nicht ganz hell, obwohl sie recht lange geschlafen haben musste. Ein Blick auf das Handy bestätigte das Gefühl, es war bereits nach halb zehn. Verwundert stand sie auf und zog die schweren Vorhänge zur Seite. Ihr Fenster war zu fast einem Drittel zugeschneit. Das erklärte das mangelnde Tageslicht. In der Nacht mussten mindestens dreißig Zentimeter Neuschnee gefallen sein und noch immer war kein Ende in Sicht. Zumindest der Wind war inzwischen abgeklungen, doch noch immer segelten die flauschigen Flocken unaufhaltsam hinab.

Beth gähnte und wäre am liebsten wieder zurück in ihr Bett gekrochen. Der Tag lud förmlich dazu ein, ihn mit einem Buch und einer heißen Tasse Tee gemütlich unter einer Decke zu verbringen.

Ein Buch hätte sie da, die Decke auch. Nur der Tee fehlte.

Beth verzog das Gesicht. Es half nichts, sie musste runter in die Küche. Und dazu musste sie sich vernünftig anziehen. Auf keinen Fall wollte sie Richard noch einmal halb bekleidet gegenübertreten.

Ein Klopfen an der Tür ließ sie überrascht zusammenzucken. »Wer ist da?«

»Ich bin's, Richard.« Natürlich, wer sonst? »Ist alles in Ordnung?«

»Ja«, entgegnete Beth verwundert und zupfte ihr Schlafshirt zurecht, bevor sie die Tür öffnete. »Was soll denn nicht in Ordnung sein?«

Richard war bereits vollständig angezogen. Er trug einen dunkelblauen Rollkragenpulli und eine schwarze Jeans, die ihm wirklich hervorragend stand. Er lächelte entschuldigend, sein Blick blieb an der übergroßen Micky Maus auf Beths Vorderseite hängen.

Peinlich berührt verschränkte Beth die Hände vor der Brust. Ein kühler Luftzug streifte ihre nackten Füße und sie fröstelte.

»Tut mir leid, habe ich dich aus dem Bett geholt?«, fragte Richard.

»Nein.« Beth schüttelte den Kopf. »Also, was gibt's?«

»Na ja …« Er druckste ein wenig herum. »Ich wollte nur sichergehen, dass du nicht schon wieder irgendwo spazieren gehst. Das Wetter müsste gerade ganz nach deinem Geschmack sein.«

Beth schmunzelte. »Keine Bange. Heute habe ich nicht vor, mich allzu weit von meinem Bett zu entfernen.« Die Wanderung gestern hatte ihr vollauf gereicht.

»Fühlst du dich nicht wohl? Hast du dich erkältet?«, fragte Richard alarmiert.

»Nein, ich habe bloß schon lange keinen gemütlich-faulen Tag gehabt.«

»Oh. Dann will ich dich nicht länger stören. Jetzt, da ich sehe, dass es dir gut geht …«

»Bestens«, bestätigte Beth und fragte sich, warum sie beide sich so verkrampft benahmen. Irgendwas hatte sich eindeutig zwischen ihnen verändert. Und zwar weniger durch den nicht stattgefundenen Kuss und Richards Abfuhr als vielmehr durch das, was danach passiert war. Er war so besorgt, so fürsorglich gewesen … Beth spürte, wie erneut diese Wärme, die Sehnsucht nach mehr in ihrer Brust aufstieg, und kämpfte sie entschlossen nieder. Was auch immer Richard für sie empfinden mochte, er würde dieser Regung nicht nachgeben, das hatte er ihr sehr deutlich gemacht. Und sie brauchte keinen Mann, der nicht mit seinen eigenen Gefühlen klarkam. Oder mit seinem Leben.

»Ich wollte gerade Kaffee kochen, willst du auch einen?« Richards Frage riss Beth aus ihren Gedanken.

»Ja.« Sie rieb sich über die Arme. »Ich ziehe mich nur eben um, dann komme ich runter.«

»Ah, das tut gut.« Beth nippte genüsslich an dem heißen Kaffee, spürte, wie das Getränk sie von innen wärmte und belebte. Richard, der ihr gegenübersaß, leerte stumm seine Tasse.

»Und, was hast du heute vor?«, fragte sie, weil sie nicht wollte, dass er sich jetzt schon erhob. Es hatte etwas Gemütliches, mit ihm in der Küche zu sitzen, während die Welt vor dem Fenster wie in einem magischen Schlaf gefangen schien.

»Ich werde wohl an meinem Buch weiterschreiben«, sagte Richard ohne nennenswerte Begeisterung.

»Darf ich es auch mal lesen?«, fragte Beth vorsichtig. Vielleicht wäre das die passende Gelegenheit, ihm ihre Meinung dazu mitzuteilen.

»Nein«, entgegnete Richard entschieden. »Ich möchte es erst fertig haben, bevor ich es jemandem zeige«, fügte er erklärend hinzu.

So leicht wollte Beth nicht aufgeben. Er versteckte sich hinter diesem Buch, das vermutlich niemals fertig werden würde.

Und selbst wenn sie Richard nie wiedersehen sollte, fände sie es sehr schade, wenn er sein Leben derart vergeudete. »Aber …«, setzte sie an, wurde jedoch von lautem Glockengeläut unterbrochen. »Was ist das?« Beth fuhr alarmiert hoch.

Auch Richard richtete sich auf und ging zum Fenster. »Es sind die Kirchenglocken«, murmelte er erstaunt. »Die werden normalerweise nicht mehr geläutet.«

Beth trat neben ihn und spähte angestrengt nach draußen. Der Hinterhof lag ruhig und verlassen da und auch am Himmel war nichts Ungewöhnliches zu erkennen.

Das Gebimmel hörte nicht auf. Laut und klar hallte es durch die Luft, bis Beth das Gefühl hatte, ihr eigener Körper würde im Takt der Glocken vibrieren.

»Was soll das?«, fragte sie halb verunsichert, halb empört.

»Ich habe keine Ahnung«, sagte Richard. »Und ich schätze, es gibt nur einen Weg, das herauszufinden.«

»Du willst hingehen?«, dämmerte es Beth.

»Irgendeinen Grund muss dieser Lärm ja haben. Früher wurden die Kirchenglocken schließlich auch geläutet, um die Menschen zusammenzurufen. Vielleicht braucht man irgendwo Hilfe.«

Daran hatte Beth noch gar nicht gedacht. »Ich komme mit!«

»Und was ist mit deinem faulen Tag?«

Sie zuckte mit den Schultern. »Aufgeschoben ist nicht aufgehoben. Warte hier, ich zieh mir nur schnell was Passenderes an.«

In ihrem Zimmer zog Beth sich hastig eine warme Leggings unter ihre Jeans und dicke Wollsocken auf die Füße. Dann marschierte sie mit ihren Winterboots, Handschuhen, Jacke und Mütze ins Foyer, wo Richard schon auf sie wartete.

»Du bist ja bestens gerüstet«, bemerkte er anerkennend. Selbst in der dicken Winterkleidung sah sie einfach nur bezaubernd aus.

»Schließlich möchte ich dich nicht schon wieder ohne heißes Wasser lassen.«

»Mit dir teile ich es gern.« Oh Gott! Hatte er das wirklich gesagt? Richard wandte sich schnell zur Tür, um Beth nicht merken zu lassen, *wie gern* er es wirklich mit ihr geteilt hätte.

Nachdem sie weg gewesen war, hatte er die halbe Nacht wach gelegen und den Abend in allen Einzelheiten wieder und wieder durchgespielt. Wie auch immer er es drehte und wendete, er hatte sich wie ein unreifer Idiot verhalten, hatte sie beleidigt und bevormundet und sie dann auch noch in die Flucht geschlagen. Und jetzt wusste er nicht recht, wie er Beth gegenüber überhaupt auftreten sollte.

»Ein Glück, dass die Tür nach innen aufgeht«, bemerkte Beth, als er die Außentür für sie öffnete. Eine mehr als kniehohe Schneewehe türmte sich davor. »Sonst hätten wir aus einem Fenster klettern müssen.«

»So etwas habe ich noch nie erlebt.« Ungläubig betrachtete Richard die Schneemassen, dann machte er einen vorsichtigen Schritt nach vorn. »Am besten bleibst du direkt hinter mir und benutzt meine Fußstapfen.«

»Dann mach bitte nicht ganz so große Schritte.« Beth kicherte und hielt sich an seiner Jacke fest, was ihn selbst ins Straucheln brachte. Richard ruderte mit den Armen und schaffte es gerade so, sein Gleichgewicht zu halten. Beth klammerte sich seitwärts an ihm fest und verschnaufte.

Richard streckte seine Hand nach ihr aus. »Vielleicht wäre es doch besser, wenn du neben mir gehst. Dann kann ich dich besser halten.« Er wartete ein paar Herzschläge lang, dann legte sich ihre schmale Hand in die seine. Er drückte sie einen Moment zu lang und zu fest, doch Beth schien sich nicht daran zu stören. Sie schaute ihn an und ihre grünen Augen strahlten ihm unter der farblich passenden Mütze förmlich entgegen.

Richard schluckte und setzte sich in Bewegung. Er hatte keine Ahnung, was er da tat und wie es für ihn ausgehen würde.

Sie brauchten fast zwanzig Minuten, um die kleine Kirche von Silver Creek zu erreichen. Zweimal hatten die Glocken in dieser Zeit noch geläutet und immer mehr Menschen aus ihren Häusern gescheucht. Ein aufgeregtes Gemurmel lag in der Luft, Grüße und Fragen wurden ausgetauscht, doch die anderen waren genauso ratlos wie Richard und Beth.

Trotz der Ungewissheit, was das nun zu bedeuten hatte, war Beth den ganzen Weg über von einer kribbelnden Euphorie erfüllt. Mit Richard Hand in Hand durch den tiefen Schnee zu gehen, war so viel schöner, erfüllender als manch eine leidenschaftliche Stunde mit einem anderen Mann.

Immer wieder musterte sie ihn verstohlen und versuchte zu ergründen, was in ihm vorging. Leider blieb sein Gesicht verschlossen. Wann immer sich ihre Blicke begegneten, lächelte Richard sie zwar freundlich an, doch sie spürte seine Zurückhaltung.

»Richard! Beth! Ihr seid auch gekommen!« Dorothy eilte in einem dunkelroten Skioverall auf sie zu.

»Ja, wie rund fünfzig andere Leute.« Richard ließ seinen Blick über die versammelte Menge schweifen.

»Hoffentlich kommen noch ein paar mehr, wir können jede helfende Hand gebrauchen.« Dorothy seufzte dramatisch.

»Was ist denn passiert?«, fragte Beth.

»Das fragst du noch?« Dorothy deutete in den Himmel, der zumindest nicht mehr ganz so voller dunkler Wolken hing. »Hoffentlich hört es bald auf zu schneien, sonst haben wir keine Chance.«

»Was ist denn los?«, fragte nun auch Richard.

»Schht.« Dorothy legte den Finger auf die Lippen und zeigte nach vorn. »Andy wird gleich alles erklären.«

Andy erwies sich als ein ziemlich beleibter Mann Ende

vierzig, der sich mit wichtiger Miene auf der obersten Kirchenstufe aufbaute.

»Liebe Mitbürger und Gäste von Silver Creek, liebe Freunde!«, setzte er an. »Danke, dass ihr so zahlreich gekommen seid, um die uns drohende Katastrophe abzuwenden.«

»Was ist denn los? Ist deine Katze schon wieder verschwunden?«, rief ein bärtiger Mann. Ein paar Umstehende lachten.

»Nein.« Andy schoss ihm einen bösen Blick zu. »Wie ihr alle sicherlich wisst – oder wissen solltet«, fügte er an den Mann gewandt, der eben gesprochen hatte, hinzu, »wird morgen früh der große Weihnachtszirkus hier eintreffen, um die Besucher unserer Stadt eine Woche lang mit seinem abwechslungsreichen Programm zu erfreuen. Allerdings nur, wenn die Lastwagen hier auch durchkommen. Andernfalls fahren sie direkt nach Battle Creek weiter, deren Bürgermeister ihnen absolut freie Straßen zugesichert hat.«

»Und was haben wir damit zu tun?«, fragte der Bärtige. »Schlafen die Jungs vom Räumdienst etwa noch?«

»Nein, sie schlafen nicht, Peter. Sie sind schon seit Stunden im Einsatz, denn natürlich haben alle Land- und Bundesstraßen Vorrang vor unserer kleinen Stadt.« Andy klang nicht, als würde er diese Einschätzung teilen. Aber offenbar lag die Entscheidung nicht in seiner Macht. »Deshalb bitte ich euch als euer Bürgermeister um eure tatkräftige Mithilfe! Wir müssen es bis heute Abend schaffen, die Straßen für die Trucks wieder freizuräumen! Seid ihr dabei? Oder wollt ihr zulassen, dass das die erste Weihnachtszeit seit zwanzig Jahren ohne unseren beliebten Weihnachtszirkus wird?«

Während um sie herum mehr oder weniger enthusiastische Stimmen laut wurden, schaute Beth ungläubig Richard an. »Ist das sein Ernst?«

»Ich fürchte, ja.« Richard bemühte sich um eine halbwegs ernste Miene. »In Silver Creek kannst du davon ausgehen, dass etwas umso ernster ist, je absurder es sich anhört. Aua!«, beschwerte er sich, als Dorothy ihm ihren Ellbogen in die Rippen stieß.

»Der Weihnachtszirkus ist wichtig für unsere Stadt«, wies seine Patentante ihn zurecht.

»Natürlich«, stimmte er ihr hastig zu. »Nicht auszumalen, was geschehen würde, wenn wir plötzlich ohne einen Weihnachtszirkus auskommen müssten.«

»Ich würde dann locker ein Drittel meiner Gäste verlieren«, erklärte Dorothy. »Und wenn Battle Creek sich geschickt anstellt, könnten sie uns den Zirkus vielleicht auch in den Folgejahren abspenstig machen. Sie lauern dort nur auf eine Gelegenheit wie diese.«

»Das können wir natürlich nicht zulassen«, sagte Richard entschlossen, dennoch sah Beth das amüsierte Funkeln in seinen Augen. Natürlich wäre es für Dorothy schlecht, wenn ein paar Gäste ihren Aufenthalt stornieren würden, aber so ganz konnte er es wohl auch nicht ernst nehmen.

»Danke.« Dorothy tätschelte seine Wange. »Da vorne sind Karten mit der vorgezeichneten Route. Ihr könnt euch dort einem Straßenabschnitt zuweisen lassen.«

»Alles klar.« Richard nickte grinsend und Dorothy eilte zu der nächsten Gruppe.

»Dann stellen wir uns mal an«, sagte Beth. Zum Glück war sie heute warm genug angezogen.

»Du musst das nicht tun«, entgegnete Richard.

»Du auch nicht.«

Er zuckte mit den Schultern. »Silver Creek ist trotz allem meine Heimatstadt, mit allen Verrücktheiten, die dazugehören.«

»Ich weiß, was du meinst.« Beth stockte überrascht, sie wusste es tatsächlich. Auch sie fühlte sich hier wohl, den Menschen auf merkwürdige Weise verbunden. Vielleicht, weil die Stadt tatsächlich so verrückt und bunt war, dass jeder hier hereinpasste, ganz ungeachtet seiner Vorlieben oder seiner Vergangenheit. Die Menschen waren neugierig, aber sie verurteilten nicht. Und sie standen für einander ein, wie Beth verwundert bemerkte, als die Reihe der Arbeitswütigen immer länger wurde. »Ich finde diese Aktion richtig süß, sie zeigt, wie viel den Menschen ihre Stadt bedeutet.« In Chicago hatte sie so etwas nie erlebt. Dort war jeder sich selbst der nächste.

»Dann lassen wir uns mal einteilen«, sagte Richard enthusiastisch und Beth meinte, Anerkennung in seiner Stimme zu hören.

Da sich das *Hope's Inn* recht nah am Ortseingang befand, wurde Beth und Richard der Abschnitt direkt vor dem Hotel zugeteilt. Sie sollten sich so lange in Richtung Ortskern vorgraben, bis sie auf das nächste Team trafen, das etwa 400 Schritte von ihnen entfernt Aufstellung bezogen hatte. Auf den ersten Blick wirkte das für Beth gar nicht so viel. Richard holte zwei Schneeschippen aus dem Keller und gemeinsam machten sie sich ans Werk.

Schon nach zehn Minuten merkte Beth, dass sie die Anstrengung völlig unterschätzt hatte. Der Schnee war tief und so schwer, dass sie die volle Schippe kaum heben konnte. Auch die Schubkarre, die Richard hervorgeholt hatte, half ihr nicht weiter, denn deren Räder versanken komplett. Beth kam sich beinah vor wie Sisyphus bei seiner endlosen Aufgabe. Nur der Schneeberg auf dem Bürgersteig, der immer höher wuchs, zeigte, dass sie tatsächlich vorankamen. Auf der Straße war davon noch nicht sonderlich viel zu erkennen. Mit ein oder zwei Stunden wäre das hier definitiv nicht getan.

Eine halbe Stunde später lehnte Beth sich erschöpft auf ihre Schippe und schnaufte prustend. Trotz der Kälte war sie bereits vollkommen durchgeschwitzt. »Ich brauche eine Pause«, seufzte sie.

»Na endlich!«, sagte Richard und trat neben sie. Er hatte sich die Mütze inzwischen vom Kopf gezogen und seine Stirn glänzte feucht. »Ich hatte schon befürchtet, als Erster aufgeben zu müssen.«

»Ha ha«, brummte Beth. Dann schaute sie sich an, was sie geschafft hatten. »Ich finde, wir haben uns eine Pause redlich verdient.«

»Das haben wir«, stimmte Richard ihr zu. Sein Blick ruhte halb ungläubig, halb bewundernd auf ihr.

»Was ist?«, fragte Beth mit einem verlegenen Lachen. Noch nie hatte ein Mann sie derart aus der Fassung gebracht wie er. Sie konnte mit Komplimenten und Anmachsprüchen bestens umgehen, nur bei ihm wusste sie nie, wie sie reagieren sollte.

»Danke, dass du das tust«, sagte er leise.

»Ist doch selbstverständlich«, winkte Beth ab.

»Nein, das ist es nicht«, widersprach er ihr ernst und die Intensität seines Blickes ließ ihre Knie weich werden.

Rasch wandte Beth die Augen ab. »Na ja, immerhin habe ich auch etwas davon. Ich will schließlich nicht, dass mein frisch renovierter Flitzer morgen direkt in irgendeinem Graben landet«, sagte sie, mehr um sich selbst daran zu erinnern, dass ihre Zeit in Silver Creek zur Neige ging.

»So kann man es auch sehen«, sagte Richard gepresst. Er holte tief Luft, als wollte er noch etwas hinzufügen, dann atmete er geräuschvoll aus. »Noch bist du ja da. Und hättest bestimmt nichts gegen einen Kaffee.«

»Ich bin sogar sehr dafür!«, erwiderte Beth mit einem kleinen Lächeln. Während sie Richard hinein folgte, dachte sie, dass sie sich vielleicht gar nicht so sehr mit dem Freiräumen beeilen sollten. Sie jedenfalls hätte nichts gegen einen weiteren Tag in Silver Creek.

Richard streckte den Rücken durch und betrachtete Beth, die gerade mühsam eine volle Schippe Schnee auf die Schubkarre wuchtete. Er wollte ihr schon zu Hilfe eilen, als er merkte, dass sie wunderbar allein zurechtkam. Er hatte sie unterschätzt, mal wieder.

Er hätte nicht gedacht, dass sie so tatkräftig mit anpacken würde. Lächelnd beobachtete er, wie sie sich eine lose Haarsträhne aus dem Gesicht strich und den aufgewirbelten Schnee von ihrer Hose abklopfte, um sich direkt wieder ans Werk zu machen. Wie anders war das Bild, das sie jetzt bot, verglichen mit dem bei ihrer ersten Begegnung. Nie würde er vergessen, wie sie um ihr Auto herumgekommen war und er sie zum ersten Mal erblickt hatte. Die langen, schlanken Beine in teuren, engen, hochhackigen Stiefeln, die lässig gebändigte, wallende rote Mähne, ein glänzender, kirschroter Mund und zwei große grüne Augen, die wie Smaragde funkelten. Sie war ihm wunderschön erschienen und so beängstigend perfekt. Und er hatte selbst den Fehler begangen, den er sonst allen anderen vorwarf – er hatte sie nach ihrem Äußeren beurteilt, hatte sie abgestempelt und in eine Schublade gesteckt.

Jetzt hätte der Kontrast zu damals kaum größer sein können. Ihre Wangen waren von der Kälte gerötet, die Mütze verrutscht, die Haare nicht annähernd so effektvoll frisiert wie üblich und die Jeans nachlässig in die schweren Boots gestopft, damit der Saum nicht nass wurde. Dennoch schien sich Beth in ihrer Haut rundum wohlzufühlen und achtete nicht darauf, ob ihr möglicherweise ein Fingernagel abbrach. Sie hatte keinen Grund, den Menschen hier zu helfen, dennoch tat sie es.

Richard biss sich auf die Lippe und griff nach seiner eigenen Schippe. Energisch schaufelte er den Schnee auf den Bürgersteig, als könnte er damit auch die Gedanken loswerden, die unaufhörlich in seinem Kopf kreisten.

Eine Frau wie Beth war ihm bisher nicht begegnet, zumindest nicht bewusst. Sie steckte voller Widersprüche. Sie war auf Äußerlichkeiten bedacht, wusste ihr Aussehen geschickt einzusetzen, gleichzeitig war da noch mehr, viel mehr, was deutlich tiefer ging. Sie nahm die Eigenarten der Menschen hin, ohne die Nase darüber zu rümpfen. Und auch jetzt schaufelte sie, ohne zu murren, den Weg für einen albernen Weihnachtszirkus frei, bloß weil es den Leuten hier, weil es Dorothy wichtig war.

Natürlich würde auch sie sonst nicht von hier fortkommen, aber Richard konnte sich nicht vorstellen, dass das ihr Hauptbeweggrund war. Verstohlen linste er erneut zu ihr hinüber. Würde sie morgen tatsächlich auf Nimmerwiedersehen verschwinden?

Der Gedanke jagte einen eisigen Stich durch seine Brust, erschrocken hielt Richard inne. Er hatte keine Ahnung, warum es so war, doch er spürte, dass er es ewig bereuen würde, wenn er Beth einfach gehen ließ. Wenn er nicht wenigstens den Versuch unternahm, herauszufinden, ob es ihr ähnlich erging. Und ob sie ihn vielleicht so akzeptieren könnte, wie er war.

Beth stemmte sich mit ihrem ganzen Gewicht gegen die Schubkarre, die sich kein Stück rührte. Es war mittlerweile dunkel geworden, nur das Licht der Straßenlaterne erleuchtete den Weg und Beth konnte sich vor Erschöpfung kaum noch auf den Beinen halten. Dafür hatten sie es tatsächlich geschafft. Das ihnen zugewiesene Stück war fast vollständig geräumt.

»Warte, lass mich mal.« Richard stellte sich hinter sie und legte seine Hände so neben ihre auf die Griffe, dass er sie beinahe umarmte. Sein Gesicht war dem ihren so nah, dass Beth den leichten Duft nach Schweiß und Aftershave wahrnahm, den er verströmte. Es war eine überaus anregende Mischung.

Seine Brust drückte leicht gegen ihren Rücken und Beth spannte ihre Muskeln an, um nicht der Versuchung nachzugeben, sich an ihn zu schmiegen. Richards Lippen waren direkt an ihrem Ohr. »Auf drei«, raunte er und jagte damit einen Schauer über Beths Rücken. »Eins, zwei, drei …«

Gemeinsam schoben sie die Schubkarre an, wobei Beth keinen Zweifel daran hatte, dass Richard ihre Hilfe gar nicht benötigte. Entweder war ihm also selbst nicht bewusst, was er da tat, oder er machte es in voller Absicht.

Der Schneeberg am Straßenrand hatte inzwischen die Ausmaße eines mittleren Gebirges erreicht. Mit einem leichten Ruck prallte die Schubkarre dagegen, doch Richard ließ die Griffe nicht los.

»Danke, ab hier komme ich klar«, murmelte Beth und hoffte, er würde nicht darauf eingehen, würde einfach hinter ihr bleiben, damit sie noch etwas länger seine Nähe und dieses eigenartige Gefühl der Wärme genießen konnte, das er in ihr auslöste.

»Ich weiß.« Richard ließ seine Hände sinken und rückte ein kleines Stück von ihr ab, als wollte er ihr die Entscheidung über den nächsten Schritt überlassen.

Beth kippte die Schubkarre aus, als würde sie das nicht bemerken, dann drehte sie sich langsam um. Richards Gesicht lag weitgehend im Schatten, nur seine Augen glänzten leicht. Er wirkte aufgewühlt und gespannt, stand noch immer abwartend und viel zu nah bei ihr. Bei jedem anderen hätte sie keinen Zweifel daran gehabt, was jetzt kommen würde. Aber bei Richard hatte sie sich schon einmal geirrt. Und sie hatte absolut keine Lust darauf, sich erneut eine Abfuhr zu holen.

Die Scheinwerfer eines Autos zerschnitten plötzlich die Dunkelheit. Der Augenblick verflog. Ein Wagen näherte sich ihnen mit ratterndem Motor und Richard beeilte sich, von der Fahrbahn zu kommen.

Kurz vor ihnen kam der Wagen zum Stehen und Dorothy hüpfte fröhlich winkend heraus. »Wir haben es geschafft!«, verkündete sie überschwänglich. »Wir haben es tatsächlich geschafft! Die ganze Strecke ist freigeräumt! Und zum Dank will Andy alle Helfer auf einen Glühwein einladen.«

Beth lächelte zufrieden. Es war schön zu hören, dass sich die ganze Mühe gelohnt hatte.

»Und du bist extra hierhergefahren, um uns das mitzu-teilen?«, fragte Richard misstrauisch. »Du hättest mich auch anrufen können.«

Dorothy presste verlegen die Lippen zusammen. »Nicht ganz«, druckste sie herum. »Wir dachten, wir könnten die Feier bei euch abhalten.«

»Und weshalb?«

»Die Turnhalle ist von gestern noch nicht aufgeräumt und bei mir würden sich die Gäste gestört fühlen.« Dorothy zuckte mit den Schultern. »Viel mehr Möglichkeiten gibt es hier nicht.«

Richard seufzte. »Kann ich das noch irgendwie verhin-dern?«

»Leider nicht.« Dorothys Ton passte nicht zu ihren bedau-ernden Worten. »In einer halben Stunde werden alle hier sein.«

»Du hättest mich zumindest vorher fragen können«, grum-melte er.

»Ich weiß. Aber du hättest bloß Nein gesagt.«

»Du hast wie immer eine unschlagbare Logik.«

»Ich mache es auch wieder gut, irgendwie.«

»Ich nehme dich beim Wort«, brummte Richard und über-ließ der älteren Frau den Vortritt. Dann trat er näher an Beth heran. »Es tut mir leid«, sagte er leise und sie hörte, dass er es wirklich so meinte. Dass ihm ein anderer Ausklang des Abends viel lieber gewesen wäre. Aber vermutlich war es besser so. Der Abschied würde bereits schwer genug werden, auch ohne dass sie sich näher gekommen waren.

»Wenn du müde bist, kannst du dich auch gerne zurückzie-hen«, fuhr Richard fort. »Ich weiß sowieso nicht, was das Gan-ze soll. Die meisten würden vermutlich viel lieber in ihre Bet-ten kriechen.«

»Wer weiß, vielleicht wird es ganz nett«, versuchte Beth ihn – und sich selbst – zu motivieren. »Und wenn nicht, das Zim-mer neben meinem ist noch frei. Ich kann mich entsinnen, dass diese Räume so weit weg wie nur möglich von dem belebteren Teil des Gebäudes sind.«

Ein zerknirschtes Lächeln erschien auf Richards Lippen. »Ich war ein Idiot«, murmelte er.

»Ja, warst du«, gab Beth im gleichen Ton zurück. »Zum Glück hat sich das schnell wieder gelegt.«

»Dann bin ich beruhigt.« Richards Finger streiften leicht die ihren.

Es hätte Zufall sein können, aber Beth glaubte nicht daran.

»Kommt ihr?«, rief Dorothy ihnen vom Hoteleingang zu.

»Sicher!«, antwortete Richard, drehte sich um und hastete mit langen Schritten davon.

Zum ersten Mal, seit sie Dorothy kannte, wünschte Beth die ältere Frau zum Mond. Sie schien doch sonst so scharf darauf zu sein, Richard zu verkuppeln. Wieso musste ihr sechster Sinn sie ausgerechnet jetzt im Stich lassen?

Wie sich knapp zehn Minuten später herausstellte, war Dorothy lediglich die Vorhut gewesen. Fünf weitere Frauen schleppten bald darauf Kisten mit Glühwein, Salaten, Snacks und Kuchen heran. Es wirkte fast, als hätten sie den ganzen Tag nichts anderes getan, als zu kochen und zu backen.

Beth ließ sich davon nicht beeindrucken. Sie saß in einer Ecke, trank ihren Kaffee und beobachtete erschöpft das Treiben. Nur Richard tat ihr ein wenig leid, weil er sich jetzt auch noch genötigt fühlte, den Damen zur Hand zu gehen, obwohl er sicherlich ebenfalls zum Umfallen müde war. Sie hatten nicht einmal Zeit zum Umziehen gehabt.

Apropos. Beth leerte ihren Becher und stand auf. »Ich gehe mich frisch machen«, raunte sie Richard zu, der gerade mit einer weiteren Klappbox in der Tür erschien. »Und du solltest es auch tun.«

Ein halb betroffener, halb belustigter Ausdruck huschte über sein Gesicht. »Rieche ich schon so schlimm?«

»Nein!« Zumindest nicht für sie. Beth schüttelte den Kopf. Sie musste dringend aufhören, *so* über ihn zu denken. »So war das nicht gemeint«, versuchte sie zu retten, was zu retten war. »Du siehst müde aus, gönn dir eine Pause. Die Leute hier kommen schon klar.«

Ein dankbarer, fast zärtlicher Ausdruck huschte über sein Gesicht. »Du hast recht. Ich stelle nur eben die Kiste ab.«

»Gut, ich gehe schon mal hoch.« Beth deutete in die ungefähre Richtung ihres Zimmers. Da Richard in der anderen Ecke des Hotels wohnte, hatte es keinen Sinn, auf ihn zu warten.

»Wir sehen uns nachher aber noch, oder?« Es hörte sich an, als würde ihm wirklich viel daran liegen.

»Ja.« Beth lächelte leicht. »Wir sehen uns.« Immerhin war das ihr letzter Abend in Silver Creek, sie hatte nicht vor, ihn allein in ihrem Zimmer zu verbringen, egal, wie müde sie auch war.

Kapitel 12

»Babybrei!«, rief Dorothy und Beth verbeugte sich lachend. »Ein weiterer Punkt für uns!«, kommentierte die ältere Frau triumphierend. »Was ist, gebt ihr auf?« Herausfordernd schaute sie die gegnerische Mannschaft an.

»Nie im Leben!«, verkündete der Bürgermeister entschieden.

»Hier.« Jemand stellte einen neuen Becher Punsch vor Beth ab.

»Danke, ich habe wirklich genug.« Sie fächelte sich Luft zu und bemerkte Richards amüsierten Blick. Er selbst hatte sich schon nach der ersten Runde aus diesem eigenartigen Scharade-Spiel herausgezogen, bei dem das Team für jeden Punkt einen ordentlichen Schluck trinken musste. Beth erhob sich vorsichtig und spürte, wie der Raum um sie herum zu schwanken begann. Sie prustete und hielt sich an der Tischkante fest. Dabei hatte sie gar nicht so viel getrunken.

»Brauchst du Hilfe?« Richard trat zu ihr und reichte ihr seine Hand.

»Danke.« Beth ließ sich von ihm zur Seite führen.

»Du kannst jetzt nicht aufhören!«, beschwerte sich Dorothy.

»Doch, kann sie«, entgegnete Richard bestimmt. »Nicht jeder verträgt deinen Spezialpunsch so gut wie du.«

»Ach, das bisschen Rum …«

»Rum?«, entfuhr es Beth schockiert. Das erklärte natürlich einiges. »Du hättest mich warnen können!«, beschwerte sie sich.

Richard schmunzelte. »Du schienst dich wunderbar zu amüsieren.«

»Etwas zu sehr.« Beth wischte sich über die Stirn.

»Lass uns ein wenig vor die Tür gehen, dann wird es gleich besser«, schlug Richard vor. »Das ist vermutlich nur die Mischung aus Müdigkeit und schlechter Luft.«

»Okay.« Frische Luft hörte sich in der Tat sehr verlockend an. Richard führte sie ans andere Ende des Speisesaals und öffnete eine doppelflüglige Glastür, die Beth noch gar nicht aufgefallen war. Sie fand sich auf einer wunderhübsch zugeschneiten Terrasse wieder und sog die kalte Luft in vollen Zügen ein.

Hinter ihnen ertönte lautes Gelächter und Beth fuhr neugierig herum, um zu sehen, wie sich der beleibte Bürgermeister gerade verrenkte, um eine besonders komplizierte Figur darzustellen. Beth presste sich die Hand vor den Mund, um nicht ebenfalls laut loszulachen.

»Dir macht das hier wirklich Spaß, oder?«, fragte Richard.

»Ja. Diese Fröhlichkeit ist echt ansteckend.«

»Aber es ist nicht schick, glamourös oder elegant. Eher schräg, albern und oftmals nervig.«

Beth wandte sich ihm zu und sah ihm aufmerksam ins Gesicht. »Dennoch bist du hier.«

»Ja.« Richard lächelte leicht. »Vermutlich, weil das auch ein Teil von mir ist. Meine Eltern sind sich bei so einem traditionellen Glühweintrinken nähergekommen«, erklärte er plötzlich.

»Traditionell?« Beth schnaubte belustigt. »Hier scheint alles Teil einer Tradition zu sein.«

»Zumindest alles, was mehr als einmal stattfindet«, stimmte er ihr zu. »Auf jeden Fall haben meine Eltern damals genau hier bei so einem Fest zusammengefunden.« Er räusperte sich. »Weil beide viel zu betrunken gewesen sind, um klar denken zu können, wie mein Vater immer wieder betonte«, fügte er wehmütig hinzu.

»Was ist danach geschehen?«, fragte Beth vorsichtig.

»Sie sind fünfundzwanzig Jahre lang zusammen glücklich gewesen. Dann ist er gestorben. Trotzdem hat meine Mutter weiterhin jedes Jahr dieses Fest ausgerichtet.«

»Das hört sich schön an«, flüsterte Beth. »Eine Liebe, die selbst den Tod überdauert …« Sie schlang die Arme um ihre Schultern und fröstelte plötzlich. Wie gern würde sie so etwas selbst erleben.

»Du frierst, wir sollten wieder reingehen«, sagte Richard.

»Noch nicht«, bat Beth leise. Wie verzaubert lag der kleine Garten vor ihr, ein Ort, an dem schon einmal zwei Leute zueinander gefunden hatten. Und auch wenn es albern war, hoffte ein kleiner Teil in ihr drin, dass dieser Zauber irgendwie auf sie abfärben könnte.

Richard trat hinter sie und legte seine Arme um ihren Körper. Die Berührung sandte einen kribbelnden Impuls genau in Beths Herz. Sie versteifte sich überrascht, dann ließ sie die Spannung langsam aus ihrem Körper weichen und schmiegte ihren Rücken an seine Brust.

Richard rührte sich nicht, doch sie konnte ganz deutlich seinen wilden Herzschlag spüren, der dem ihren in nichts nachstand. Beth lehnte ihren Kopf an seine Schulter und genoss diesen intensiven, fast schon intimen Moment, als ihre Herzen im Einklang schlugen. Alles andere geriet in den Hintergrund, die lärmende Gesellschaft hinter ihnen und sogar der verschneite Garten, den das Mondlicht in sein silbrig glitzerndes Licht tauchte. Beth spürte Richards Lippen an ihrer Schläfe und wagte es kaum zu atmen, um diesen magischen Augenblick nicht zu zerstören.

Ein leises Klicken riss sie aus ihrer Versunkenheit.

»Dorothy!«, brummte Richard, der sich zuerst umgedreht hatte, mit einer Mischung aus Überraschung, Belustigung und Ärger.

Beth spähte an seiner Schulter vorbei und sah, dass die Tür, durch die sie nach draußen gekommen waren, nun verschlossen war. Durch das Glas konnte sie gerade noch Dorothys davoneilenden Rücken erkennen.

»Was soll das?«, entfuhr es Beth empört. Dorothy musste

genau gesehen haben, dass sie hier draußen standen! Beth machte einen Schritt in Richtung Tür, als Richard sanft ihren Arm berührte.

»Vermutlich war sie der Ansicht, dass wir … Hm«, er räusperte sich, »dass wir etwas Privatsphäre bedürfen.« Richards Stimme klang rau und eine unausgesprochene Frage schwang darin mit.

Beth erstarrte mitten in der Bewegung. Ihr ganzer Körper fühlte sich auf einmal wie elektrisiert an. »Und was denkst du?«, raunte sie und schaute ihn forschend an. Seine dunklen Augen glühten ihr förmlich entgegen und wieder stieg das überwältigende Verlangen in Beth auf, sich in seine Arme zu schmiegen. Ein Bedürfnis, das so viel stärker war als jegliche körperliche Begierde.

Richard trat dichter an sie heran und strich ihr behutsam über die Wange. »Ich denke, dass ich den Abend sehr, sehr gern mit dir verbringen würde. Nur mit dir.« Er schluckte und es war fast so, als müsste er sich zwingen, seinen Blick von ihrem Gesicht loszureißen. »Natürlich nur, wenn du magst.« Er schaute zu der geschlossenen Terrassentür. »Ansonsten lässt Dorothy uns mit Sicherheit wieder rein.«

»Ein Abend mit dir wäre toll.« Beth angelte nach seinen Fingern und spürte erleichtert, wie sie sich fest und warm um die ihren schlossen. Ihr Herz drohte vor Aufregung und Glück aus ihrer Brust zu springen. Noch nie hatte sie auf eine harmlose Berührung derart intensiv reagiert.

Richard lächelte. »Wenn du willst, können wir noch eine Runde gehen. Das Wetter soll heute Nacht halten. Wir müssten dann nur deine Jacke holen, deine Finger sind eisig.«

»Nein.« Beth schüttelte langsam den Kopf.

»Keine Jacke?«

»Kein Spaziergang.« Sie hatte genug frische Luft für eine ganze Woche intus. Sie wollte nicht gehen, nicht reden, sie wollte nur … ihn.

Bevor ihr eigener Mut sie verlassen konnte, stellte Beth sich auf die Zehenspitzen, schlang Richard die Arme um den Hals und zog seinen Kopf zu sich heran, bis sich ihre Lippen berührten.

Hungrig und voller Leidenschaft erwiderte Richard den Kuss, seine Arme pressten Beth so eng an seinen Körper heran, dass sie das Gefühl hatte, mit ihm zu verschmelzen.

Dann löste er sich plötzlich von ihr, schloss für einen Moment die Augen und atmete zitternd durch.

Mit angehaltenem Atem wartete Beth ab, was als Nächstes geschah. Wenn er jetzt wieder einen Rückzieher machte, war sie endgültig fertig mit ihm.

Als hätte er ihren Entschluss gespürt, öffnete Richard die Lider und zog sie wieder enger an sich. Dann streiften seine Lippen mit unendlicher Zärtlichkeit die ihren.

Überwältigt schloss Beth die Augen, *so* hatte sie noch niemals jemand geküsst. Sie fühlte sich schwerelos, bloßgelegt und behütet zugleich.

Als Richard sich schließlich erneut von ihr löste, war es Beth, als hätte jemand einen Lichtschalter ausgeknipst. Sie wollte mehr von diesem Gefühl, wollte, dass es niemals wieder aufhörte.

»Jetzt sollten wir aber wirklich reingehen«, murmelte Richard rau. »Sonst frieren wir hier noch fest.«

Beth lächelte verlegen, sie hatte die Kälte nicht mehr bemerkt. Sie verflocht ihre Finger mit den seinen und küsste ihn noch einmal. »Lass uns gehen«, raunte sie dann und ließ sich von ihm fortziehen, durch den unberührten Schnee, der im Mondschein glitzerte, zu dem vorderen Eingang des Hotels.

Sobald sich die Eingangstür hinter ihnen geschlossen hatte, drehte Beth sich zu Richard um, legte ihre Arme um seinen Nacken und küsste ihn. Leidenschaftlich erwiderte Richard den Kuss. Dann zog er ihre Hände behutsam von seinem Hals und hielt sie fest in den seinen.

»Du frierst«, raunte er heiser. »Wir sollten dich schleunigst aufwärmen.«

»Oh ja.« Erregt presste Beth sich enger an ihn. Sie wusste auch schon ganz genau, wie.

Richard stöhnte leise und seine Hände schoben sich unter ihren Pulli, fuhren über ihre nackte Haut. Seine Lippen wanderten an ihrem Hals hinab.

Ein paar schnelle Herzschläge lang gab Beth sich ganz dem prickelnden, brennenden Gefühl hin, das seine Berührungen in ihr auslösten, dann riss sie sich mühsam von ihm los. »Wir sollten weiter«, ermahnte sie ihn keuchend. Wenn sie nicht schleunigst in ihr Zimmer kamen, würden sie noch an Ort und Stelle übereinander herfallen.

»Du hast recht«, sagte Richard atemlos und küsste sie noch einmal. Dann nahm er ihre Hand und zog sie hastig in Richtung der Treppe. Gemeinsam stolperten sie die Stufen hoch, ohne ihre Finger oder ihre Lippen voneinander lassen zu können. Beth fühlte sich wie berauscht. Jeder Herzschlag pumpte pure Leidenschaft und Glück durch ihren Körper.

Oben blieb Richard noch einmal stehen, zog sie an sich und küsste sie ausgiebig. Ungeduldig schob Beth seinen Pullover in die Höhe und ließ ihre Hände über seine herrlich glatte Haut gleiten.

Richard stöhnte wohlig auf und vergrub sein Gesicht in ihrer Halsbeuge.

»Mein Zimmer …«, war alles, was Beth noch stammeln konnte.

Richard nickte und hob sie stürmisch auf seine Arme.

Beths überraschter Aufschrei ging in ein kehliges Kichern über, als er mit ihr den Flur entlangeilte. Vor ihrem Zimmer stellte er Beth kurz ab, damit sie die Tür öffnen konnte. Mit zitternden Fingern steckte Beth den Schlüssel ins Schloss. Es klackte leise. Schwer atmend und erwartungsvoll schaute sie zu Richard hoch. Nun würde es kein Zurück mehr geben.

Zärtlich strich er ihr über die Wange. Dann hob er sie hoch und küsste sie, liebevoll und fordernd zugleich. Wie elektrisiert schlang Beth ihre Beine um seine Mitte, vergrub ihre Hände in seinem dichten, dunklen Haar und hatte noch genug Geistesgegenwart, um die Zimmertür hinter ihnen beiden ins Schloss zu drücken.

Versonnen betrachtete Richard die neben ihm schlafende Frau. Ein Lächeln lag auf seinen Lippen und überrascht erkannte er das warme, pulsierende Gefühl in seiner Brust als Glück. Er biss sich auf die Lippe, um nicht vor schierer Freude laut aufzulachen. Er wollte Beth nicht wecken, wollte diese kostbaren Sekunden, in denen sie ganz entspannt neben ihm schlief, voll auskosten.

Die Nacht mir ihr war wunderschön gewesen, aber das war es nicht, was ihn so strahlen ließ, zumindest nicht ausschließlich. Er hatte sich ihr wirklich nahe gefühlt, angenommen, verstanden. Beth wusste, wie verkorkst sein Leben gerade war, trotzdem schien sie tatsächlich *ihn* zu sehen, nicht bloß die Fehler, die er begangen hatte, die Narben, die er trug. Sie hatte ihn weder verurteilt noch ihn zu ändern versucht.

Seine Augen glitten über die Rundung ihrer Hüfte, die unter der Decke verborgen war, die schlanke Taille, die nackten Schultern, die elegante Kurve ihres Halses und er spürte, wie das Verlangen sich wieder in ihm regte. Er wollte sie an sich ziehen und sie küssen und hatte zugleich Angst davor, was er in ihren wunderhübschen Augen erblicken würde.

Ihre Zeit in Silver Creek war um. War diese Nacht für Beth lediglich der passende Abschluss für ein paar verrückte Tage gewesen? Hatte sie deshalb nie ein Wort über seine nicht vorhandenen Zukunftspläne gesagt? Weil es für sie schlichtweg keine Rolle spielte?

Richard schluckte und atmete krampfhaft durch. In was zum Teufel hatte er sich da bloß reinmanövriert? Hatte er wirklich gestern noch gedacht, es wäre unerträglich, sie gehen zu lassen? Jetzt, wo er wusste, wie sie sich anfühlte und schmeckte, wie sie aussah, wenn sie sich ihm völlig hingab, bekam dieses Wort eine ganz neue Dimension. Es war nicht lediglich unerträglich, es war undenkbar, unmöglich.

Die Heftigkeit seiner Gefühle erschreckte Richard zutiefst. Beth hatte sich tatsächlich in sein Herz geschlichen. Obwohl er die Vordertür sorgfältig verriegelt und verrammelt hatte, hatte sie irgendwo noch einen Hintereingang gefunden.

Beth regte sich und lächelte im Schlaf. Er meinte, seinen Namen auf ihren Lippen zu hören. Zärtlich strich Richard ihr über die Schulter. Auch für sie konnte es unmöglich nur ein Abenteuer sein. Alles Weitere würde die Zeit schon zeigen.

»Guten Morgen«, wurde Beth begrüßt, kaum dass sie die Augen aufschlug. Richard lag lächelnd neben ihr. »Hast du gut geschlafen?«

»Und wie.« Beth rekelte sich wohlig. »Hast du etwa darauf gewartet, dass ich aufwache? Wie spät ist es überhaupt?« Draußen war es schon hell.

»Kurz nach zehn.« Richard streckte einladend den Arm aus und Beth kuschelte sich zufrieden an seine Brust.

»Wie lange bist du schon wach?«

Er schmunzelte. »Nur etwa zwei Stunden.«

Ertappt biss Beth sich auf die Lippe. »Du hättest mich wecken sollen.«

»Weshalb? Hast du heute etwas vor?«

»Nein.« Bis auf ihre Abreise. Aber die konnte ruhig noch ein paar Stunden warten. Beth ließ ihre Hand über Richards Körper gleiten und registrierte zufrieden, wie sich seine Atmung beschleunigte. Sie wollte jetzt nicht an ihren Abschied denken, nicht daran, wohin das überhaupt führen sollte, sie wollte einfach nur ein paar unbeschwerte, kostbare Stunden mit dem Mann an ihrer Seite genießen.

»Wow!« Erschöpft und gesättigt ließ Beth sich auf Richards Brust sinken, genoss den Nachhall der Lust, der durch ihren Körper pulsierte, und Richards starke Arme, die sie fest umschlungen hielten.

Dann stemmte sie sich hoch und küsste ihn, zärtlich und ohne jegliche Gier. Sanft rollte Richard sich mit ihr herum, sodass sie seitlich nebeneinander lagen. Seine Hände strichen unablässig über ihren Körper, als wollten sie ihn in allen Einzelheiten erkunden, und auch sie selbst konnte ihre Finger einfach nicht von ihm lassen. Vielleicht lag es daran, dass die Zeit zerrann, dass sie sich beide endlich der Frage stellen mussten, die zumindest ihr auf der Seele brannte. Sie musste wissen, ob es eine Zukunft für sie gab, ob er überhaupt eine wollte.

»Woran denkst du?«, fragte Richard leise und nahm ihr damit die Entscheidung ab.

Beth atmete durch und schaute ihm tief in die Augen. »An dich. Und mich. Und die Zukunft.«

Richard nickte und drehte sich seufzend auf den Rücken, schlang seinen Arm um ihren Körper und drückte sie fest an sich. Beth hoffte, dass er etwas sagen würde, aber er schwieg, also fuhr sie verunsichert fort.

»Wie du weißt, fahre ich heute für ein paar Tage zu meinen Eltern. Vermutlich werde ich da bis Weihnachten bleiben. Wenn du willst, komme ich auf dem Rückweg noch einmal hier vorbei …« Beth brach ab. Wieso sagte er nichts? Wieso kam sie sich wie eine Bittstellerin vor? Wollte er das letztendlich gar nicht?

»Und was kommt danach?«

»Keine Ahnung.« Sie zuckte mit den Schultern. War es

nicht viel zu früh, um über ein *danach* zu sprechen? Andererseits waren sie beide keine fünfzehn mehr, und sie konnte nicht leugnen, dass sie sehr gern ein *danach* mit ihm hätte. Etwas, das über ein paar flüchtige Nächte auf der Durchreise hinausging.

Dafür musste er allerdings endlich aus seinem selbst geschaffenen Schneckenhaus raus. Sie griff nach Richards Hand. »Ich mag dich«, sagte sie langsam, »sehr sogar. Und das weißt du auch.«

»Aber?«, fragte er angespannt.

»Aber du kannst keine Beziehung zu irgendwem aufbauen, während du dich hier vor dem Leben verkriechst.« Beth sagte das so einfühlsam und ruhig wie möglich, dennoch spürte sie den Ruck, der durch seinen Körper ging.

»Ich verkrieche mich nicht!« Er löste den Arm von ihrem Körper und richtete sich aufgebracht auf. »Ich schreibe ein Buch!«

Seiner Körperwärme und Nähe so abrupt beraubt, zog Beth die Decke enger um sich und setzte sich ebenfalls auf. Sie wollte sich nicht mit ihm streiten, aber sie hatte keine andere Wahl. Wenn er nicht bereit war, auf die Stimme der Vernunft, auf *sie* zu hören, war er vielleicht doch bloß eine Kerbe in ihrem Bett, ein weiterer Frosch, den sie geküsst hatte. So schmerzhaft sich diese Erkenntnis gerade auch anfühlen mochte.

Beth atmete tief durch. »Versuchst du, nur mich zu belügen oder auch dich selbst? Dieses Buch ist nichts weiter für dich als eine Ausrede, ein Alibi, das du immer wieder vorschiebst!«

»Woher willst du das wissen?«

»Weil ich es gelesen habe! Und da steckt keine Leidenschaft drin, keine Lebendigkeit!«

»Du hast es gelesen?« Richard funkelte sie unter zusammengezogenen Augenbrauen verärgert an. »Wer hat dir gestattet, es zu lesen?«

»Es war ein Versehen!«, ruderte Beth angesichts seiner heftigen Reaktion ein wenig zurück. »Und es waren nur ein paar Seiten. Aber das ist jetzt gar nicht der Punkt!«

»Ach nein? Und was ist der Punkt, deiner Ansicht nach?«, fragte Richard eisig.

»Dass du als Autor höchstens mittelmäßig bist, als Anwalt jedoch genial. *Das* ist dein Talent, deine Berufung. Das ist das, was zu dir passt, was du machen solltest«, sagte Beth eindringlich und hoffte, dass sie damit endlich zu ihm durchdrang. Sie wollte ihm schließlich nichts Böses, im Gegenteil. Selbst, wenn aus ihnen beiden nichts werden würde, war sie fest davon überzeugt, dass Richard als Anwalt deutlich glücklicher wäre.

»Vielen Dank für diese profunde Einschätzung meiner Situation«, sagte er sarkastisch und angelte nach seiner Hose. »Und danke auch, dass du mir die Augen geöffnet hast. Ich hätte nicht gedacht, dass ich mich in so kurzer Zeit von so vielen Irrtümer befreien könnte.«

»Und die wären?«, fragte Beth zitternd, ohne sagen zu können, ob es aus Schmerz, Enttäuschung oder Ärger geschah.

Seelenruhig schloss Richard seinen Gürtel. »Ich hatte für einen kurzen Moment tatsächlich geglaubt, dass es eine Frau gibt, die einen Mann nicht sofort nach ihrem Willen zu ändern versucht, sobald er ihr nur den kleinen Finger reicht.« Wie zur Demonstration hielt er seinen kleinen Finger in die Höhe.

»Oh, nicht so bescheiden, ein bisschen mehr als das war es schon«, bemerkte Beth bissig. Was er konnte, konnte sie auch.

Richards Nasenflügel blähten sich wütend. »Zweitens habe ich nun festgestellt, dass auch eine einzelne Nacht durchaus reizvoll sein kann«, fuhr er fort, ohne auf ihren Kommentar einzugehen. »Danke dafür.«

Beth blinzelte ihn erschüttert an, während sie verzweifelt gegen die Tränen ankämpfte. *Das* hatte sie weder erwartet noch verdient. »Kein Problem«, presste sie mühsam hervor. »Was schulde ich dir?«

Für einen Moment entgleisten Richards Züge. »Wofür?«

»Für das Zimmer und für die *Dienstleistung*. Du hattest angedeutet, dreißig Dollar wären nicht genug, aber mehr als fünfzig kann ich leider nicht dafür zahlen.«

Richards Gesicht wurde totenbleich, sein Kiefer mahlte. Beth hielt seinem Blick stand. Wer austeilte, sollte auch einstecken können. Sie angelte nach ihrer Handtasche, zog ihr Portemonnaie hervor und zählte die Scheine durch. »Hier.« Sie drückte das Geld in seine Hand. »Ich hoffe, damit sind alle meine Schulden beglichen.«

Noch immer regungslos, starrte Richard sie an. Seine Augen glühten dunkel.

»Ich lege dir den Schlüssel auf den Tresen«, sagte Beth kühl. »Und jetzt bitte ich dich zu gehen, damit ich mich endlich anziehen kann.«

Energisch suchte Beth ihre Sachen zusammen und warf sie in den Koffer. Solange ihre Hände damit beschäftigt waren, musste sie nicht darüber nachdenken, was soeben geschehen war. Und eigentlich gab es da nichts zu denken, denn es war nichts Besonderes passiert. Sie hatte mit einem Mann geschlafen, der am nächsten Tag nichts mehr von ihr wissen wollte. War nicht das erste Mal. Außerdem traf es sich ganz gut, sie wollte ihn nämlich auch nie wiedersehen.

Beth knallte den Kofferdeckel zu und zerrte an dem Reißverschluss. Warum musste das blöde Ding immer klemmen? Endlich gab der Reißverschluss nach und Beth zog den Koffer schwungvoll in die Höhe. Dann ließ sie ihren Blick noch einmal prüfend durch das Zimmer schweifen. Es war leer, genauso leer wie ihr Inneres. Beth biss sich auf die Lippe und reckte ihr Kinn. Richard und seine verkorksten Ansichten konnten ihr gestohlen bleiben! Er war ohnehin nicht ihr Typ!

Polternd zog sie den Koffer die Treppe runter hinter sich her. Ihr war es egal, dass es einen Heidenlärm veranstaltete und auch dass es nicht gut für die Rollen war, sie wollte einfach nur weg, so schnell wie möglich.

Erst als sie draußen war, fiel ihr auf, dass die Werkstatt sich noch nicht gemeldet hatte. Womöglich war ihr Wagen gar nicht fertig. Rasch wählte sie die Nummer und rechnete fest mit einer Hiobsbotschaft. Ihr Leben ging in letzter Zeit mit Höchstgeschwindigkeit den Bach hinunter, wieso sollte irgendetwas plötzlich klappen?

»Gut, dass Sie anrufen«, sagte Tommy, nachdem sie sich vorgestellt hatte. »Ihr Wagen ist gerade fertig, Sie können ihn gerne abholen.«

Oh. Beth stockte. Daran hatte sie gar nicht gedacht. Die Erleichterung darüber, dass ihr Wagen repariert war, wurde von Ernüchterung verdrängt. Sie konnte ihn gar nicht abholen.

»Könnten Sie ihn auch herbringen?«, fragte sie hoffnungsvoll. »Ich weiß nicht, wie ich sonst hinkommen soll.« Sie konnte die Strecke unmöglich mit dem Koffer laufen, ganz abgesehen davon, dass sie gar nicht wusste, wo genau diese Werkstatt war.

»Kann Richard Sie nicht rumfahren? Ist ja nicht weit.«

»Nein!«, entgegnete Beth schneidend. Sie würde Richard nie wieder um irgendetwas bitten. Sie hatte auch ihren Stolz. »Er hat zu tun.«

»Ach so.« Sie konnte förmlich sehen, wie Tommy sich am Kopf kratzte. »Ich schätze, für *Sie* könnte ich eine Ausnahme machen.«

»Danke«, sagte Beth unsicher und fragte lieber nicht nach, was an ihr so besonders war. Falls der Junge auf irgendeine Gegenleistung aus war, würde sie ihn enttäuschen müssen. Allerdings musste sie ihm das nicht direkt auf die Nase binden.

»Ist doch das Mindeste, nachdem Sie sich für den Weihnachtszirkus so ins Zeug gelegt haben.«

»Ach so«, entfuhr es ihr erleichtert, daher wehte also der Wind. Tommy war gestern auch bei einem der Räumtrupps gewesen. »Dann bis gleich?« Beth presste fröstelnd die Arme enger an den Körper.

»Ich bin in fünf Minuten da.« Tommy legte auf und Beth begann, unruhig auf und ab zu gehen.

Grimmig stand Richard, von einem Vorhang verborgen, am Fenster und beobachtete Beth. Sie hatte es tatsächlich nach draußen geschafft, ohne das Hotel abzureißen oder von ihrem eigenen Koffer erschlagen zu werden, auch wenn es sich vorhin ganz danach angehört hatte.

Fröstelnd ging sie nun auf und ab.

Richard schüttelte irritiert den Kopf. Sie fror sich tatsächlich lieber ihren Hintern ab, als noch ein paar Minuten länger mit ihm unter einem Dach zu verbringen. Dabei hatte sie gar keinen Grund, wütend zu sein. Er hatte ihr schließlich weder etwas versprochen noch irgendwelche Forderungen gestellt. Ganz im Gegensatz zu ihr.

Ruckartig wandte er sich ab. Er hatte sich in ihr getäuscht, hatte gedacht, dass sie ihn wirklich mögen würde. Aber offenbar hatte sie bloß ihre Chance gewittert.

Sonst hätte sie ihn kaum sofort dazu gedrängt, seinen alten Beruf wieder aufzunehmen. Als mittelloser Autor war er für sie nichts wert, als vermögender Anwalt hingegen schon. Dachte sie wirklich, sie hätte ihn schon so fest an der Angel, dass er ihr nichts mehr abschlagen würde? Nun, da hatte sich die liebe Beth leider überschätzt. So leicht war er nicht um den Finger zu wickeln, ganz egal, wie fantastisch die Nacht mit ihr gewesen war.

Unwillkürlich beschleunigte sich Richards Herzschlag, als er an die wunderschönen, intimen Stunden dachte, die sie miteinander geteilt hatten. Für ihn hatte es sich nach so viel mehr angefühlt als bloßem Sex. Aber anscheinend war er mit dieser

Empfindung ziemlich allein. Für Beth war das nichts als Kalkül gewesen. Und deshalb würde er es einfach als das verbuchen, was es unter dem Strich gewesen war. Eine heiße Nacht mit einer schönen Frau, nicht mehr und nicht weniger.

Richard hörte das Brummen eines Motors und drehte sich wieder um. Tommy fuhr gerade mit Beths Wagen vor. Keine Ahnung, wie sie ihn dazu bezirzt hatte, das gehörte normalerweise nicht zum üblichen Service der Werkstatt.

Beth bezahlte die Rechnung. Tommy wuchtete ihr Gepäck in den Kofferraum. Er sagte irgendwas und sie lächelte. Richard schluckte. Ihr Lächeln ging ihm noch immer durch und durch.

Er blieb reglos stehen, hoffte halb, dass Beth sich noch mal umdrehen, ihn ansehen würde. Oder noch besser, dass sie zurückging und ihm sagte, dass er ihr so genügte, wie er war.

Natürlich tat sie das nicht. Sie warf keinen einzigen Blick zurück, ließ die letzten Tage ohne Zögern oder Bedauern hinter sich, setzte sich einfach ans Steuer und brauste davon.

Richard atmete tief durch. Sie hatte recht. Es hatte sich nichts verändert, weder für sie noch für ihn.

Tommy steckte die Hände in die Taschen und machte sich pfeifend auf den Weg zurück in die Werkstatt, während Richard noch immer da stand und Beth hinterherschaute. Schließlich gab er sich einen Ruck. Sie war weg und eigentlich sollte er ihr dankbar sein. Gerade als er wieder zu schwanken begonnen hatte, hatte Beth ihm noch einmal deutlich vor Augen geführt, dass seine Entscheidung, die Einsamkeit zu suchen, die richtige für ihn war.

Kapitel 13

»Das Essen ist fertig!«, hallte Moms Stimme durch das Haus.

Beth klappte das Buch zu, in dem sie vergeblich zu lesen versucht hatte, und stieg lustlos von der gemütlichen Fensterbank, die seit jeher ihr Lieblingsplatz in diesem Haus war. Seit zwei Tagen hielt sie sich hauptsächlich dort auf, wenn sie nicht gerade ihrer Mutter zur Hand ging.

Ihre Eltern ließen ihr die Zeit, die sie brauchte. Ihr Vater hatte sie bei ihrer Ankunft bloß fest in die Arme geschlossen und ihr versichert, dass alles gut werden würde. Ihre Mutter hatte vorsichtig versucht, sie weiter auszufragen, doch Beth hielt sich bedeckt. Sie wusste ja selbst nicht, warum es ihr gerade so dreckig ging.

»Schau mal, hier sind ein paar interessante Jobangebote dabei.« Ihr Vater, der bereits am Esstisch saß, schob Beth die Zeitung rüber. »Es ist zwar nicht Chicago, dafür näher an uns dran.«

»Danke.« Halbherzig warf Beth einen Blick darauf. Es war rührend, wie ihre Eltern ihr zu helfen versuchten, dabei war die Jobsuche gar nicht ihr eigentliches Problem. Sie hatte keinen Zweifel daran, dass sie eine neue Stelle finden würde, immerhin war sie räumlich ungebunden und hatte eine gute Qualifikation. Wenn sie sich nur aufraffen könnte. Leider verspürte Beth nicht die geringste Motivation dazu, ihr war, als hätte ihr etwas den Antrieb geraubt. Sie konnte sich gar nicht vorstellen, wieso ihr der Verlust ihres Jobs noch vor wenigen Tagen so zugesetzt hatte. Jetzt erschien er ihr kaum noch von Belang, verglichen mit der Traurigkeit und der inneren Leere, die sie erfüllte und an deren Ursprung Beth auf keinen Fall rühren wollte.

Vermutlich lag es nur an der Jahreszeit und ihrer bescheidenen Lebensbilanz. Es hatte nichts mit den Tagen in Silver Creek zu tun und erst recht nicht mit Richard.

Der Gedanke an ihn jagte Beth wie so oft einen glühenden Stich durchs Herz, in dem sich Wut und Sehnsucht mischten. Er hatte sich wie ein Mistkerl aufgeführt, hatte sie beleidigt und fortgestoßen, trotzdem vermisste sie seine Nähe, seine Stärke und das warme, humorvolle Funkeln in seinen großen dunklen Augen.

Beth atmete tief durch und schloss die Lider. Vielleicht sollte sie sich eingestehen, dass sie ein klein wenig verliebt in ihn war, vielleicht würde es dann endlich besser werden.

»Was ist los?«, fragte ihr Vater sofort.

»Nichts.« Beth riss die Augen auf und zwang sich zu einem Lächeln. »Danke, Dad. Ich sehe mir die Jobs nach dem Essen in Ruhe an.« Vielleicht war wirklich etwas dabei.

Ihre Mutter kam mit einem dampfenden Topf aus der Küche und stellte ihn in die Mitte des Tisches, als es plötzlich an der Tür klingelte. »Das nenne ich mal perfektes Timing!«, verkündete Mom strahlend und eilte zur Tür.

»Wieso?« Beth sprang neugierig auf und folgte ihr. »Wen erwartest du denn?«

Statt einer Antwort öffnete ihre Mutter die Tür. »Hallo Schatz!« Schwungvoll zog sie Beths jüngere Schwester in ihre Arme.

»Annie?«, rief Beth erfreut und trat lächelnd näher. »Was machst du denn hier?«

Lachend fiel Annie ihr um den Hals »Überraschung!«, verkündete sie. »Eigentlich wollte ich erst am Wochenende kommen, aber Mom sagte, du wärst auch schon da, und wir sehen uns so selten.« Sie grinste und Beth zog sie noch einmal an sich.

»Das ist so schön!« Beth betrachtete prüfend ihre kleine Schwester. Sie sah gut aus, glücklich und entspannt. Und sie hatte auch allen Grund dazu. Sie hatte einen tollen Job, einen liebevollen Freund und einen funkelnden Ring an ihrem Finger. Apropos. »Wo ist denn Mark?« Beth schaute über Annies Schulter nach draußen.

»Er kommt am Samstag nach. Er muss noch arbeiten und außerdem möchte ich ganz viel Zeit mit meiner Schwester verbringen. Da würde er sich nur langweilen.«

Eine Vorahnung keimte in Beth auf und sie warf ihrer Mom einen prüfenden Blick zu. »Hast du Annie herbestellt, um mich aufzumuntern?«

»Ähm.« Ihre Mutter schaute verlegen zu Boden.

»Hat sie nicht!«, widersprach Annie entschieden. »Sie hat mir nur gesagt, dass dich etwas bedrückt, also bin ich hergekommen.«

»Das hättest du nicht tun müssen.«

»Ich weiß!« Annie gab Beth einen lauten Schmatz auf die Wange. »Wollte ich aber.«

Mom trat von hinten an sie heran und legte die Arme um sie beide. »Ach, ist es schön, meine Mädchen endlich wieder hier zu haben. Und nun kommt, das Essen wird kalt.«

»Also, erzähl!« Annie saß Beth gegenüber auf ihrem Bett und schaute sie erwartungsvoll an.

Beth schmunzelte. Diese Szene hatte etwas unglaublich Anheimelndes an sich. Früher hatten sie auch immer so gesessen, wenn Annie alles über Beths ersten Kuss oder ihre Freunde hören wollte. Nur leider gab es dieses Mal nichts Spannendes oder Schönes zu berichten. Beth zuckte mit den Schultern und schaute auf ihre verschränkten Finger hinab. »Ich bin gefeuert worden.«

»Und?«, fragte Annie auffordernd.

»Nichts und. Das ist es. Ich habe keinen Job mehr.«

Prüfend kniff Annie die Augen zusammen. »Das kann nicht alles sein.«

»Wie kommst du darauf?«

»Von so etwas lässt du dich nicht unterkriegen.«

»Vielleicht doch. Es ist ein ziemlich beschissenes Gefühl, kann ich dir sagen.«

»Das glaube ich gern. Aber du wirst mit Sicherheit etwas Neues finden. Vielleicht sogar etwas, das besser zu dir passt.«

»Bestimmt.« Beth nickte, nicht im Mindesten getröstet. »Siehst du, alles wieder gut.« Sie zwang sich zu einem Lächeln.

»Lügnerin«, rügte Annie sie sanft. »Mom und Dad kannst du damit vielleicht abspeisen, aber ich habe dir immer angesehen, wenn du etwas vor mir zu verbergen versucht hast. Also, raus damit. Oder soll ich erst den Wein holen?«

»Nein, schon gut«, winkte Beth resigniert ab. Sich mit ihrer kleinen Schwester in ihrem Kinderzimmer zu besaufen, stand nicht gerade oben auf ihrer Liste. »Ach, ich weiß auch nicht.« Sie seufzte. »Irgendwie ist mein Leben gerade nicht wirklich toll. Kein Job, kein Mann und ich hocke wieder in meinem alten Zimmer.«

»Das ist doch nur vorübergehend«, versuchte Annie sie zu trösten. »Du hast eben ein bisschen Pech gehabt, schon morgen kann alles ganz anders aussehen.«

Beth schnaufte. »Und wie?«

Annie suchte sichtlich nach Worten.

»Lass gut sein«, winkte Beth ab. »Es können nicht alle ein so perfektes Leben haben wie du …«

»Du glaubst, mein Leben wäre perfekt?«, entfuhr es Annie ungläubig. Versonnen schaute sie auf den Ring an ihrer Hand. »Kein Leben ist perfekt. So wie es keine perfekten Menschen gibt. Alle haben ihre Auf und Abs, ihre Sorgen und Zweifel«, sagte sie leise. »Du musst aufhören, dich derart unter Druck zu setzen, auf andere zu schauen, und einfach deinen eigenen Weg gehen.«

Wow. Beth sah ihre kleine Schwester erstaunt an. So weise

war sie mit fünfundzwanzig nicht gewesen, war es im Grunde immer noch nicht. Aber noch etwas anderes klang in Annies Worten mit, etwas, das Beth mit leiser Unruhe erfüllte. War Annie womöglich nicht ganz so glücklich, wie sie immer geglaubt hatte?

»Was ist in den letzten Tagen passiert?«, fragte ihre Schwester behutsam, bevor Beth ihren Gedanken in Worte fassen konnte.

Sofort tauchte Richard vor ihrem inneren Auge auf. Wie er sie angesehen, sie festgehalten, sie geküsst hatte. Seine Lippen auf ihrer Haut, sein großer, starker Körper auf dem ihren, seine raue Stimme, die zärtlich ihren Namen flüsterte, das warme Leuchten in seinen dunklen Augen. Mit ihm zu schlafen hatte sich neu und aufregend und zugleich auf seltsame Weise vertraut angefühlt, irgendwie richtig.

Nun, so konnte man sich täuschen. Im Anschluss hatte Richard sie, ohne zu zögern, ohne ihr auch nur zuzuhören, eiskalt fortgeschickt.

Beth blinzelte, um die plötzlich aufsteigenden Tränen zurückzuhalten. Ihr Verstand mochte ihr noch so sehr einreden, dass nichts von Bedeutung geschehen war, es tat einfach nur weh. Und selbst die Wut half ihr nicht darüber hinweg. Nicht auf Dauer. Sie fühlte sich leer, verlassen und ausgebrannt.

Beth schüttelte sich und sah ihre Schwester entschlossen an. Sie wollte weder über Richard reden noch über ihre eigene Dummheit. »Es ist nichts«, sagte sie leise. »Vermutlich bin ich einfach nur müde.«

Richard atmete frustriert aus und starrte den leeren Bildschirm an, der ihn zu verhöhnen schien. Ein einziger Satz prangte oben auf einer Seite, die genauso leer war wie sein Verstand. Nein, das stimmte nicht, sein Geist war nicht leer, er war angefüllt mit Bildern und Erinnerungen, die er absolut nicht gebrauchen konnte.

Wann immer er die Augen schloss oder sich zu konzentrieren versuchte, sah er Beth. Sie schlich sich sogar in seine Geschichte hinein. Statt des durchtriebenen Politikers hatte er beinah dessen Ehefrau – einen verführerischen, rothaarigen Vamp – auf den Verhörstuhl gesetzt. Richard kaute auf seiner Unterlippe. Vielleicht wäre das gar keine schlechte Idee. Vielleicht steckte tatsächlich die Frau hinter allem – eine bösartige, manipulierende Schwarze Witwe, die die Männer nach ihrer Pfeife tanzen ließ.

Die Finger bereits auf der Tastatur, sah Richard plötzlich Beths bezauberndes, unverstelltes Lächeln vor seinem inneren Auge aufblitzen. Seufzend ließ er die Hände wieder sinken und legte die Stirn auf der Tischkante ab. Was tat er hier überhaupt? Noch nie zuvor hatte er sich so zerrissen gefühlt.

Er hätte sich nie auf Beth einlassen, mit ihr schlafen dürfen. Nie glauben, dass sie anders war.

Er hätte sie nie gehen lassen dürfen.

»Oh, du lebst also noch.«

Beim Klang von Dorothys Stimme zuckte Richards Kopf erschrocken hoch. Er hatte sie gar nicht reinkommen gehört. »Was tust du hier?«, brummte er. Seine Stimme, die er seit Tagen nicht benutzt hatte, hörte sich rau und heiser an.

»Nachdem ich tagelang von dir weder etwas gehört noch gesehen habe, dachte ich, ich schau mal nach.« Seine Patentante rümpfte die Nase und Richard wurde sein ungepflegter Zustand unangenehm bewusst. Wann hatte er das letzte Mal geduscht?

»Ein Teil von mir hat gehofft, dass du dich mit Beth im Bett verkriechst, sonst wäre ich schon früher gekommen«, fuhr Dorothy missbilligend fort. »Leider sieht es nicht danach aus.«

Richard schwieg, weil es dem Offensichtlichen nichts hinzuzufügen gab.

»Wo ist sie?«, fragte Dorothy.

»Fort.« Er zuckte mit den Schultern.

»Und wie kam es dazu?«

»Ihr Auto war repariert, also konnte sie weiterfahren.«

»Und kommt sie denn auch wieder?«

»Ich wüsste nicht, wozu.« Richard presste die Lippen zusammen. Konnte sie ihn nicht einmal in Ruhe lassen?

Dorothy schnaufte ungläubig. »Du hast sie tatsächlich vergrault? Eine Frau, die dich dazu gebracht hat, dein Schneckenhaus zu verlassen. Eine Frau, die trotz deiner Abwehr Gefallen an deiner Gegenwart gefunden, die deine Augen nach so langer Zeit wieder zum Leuchten gebracht hat. Wie konntest du nur?«

Richard griff nach seinem Kaffeebecher, stellte fest, dass er leer war, und stemmte sich in die Höhe. »Sie hat von mir verlangt, dass ich zurück nach Chicago gehe, dass ich da weitermache, wo ich vor einem Jahr aufgehört hab.« Mit dem Becher in der Hand drängte er sich an Dorothy vorbei durch die Tür und hoffte, dass das Gespräch damit beendet war. Er brauchte dringend noch einen Kaffee.

Überrascht stellte Dorothy sich ihm in den Weg. »Hat Beth das gesagt?«

»Glaubst du, ich würde mir das nur ausdenken?« Bestimmt schob Richard seine Patentante zur Seite.

»Nein, aber vielleicht hast du sie falsch verstanden«, beharrte Dorothy und folgte ihm in Richtung Küche. »Ich kann mir das nämlich beim besten Willen nicht vorstellen.«

»Tja, dann kennst du Beth offenbar nicht sonderlich gut«, sagte Richard bitter. »Sie ist arbeitslos und verzweifelt auf der Suche nach einem Mann, der ihr das Leben bietet, das ihr vorschwebt.« Er sagte es beinah genüsslich, spürte jedes einzelne seiner Worte wie einen Stich in seinem Herzen und hoffte, damit diese unbegreifliche Sehnsucht nach ihr, die ihn trotz allem noch immer erfüllte, endlich loszuwerden. Irgendwann musste doch auch sein Herz kapieren, was für seinen Verstand schon längst klar war.

»Trotzdem …« Dorothy wirkte noch immer nicht überzeugt.

»Da gab es nichts falsch zu verstehen«, beschied Richard ihr eisig. »Sie sagte, ich wäre als Autor eine Niete und sollte lieber weiter als Anwalt arbeiten.«

»Und?«, fragte Dorothy verständnislos.

»Was und?«, entgegnete Richard gereizt. Reichte das etwa nicht?

»Hast du sie denn gefragt, wie sie das meint?«

»Wozu? Es war auch so glasklar.« Richard betrat die Küche und machte sich an der Kaffeemaschine zu schaffen.

Dorothy zog geräuschvoll einen Stuhl zurück. Offenbar hatte sie nicht vor, ihn so schnell wieder in Ruhe zu lassen. Überdeutlich spürte Richard ihre Augen in seinem Rücken, doch er ließ sich davon – zumindest äußerlich – nicht aus der Ruhe bringen, obwohl es in ihm zu brodeln begann. Eine Mischung aus Ärger über Dorothys Einmischung und der Sorge, dass sie womöglich recht haben könnte, dass er zu vorschnell gehandelt hatte, stieg in ihm hoch.

»Was ist?«, fragte er schließlich, als er sie nicht länger ignorieren konnte.

Abschätzend ruhte ihr Blick auf ihm. »Ich versuche gerade nur zu verstehen, womit ich es hier zu tun hab. Ist es gekränkter Stolz, weil sie dein Buch nicht mochte? Oder ist es schlicht und ergreifend die Angst vor deinen Gefühlen?«

Erbost funkelte Richard sie an. »Es ist weder das eine noch das andere.«

Nachdenklich wiegte Dorothy ihren Kopf hin und her. »Also ist es vermutlich eine Mischung aus beidem, wobei deine Angst natürlich überwiegt. Warum sonst hättest du diese Frau beim kleinsten Vorwand loswerden sollen?«

Resigniert ließ Richard sich ihr gegenüber auf einen Stuhl fallen. Das Gespräch drehte sich im Kreis und führte absolut zu nichts.

»Weißt du übrigens, dass Beth mir direkt aus der Seele gesprochen hat?«, sagte Dorothy nach einer Weile. »Und ich hoffe, mir wirst du jetzt nicht unterstellen, dass ich nur auf dein nicht vorhandenes Vermögen aus wäre. Sie hat nur das gesagt, was ich mich aus falscher Rücksichtnahme nicht getraut habe. Ich dachte, du würdest von allein dahinterkommen. Leider ist das wohl nicht der Fall.«

»Das Thema ist durch!«, schnitt Richard ihr grimmig das Wort ab. Sowohl Dorothy als auch Beth hatten keine Ahnung, wovon sie sprachen.

»Gibt es eigentlich schon was Neues von Hank?«, wechselte Dorothy unvermittelt das Thema.

»Was?« Richard brauchte ein paar Sekunden, um ihrem Gedankensprung zu folgen. »Ja, die Sache ist geklärt. Ich habe da einfach angerufen und sobald die merkten, dass ich nicht lockerlassen würde, war alles auf einmal gar kein Problem.«

»Hat dich das in unlösbare Gewissenskonflikte gestürzt?«

»Natürlich nicht!«

»Und genau das ist es, was Beth sich für dich gewünscht hat.«

Wortlos starrte Richard Dorothy an, während ihre Worte in sein Bewusstsein einsanken. »Woher willst du das wissen?«, presste er schließlich hervor. Dorothy kannte Beth immerhin kaum.

»Sie hat es mir selbst gesagt. Sie glaubte, dass du als Anwalt viel glücklicher wärst, als du es jetzt bist. Und dabei hatte sie ganz sicher keinen Staranwalt im Sinn. Sie sagte, du könntest im kleineren Rahmen viel Gutes tun, den Menschen helfen und dabei das Talent, das dir gegeben ist, nutzen. Sie wollte dir nur helfen, Richard, wollte, dass du deiner Berufung *und* deinem Gewissen folgst.«

Richard schluckte. Hatte er Beth wirklich unrecht getan?

Plötzlich ergab alles einen Sinn. Ihre Reaktion auf seine Worte, ihr übereilter Aufbruch, selbst ihr Verhalten in den Ta gen davor, das ihm eine ganz andere Person gezeigt hatte als die, die er mit aller Macht in ihr hatte sehen wollen. Aus Angst, sich verletzlich zu machen.

Oh Gott! Er war so ein Idiot! Richard fuhr sich aufgewühlt durch die Haare. Er hatte einen Fehler begangen und nun war es zu spät. Er würde nie erfahren, ob Dorothy recht hatte, ob Beth es tatsächlich gut gemeint hatte, ob aus ihnen beiden womöglich sogar etwas hätte werden können.

Richard schloss die Augen und atmete tief durch. Er hatte es verbockt, ganz allein und erstaunlich gründlich.

»Richard?«, fragte Dorothy ungeduldig.

»Ja.« Er schaute auf und verspürte das dringende Bedürfnis nach einem Scotch. Anders konnte er die Gefühle, die in ihm tobten, nicht auf ein erträgliches Maß herunterdimmen. Er hatte Beth unrecht getan, sie verletzt und von sich fortgestoßen. In seiner Tasche lagen noch immer die fünfzig Dollar, die sie ihm zum Abschied in die Hand gedrückt hatte. Sie musste ihn für einen gefühllosen Mistkerl halten. Und er konnte es ihr nicht einmal verdenken.

»Was wirst du jetzt tun?«

»Keine Ahnung.« Er wischte sich über die Stirn, zwang sich, über eine Lösung für das Problem nachzudenken.

»Eine Entschuldigung wäre ein guter Anfang«, schlug Dorothy hilfsbereit vor.

Was sie nicht sagte. »Leider habe ich keine Ahnung, wo genau Beth gerade steckt.«

»Dann ruf sie an.«

Richard zog eine Grimasse. Dorothy tat fast so, als wäre er dämlich. »Ihre Festnetznummer in Chicago nutzt mir nicht viel, zumindest nicht in den nächsten zwei Wochen.«

»Du hast keine Handynummer von ihr?«

»Nein. Und auch nicht die Adresse ihrer Eltern.« Er wusste nicht einmal, wann und ob sie in ihre Wohnung in Chicago zurückkehren würde. Wie ihre Zukunftspläne überhaupt aussahen. Beth hatte selbst gesagt, dass sie in der Stadt momentan nichts hielt.

»Hmm.« Dorothy verzog nachdenklich das Gesicht. »Hast du ihre aktuelle Anschrift?«

»Adresse, Geburtsdatum, Sozialversicherungsnummer«, zählte Richard düster auf. Nichts, das ihm irgendwie weiterhelfen würde. Er könnte natürlich Tommy fragen, aber ob der die Handynummer rausrücken würde, war mehr als fraglich. In letzter Zeit nahmen alle den Datenschutz so verdammt ernst. Außerdem wüsste Richard dann immer noch nicht, wo Beth sich aufhielt, falls sie sich mit ihm zu sprechen weigerte.

Dorothy lächelte. »Na, das hört sich gar nicht so schlecht an. Kannst du mir ihre Daten geben?«

»Wofür?«, fragte Richard misstrauisch.

»Ich kenne da jemanden, der damit vielleicht irgendwas anfangen kann«, erklärte Dorothy unschuldig.

»Wie *anfangen*?«

»Na ja, er kennt sich ziemlich gut aus mit diesen Computerdingen. Es dürfte nicht allzu schwer für ihn werden, die Adresse ihrer Eltern herauszufinden.«

»Du meinst einen Hacker?« Richard starrte seine Patentante an, als würde er sie zum ersten Mal sehen.

»Könnte sein. Also, was ist?« Sie sah ihn herausfordernd an.

Richard zögerte. Er fühlte sich nicht wohl dabei, Beths persönliche Daten an einen Unbekannten zu geben. »Wer soll das denn sein? Und wie gut ist er wirklich?«

Dorothy seufzte. »Es ist Almas Enkel. Seit der Grundschule ist er von seinem Computer kaum fortzukriegen. Letztes Jahr ist sie auf einen Betrüger reingefallen, der ihr so einen Staubsaugerroboter angedreht hat, dessen Raten sie sich gar nicht leisten konnte. Und als sie das Ding zurückgeben wollte, wollte der Typ nichts davon hören, hat ihr sogar mit Pfändung gedroht. Als Nick das erfahren hat, hat er das Problem im Handumdrehen erledigt.«

»Und wie?«

Dorothy zuckte mit den Schultern. »Ich kenne mich mit diesen Dingen nicht aus. Ich weiß nur, dass Alma nicht nur den Roboter behalten durfte, sie hat auch nie wieder etwas von diesem Typen gehört.« Dorothy senkte verschwörerisch ihre Stimme. »Vermutlich ist Nick in die Systeme eingedrungen und hat Almas Daten gelöscht.«

Richard räusperte sich missbilligend. »Ganz legal ist das sicher nicht gewesen. Sie hätte lieber zu einem Anwalt gehen sollen.«

»Ach, diese Halsabschneider sind alle so überteuert. Und außerdem haben wir keinen guten Anwalt in Silver Creek.« Dorothy grinste bedeutungsvoll.

»Was du nicht sagst.« Ein Schmunzeln stahl sich auf Richards Lippen. »Vielleicht ändert sich das noch.«

Dorothys Lächeln vertiefte sich. »Du meinst …?«

»Immer alles der Reihe nach«, wehrte Richard ab. »Lass mich ein paarmal drüber schlafen.« Der Gedanke gewann für ihn tatsächlich immer mehr an Reiz. Er selbst war nur nicht schon vorher darauf gekommen, weil er stets nur sein altes Leben vor Augen gehabt hatte – den Druck, seine Fälle um jeden Preis zu gewinnen, den Aufstieg, das Ansehen, das Geld. Das Risiko und die sich immer höher schraubende Spirale aus Macht und Gefälligkeiten. Hier, in Silver Creek, hätte er es selbst in der Hand, welche Fälle er übernahm und auf wessen Seite er stand.

Zuerst musste er jedoch mit Beth sprechen. Und wenn es nur war, um sich bei ihr zu entschuldigen. Denn Dorothys Andeutungen zum Trotz war er sich nicht sicher, wie Beth zu ihm stand. Sie hatte gesagt, dass sie ihn mochte, bevor er ihr so rüde das Wort abgeschnitten hatte. Aber ob das immer noch so war? Und was das überhaupt bedeutete?

»Soll ich Nick nun bitten, Beth für dich ausfindig zu machen oder nicht?«, riss Dorothy ihn aus seiner Grübelei.

»Ja.« Richard nickte langsam. »Das wäre sehr, sehr nett.«

Kapitel 14

Missmutig starrte Richard aus dem Fenster. Eine nach der anderen segelten die Schneeflocken vorbei. Von irgendwoher hörte er fröhliche Kinderstimmen, in denen die ganze Vorfreude und Verheißung von Weihnachten mitklang. Überall kamen die Familien allmählich zusammen, Geschenke wurden verpackt, Bäume geschmückt und Plätzchen gebacken. Nur er hockte allein in seiner Wohnung.

Seit dem Gespräch mit Dorothy waren zwei Tage vergangen, ohne dass sich etwas getan hatte. Heute, an einem Samstag und überdies an Heiligabend, würde er ganz sicher keine Nachricht mehr von diesem Nick bekommen. Trotzdem konnte Richard sein Smartphone kaum aus der Hand legen, schaute alle fünf Minuten nach, ob nicht irgendetwas eingegangen war. Vielleicht sollte er es doch bei Tommy versuchen.

Er hasste diese Untätigkeit, dieses Warten, wenn eine Entscheidung einmal gefasst war. Und sein Entschluss stand inzwischen felsenfest. Er hatte in den letzten Tagen sehr viel Zeit zum Nachdenken gehabt. Zum ersten Mal seit einem ganzen Jahr wusste Richard genau, was er mit seinem Leben anfangen wollte. Und diese Aussicht erfüllte ihn mit einem bittersüßen Hochgefühl.

Süß und verheißungsvoll, weil sein Vorhaben, wenn es gelang, ihn tatsächlich glücklich machen konnte.

Bitter und beängstigend, weil es keine Garantie auf Erfolg gab.

Doch selbst ein Scheitern wäre besser als dieses endlose Warten.

Richard nahm einen Schluck von seinem inzwischen kalten Kaffee und ging an den Schreibtisch zurück. Er hatte noch ein paar Stunden, bevor er sich mit Dorothy in der Kirche traf, um mit ihr anschließend zu Abend zu essen.

Er setzte sich an den Laptop und begann zu tippen. Erstaunlicherweise flossen die Worte, nun, da er endlich Klarheit über sich hatte, wie von selbst aus ihm heraus, als hätte sich irgendeine Blockade gelöst, die ihn all die Monate in ihren Fängen gehalten hatte.

Er änderte den Plot und löschte Szenen, dafür fühlte sich die Geschichte auf einmal viel besser an, als würde sie tatsächlich zu ihm gehören. Und er war gespannt, ob Beth den Unterschied bemerken würde.

Falls sie das Buch jemals las.

Richard war so vertieft in seine Arbeit, dass er erschrocken zusammenzuckte, als sein Handy das lang ersehnte Vibrieren einer eingehenden Nachricht von sich gab. Eine Welle von Adrenalin schlug über ihm zusammen, mit vor Aufregung zitternden Fingern griff er hastig nach dem Gerät. Der Text war von Dorothy und enthielt eine Adresse in Redford.

Redford! Das musste es sein! Richard sprang auf. In dem Moment klingelte das Handy.

»Ja?«, ging er ungeduldig ran, bereits auf dem Weg zum Flur.

»Nick hat sich endlich gemeldet. Alma hat ihn erst heute Morgen erreichen können und er hat sich sofort dran gesetzt. Ich habe dir die Adresse soeben geschickt«, sagte Dorothy.

»Danke, ich habe sie gesehen. Ich schulde euch was.« Richard schlüpfte in seine Schuhe.

»Bist du gerade unterwegs?«, fragte Dorothy verwundert.

»Noch nicht, aber gleich.«

»Willst du etwa direkt los?«

»Ja, genau das habe ich vor.« Er hatte lange genug gewartet, war lange genug untätig gewesen. Richard fühlte sich wie eine zusammengezogene Sprungfeder, bereit, nach Monaten des Stillstands endlich die volle Kraft zu entfalten. Diese innere

Spannung zermürbte ihn, er musste wissen, woran er bei Beth war, um sein Leben wieder in die Hand nehmen und gestalten zu können.

»Aber es ist Heiligabend!«, protestierte Dorothy schockiert. »Du kannst bei Beth nicht einfach so reinplatzen. Ich habe auch ihre Handynummer, damit ihr in Ruhe sprechen könnt.«

»Nein, das muss ich schon persönlich klären, von Angesicht zu Angesicht.« Richard klemmte sich das Handy zwischen Schulter und Kinn, um seine Jacke anzuziehen. Am Telefon konnte Beth ihn zu leicht abwimmeln oder missverstehen. Und dieses Risiko wollte er nicht eingehen. Er hatte Beth bereits zu oft vor den Kopf gestoßen, eine weitere Chance würde er vermutlich nicht mehr bekommen.

»Sie hat es dir tatsächlich angetan, was?«, fragte Dorothy ungläubig.

»Ja, so kann man das sagen.«

Er verzehrte sich nach ihrem Lächeln und dem herausfordernden Funkeln ihrer grünen Augen, nach ihrer Nähe und Zärtlichkeit. Er vermisste die Gespräche, die sie geführt hatten, und die Art, wie sie ihm zuhörte, verständnisvoll, ohne zu urteilen und doch mit einer eigenen Meinung. Er wollte für sie da sein, ihre Sorgen und Träume verstehen, ihren Geist und ihren Körper erkunden. Er wollte abends mit ihr einschlafen und morgens als Erstes in ihr wunderschönes Gesicht schauen.

Oh Mann! Es hatte ihn unwiderruflich erwischt.

»Ich muss jetzt los!«, sagte Richard gepresst in das Telefon und hastete zur Tür hinaus. Er hatte keine Zeit zu verlieren.

»Mom und ich wollen gleich den Tannenbaum schmücken, kommst du auch?«, fragte Annie fröhlich.

Beth schaute von dem Buch auf, das sie gerade las, und zwang sich zu einem Lächeln. »Sicher. Wer weiß, was ihr sonst wieder anstellt. Die Kombination aus Pink, Grün und Blau im letzten Jahr war wirklich hart an der Grenze!« Sie schwang ihre Beine aus dem Bett, auf dem sie bäuchlings gelegen hatte, und legte das Buch zur Seite. Kichernd eilte Annie die Treppe hinunter, Beth folgte ihr schweigend.

Sie war nun seit fünf Tagen zu Hause. Sie scherzte mit Annie und half ihrer Mutter bei den Vorbereitungen, sie gingen spazieren und hatten gestern sogar einen Schneemann gebaut. Und solange Beth nach außen hin lächelte, fragte sie niemand mehr, wie es ihr ging. Nur Annie sah sie hin und wieder nachdenklich an, als würde sie Beth die gute Laune nicht ganz abkaufen.

Dabei halfen die Ablenkung, die Freude um sie herum und die Gegenwart ihrer Familie Beth tatsächlich. Wenn sie nicht an Richard dachte, wenn sie nicht in dem wunden Klumpen aus Traurigkeit, Sehnsucht und Wut in ihrem Inneren herumstocherte, fiel ihr das Lächeln mit jedem Tag leichter.

Nur nachts, wenn sie im Bett lag, kamen die Bilder und Erinnerungen mit aller Macht zurück. Und jedes Mal spürte sie aufs Neue die Enttäuschung, die sie am Morgen nach der wunderbaren Nacht mit ihm erlebt hatte. Er hatte sie damit eiskalt erwischt. Sie verstand sein Verhalten nicht einmal, fühlte sich von ihm auf eigentümliche Weise verraten, und das machte ihr fast am meisten zu schaffen.

»Hey Schatz, die Lebkuchen sind fertig.« Mom hielt ihr einen vollen Teller hin.

Gehorsam nahm Beth eins von den warmen Gebäckstücken und biss hinein. Es schmeckte köstlich nach Gewürzen und Honig und Beth schloss hingerissen die Augen.

»Wir haben auch noch Kakao, wenn du magst.«

»Nein, danke.« Beth schüttelte hastig den Kopf.

Den letzten Kakao hatte sie in Richards Wohnung getrunken, nachdem er sie am Fluss gefunden hatte. So etwas tat man doch nicht für jemanden, der einem nichts bedeutete. Wie konnte er so fürsorglich, fast schon liebevoll und gleichzeitig so kalt und abweisend sein?

Beth atmete tief durch. Sie würde sich von ihm nicht unterkriegen lassen, würde ihm keine Träne nachweinen. Und erst recht würde sie sich von ihm nicht ihre heiße Schokolade vermiesen lassen. »Weißt du was, ich nehme doch einen«, verkündete sie entschieden und ging an Mom vorbei in die Küche.

»Der Baum steht!«, rief ihr Vater aus dem Wohnzimmer. »Was meint ihr, schafft ihr es in zwei Stunden? Um sechs müssen wir zur Kirche.«

»Falls Mark bis dahin endlich da ist!«, brummte Annie. »Er steckt noch immer in diesem Stau fest.«

»Halb sieben reicht uns auch«, warf Mom besänftigend ein. »Ich hoffe nur, das Wetter hält.« Sie warf einen besorgten Blick aus dem Fenster.

Draußen hatte es wieder zu schneien begonnen. Beth konnte sich nicht erinnern, wann sie das letzte Mal einen derart weißen Winter erlebt hatten. Sie nippte an ihrem heißen Kakao, während aus dem Radio die Klänge von *Last Christmas* drangen. Beth hatte dem Lied noch nie viel abgewinnen können, doch dieses Mal versetzte der Text ihr einen schmerzhaften Stich. Sie biss sich auf die Lippe und blinzelte, um die aufsteigenden Tränen zurückzuhalten. Auch sie hatte ihr Herz geöffnet, es quasi verschenkt, nur, um am nächsten Tag abserviert zu werden. Sie hatte zuvor nie darüber nachgedacht, wie furchtbar, wie unerträglich sich das anfühlte.

Zitternd atmete Beth durch. »Kannst du das bitte ausmachen?«, bat sie ihre Mutter leise und bemerkte den vielsagenden Blick, den diese daraufhin mit Annie tauschte. Nun würde sie den beiden nicht länger weismachen können, dass ihre Schwermut mit ihrer beruflichen Situation zusammenhing.

Bevor eine von ihnen etwas sagen konnte, stellte Beth ihren Becher auf dem Küchentisch ab und flüchtete ins Wohnzimmer, in dem sich bereits die glänzenden Glaskugeln in ihren

Kartons stapelten. Blicklos öffnete Beth den ersten und griff nach einer Weihnachtskugel. Sie würde *nicht* darüber reden. Nicht einmal daran denken.

Fluchend schaltete Richard die Scheibenwischer eine Stufe höher. Der Schneefall nahm weiter zu und er fragte sich, wohin all die Menschen in ihren Autos gerade wollten. Es war Heiligabend, verdammt noch mal! Sollten da nicht alle glücklich und zufrieden im Warmen bei ihren Familien hocken?

So wie diese Oma, die mit gerade mal vierzig Meilen vor ihm den Highway entlangtuckerte, bloß weil es ein wenig schneite. Endlich gab sie die Spur frei und Richard drückte aufs Gas. Der Wagen geriet leicht ins Schlingern und Richard krallte die Hände in das Lenkrad. Vielleicht war es gar nicht verkehrt, dass er nicht ganz so schnell fahren konnte, wie seine Ungeduld ihn antrieb, sonst würde er womöglich noch irgendwo im Graben landen.

Trotzdem konnte er sich nicht zwingen, das Tempo zu drosseln. Sein Herz hämmerte im Takt der Scheibenwischer und seine Gedanken drehten sich im Kreis.

Würde Beth ihn anhören? Würde sie ihm verzeihen? Würde sie da sein?

Und noch viel wichtiger als alles andere: Wollte sie ihn überhaupt?

Eine Stunde später war Richard für den Allradantrieb seines Wagens mehr als dankbar. Inzwischen war es draußen völlig dunkel geworden, der Schnee peitschte fast waagerecht gegen die Windschutzscheibe und die Fahrbahnmarkierung war nicht mehr zu sehen. Dafür war außer ihm kaum noch jemand unterwegs. Der Wagen brauste über eine Schneewehe und für einen Moment befürchtete Richard schon, die Kontrolle über ihn zu verlieren, dann packten die Reifen wieder und der Wagen schoss weiter voran. Richard warf einen Blick auf das Navi und überlegte, ob er doch noch die Schneeketten anbringen sollte. Aber so kurz vor dem Ziel wollte er keine Verzögerung mehr riskieren, die letzten zehn Minuten würde er schon irgendwie schaffen.

Endlich kam das Ortsschild von Redford in Sicht und Richard drosselte, plötzlich nervös, das Tempo. Nur noch zwei Straßen trennten ihn von Beth und er hatte keine Ahnung, was genau er sagen sollte. Er war so darauf fixiert gewesen, zu ihr zu gelangen, dass er sich darüber, was danach geschehen sollte, keine Gedanken gemacht hatte. Er hatte nicht einmal einen Blumenstrauß für sie, geschweige denn ein richtiges Geschenk.

Am liebsten hätte er seine Stirn gegen das Lenkrad geschlagen. Es würde ihn nicht wundern, wenn Beth ihn unverrichteter Dinge wieder zurückfahren ließ.

Richard überlief es eiskalt. Was, wenn sie es tatsächlich tat?

Er bog in Beths Straße ein. Das dezent geschmückte, zweistöckige Haus auf der rechten Seite musste es sein. Ein paar Lichterketten wanden sich um die Büsche des Vorgartens und beleuchteten eine breite Einfahrt, in der einige Autos standen. Richards Herz setzte einen Schlag aus, als er unter der verrutschten Schneedecke Beths kleinen Wagen erkannte. Er hatte sie gefunden. Sie war tatsächlich hier.

Und sie war nicht allein, natürlich nicht. Vermutlich war ihre ganze Familie versammelt, um die Feiertage zusammen zu verbringen.

Plötzlich fühlte sich Richard wie ein Eindringling. Was hatte er sich nur dabei gedacht? Solche Kurzschlussaktionen passten überhaupt nicht zu ihm. Er sollte in Ruhe mit Beth reden, nicht zwischen Tür und Angel im weihnachtlichen Feierstress.

Beth würde ihn auf später vertrösten, da war er ganz sicher. Schon allein, um weder ihm noch sich die Feiertage zu vermiesen. *Falls* sie überhaupt in Betracht zog, jemals wieder mit ihm zu reden.

Richards Blick fiel auf einen hüfthohen Schneehügel am vorderen Rand der Einfahrt. Bedächtig nahm er den Fuß von der Bremse und lenkte seinen Wagen frontal hinein.

»Seid ihr endlich so weit?« Beths Vater schaute ungeduldig auf die Uhr.

»Jetzt lass Mark wenigstens einen Kaffee trinken«, rügte ihn ihre Mom. »Der arme Junge hat fast sechs Stunden im Auto verbracht.«

»Danke, ich bin gleich fertig.« Mark zog Annie, die neben ihm stand, enger an sich.

Liebevoll wuschelte sie ihm durch das Haar. »Schön, dass du es noch geschafft hast.«

Auch wenn ihr vertrauter Umgang miteinander Beth einen sehnsüchtigen Stich versetzte, freute sie sich, dass ihre zeitweisen Sorgen völlig unnötig waren und ihre Schwester ganz offenkundig glücklich war.

Mark grinste und leerte seinen Becher. »Wir können los.«

Während Dad Mom in ihren Mantel half und Mark Annie ihren Parka hinhielt, warf Beth sich ihre warme Jacke über. Selbst war die Frau.

Sie hatte ihre Hand bereits an der Türklinke, als ein dumpfer Knall sie erschrocken zusammenfahren ließ.

»Was war das?«, fragte Mom alarmiert.

»Das werden wir gleich sehen.« Dad drängte sich an Beth vorbei energisch nach draußen. Die anderen folgten ihm hastig. »Oh nein!«, fluchte Dad. »So ein betrunkener Idiot hat unseren Schneehaufen gerammt! Haben die Leute keine Augen im Kopf?«

Beth schlug die Kapuze ihrer Jacke gegen den eisigen Wind und die wirbelnden Schneeflocken hoch. »Ist doch egal«, versuchte sie, ihren Dad zu besänftigen. »Es ist nur Schnee und so hart war er nicht. Dem wird schon nichts passiert …« Ihre Stimme erstarb, als eine große, athletische Gestalt aus dem Wagen stieg und in die Einfahrt trat. Beth schluckte und klammerte sich am Ärmel ihrer Mutter fest, um nicht das Gleichgewicht zu verlieren. »Richard?«, krächzte sie heiser, was ihr sofort die Aufmerksamkeit der ganzen Familie einbrachte.

»Du kennst den Kerl?« Anklagend deutete ihr Vater auf den Mann, der sich ihnen langsam und schweigend näherte.

»Ja … ein wenig«, stammelte Beth überrumpelt. Ihr Herz schlug wild in ihrer Brust. Hoffnung, Sehnsucht und Wut kämpften in ihrem Inneren. Was machte er hier?

Neben ihr stellte Annie sich neugierig auf die Zehenspitzen, um besser sehen zu können. Mom musterte Beth verständnislos.

Beth war es egal. Ihr war alles egal. Ihr Kopf war wie leer gefegt. Sie war haltlos überfordert.

»Guten Abend«, grüßte Richard höflich und mit einer gewissen Vorsicht in der Stimme.

Das Licht der Laterne fiel auf sein Gesicht, sein Anblick brachte Beths Herz zum Stolpern. Wieso war er hier? Sie hatte das Gefühl, als würden seine Augen nach den ihren suchen. Aufgewühlt wandte sie den Kopf ab, ballte die Fäuste und versuchte, das Zittern, das ihren ganzen Körper erfasst hatte, zu unterdrücken.

»Können wir Ihnen helfen?«, verlangte Beths Dad herausfordernd zu wissen.

»Nein!«, entgegnete Beth bestimmt an Richards Stelle. »Wir müssen gehen, der Gottesdienst fängt gleich an.«

»Beth, bitte, können wir reden?«, bat Richard eindringlich.

»Wer sind Sie überhaupt?«, fragte ihr Dad.

»Es tut mir leid.« Richard lächelte entschuldigend und streckte ihm seine Hand entgegen. »Mein Name ist Richard Stone, ich habe Ihre Tochter während ihres Aufenthalts in Silver Creek kennengelernt.«

Beth hörte, wie Annie aufgeregt nach Luft schnappte. »Das ist ja interessant«, flötete sie und stieß Beth verschwörerisch den Ellbogen in die Seite. »Was für ein Zufall, dass ihr beide jetzt ausgerechnet hier seid. Ihr habt euch bestimmt einiges zu erzählen.«

Beth schoss ihrer Schwester einen bitterbösen Blick zu, der sie nicht im Geringsten zu bekümmern schien.

»Wieso gehen wir nicht schon mal vor und ihr klärt, was auch immer ihr zu klären habt«, fuhr Annie grinsend fort.

»Kommt gar nicht infrage!«, sagten Beth und ihr Vater wie aus einem Mund. »Ich lasse sie nicht hier mit einem Wildfremden allein!«, ereiferte sich Dad.

Beth schüttelte innerlich den Kopf. Sie war doch keine fünfzehn mehr! Dennoch war sie ihrem überbesorgten Vater ausnahmsweise mal dankbar. Denn im Gegensatz zum weiblichen Teil der Familie, der das Geschehen grinsend verfolgte, stand er definitiv auf ihrer Seite.

»*Wir* gehen jetzt zur Kirche«, betonte Beth, »und Mr. Stone kann dorthin zurückkehren, woher er gekommen ist.«

Ein schmerzlich betroffener Ausdruck huschte bei diesen Worten über Richards Gesicht.

Beths Abwehr begann zu bröckeln. Es konnte nur einen Grund geben, weshalb er hier war, so spät am Abend und mitten in einem Schneesturm. Trotzdem zögerte sie, sich auf ihn einzulassen, ihm auch nur zuzuhören, aus Angst, erneut verletzt zu werden.

»Es tut mir leid, ich komme hier gerade nicht weg.« Richard deutete auf seinen Wagen, dessen Motorhaube halb unter einem Schneeberg begraben war. Trotz seiner bedauernden Worte sah Beth den Schalk in seinen Augen blitzen. Er hatte es also mit voller Absicht getan.

Sie presste die Lippen zusammen, um sich am Schmunzeln zu hindern. War das eine Hommage an ihre erste Begegnung? Oder wollte er lediglich verhindern, dass sie ihn fortschickte?

Meinte er es tatsächlich ernst?

Beth verschränkte die Arme vor der Brust. So leicht würde sie es ihm nicht machen. »So schlimm scheint der Schaden nicht zu sein, ich bin sicher, das Auto fährt noch. Es sieht jedenfalls besser aus als Mount Freezy.«

»Als was?« Verständnislos schaute Richard sich um.

»Mount Freezy«, wiederholte Beth kühl. »Unser traditioneller Schneeberg, den wir jedes Jahr mühsam aufhäufen.«

Richard räusperte sich verunsichert, während Beths Familie ihr verständnislose Blicke zuschoss. Etwas Blöderes als Mount Freezy hätte ihr wirklich nicht einfallen können, doch Beth wollte auf keinen Fall klein beigeben.

»Selbstverständlich komme ich für den entstandenen Schaden auf«, versicherte Richard schnell. »Ich helfe dabei, Mount Freezy wieder aufzubauen. Ich halte viel von Tradition.« Er lächelte zaghaft, wohl in dem Versuch, ihr ebenfalls ein Lächeln zu entlocken. Der Ausdruck in seinen Augen hätte dabei Eis zum Schmelzen bringen können.

»Wir sind jetzt wirklich spät dran!«, drängte Dad, bevor Beth ihre Gedanken und Gefühle sortieren konnte. »Der Gottesdienst fängt in zehn Minuten an.«

»Wieso kommen Sie nicht einfach mit?«, wandte Annie sich unschuldig an Richard.

Wenn es nicht so kindisch gewesen wäre, hätte Beth ihrer Schwester am liebsten ihren Absatz in den Fuß gerammt. So begnügte sie sich mit einem wütenden Blick, den Annie nicht einmal zu bemerken schien.

»Wenn das geht …«, setzte Richard vorsichtig an.

»Es ist eine Kirche«, erwiderte Annie lapidar, »dort ist jeder willkommen.«

»Gut, dann wäre das ja geklärt«, brummte Dad und setzte sich in Bewegung.

Richard sah Beth eindringlich an. Reue und Hoffnung sprachen aus jedem seiner Züge. Sein Arm zuckte, als wollte er ihn nach ihr ausstrecken.

Ruckartig wandte Beth sich ab, hakte sich bei Annie unter und zog sie hastig mit sich fort. Sie hatte keine Ahnung, wie sie mit der Situation umgehen sollte. Hätte er nicht vorher anrufen können? Musste er sie so überfallen? Hier und jetzt? An Weihnachten, bei ihrer Familie – der einzigen Zeit im ganzen Jahr, wo sie sich stets vollkommen sicher, behütet und geliebt gefühlt hatte? Er brachte all das ins Wanken, sie fühlte sich plötzlich wie auf verdammt dünnem Eis.

»Besonders gut schaut er ja nicht aus, dein Richard«, raunte Annie ihr verschwörerisch zu. »Dafür hat er offenbar das Herz am rechten Fleck.«

»Er ist nicht *mein* Richard!«, fauchte Beth.

»Aber er scheint dir ziemlich unter die Haut zu gehen«, gab ihre Schwester flüsternd zurück.

»Wie kommst du auf diesen Blödsinn?«

»Ich habe dich noch nie vor einem Kerl davonlaufen sehen.«

»Ich laufe nicht davon!«, stellte Beth verärgert klar und verlangsamte ihren Schritt. »Ich will nur nicht zu spät zur Kirche kommen.«

»Deine Gottesfurcht in allen Ehren, aber *das* machst du mir nicht weis.« Annies Stimme wurde plötzlich sanfter. »Dafür hast du in der letzten Zeit zu sehr gelitten. Mom und ich fragen uns schon seit Tagen, was genau in diesem Silver Creek mit dir passiert ist. Und dann taucht er plötzlich hier auf und schaut dich an, als wärst du sein Heil auf Erden.«

Beths Herz machte einen kleinen, freudigen Sprung. Hatte Richard sie tatsächlich so angesehen?

»Ich habe mit ihm geschlafen. Nicht mehr und nicht weniger«, sagte sie beherrscht und mit Nachdruck, um sich selbst daran zu erinnern, dass nichts weiter zwischen ihnen passiert war.

»Wo genau liegt eigentlich dieses Silver Creek?«, hörte Beth von hinten die Stimme ihres Vaters.

»Etwa 170 Meilen westlich von hier, nahe dem Lake Michigan«, erwiderte Richard. Er kam also tatsächlich mit.

Beth zwang sich, gleichmäßig weiterzugehen, ohne sich nach ihm umzusehen oder ihren Schritt zu verlangsamen. Dabei bemühte sie sich, sich kein Wort von der Unterhaltung entgehen zu lassen.

»Und was genau tun Sie da?«

»Siehst du, Dad hält ihn auch für deinen neuen Freund«, wisperte Annie kichernd.

Beth stupste ihrer Schwester den Ellbogen in die Seite, musste ihr im Stillen jedoch recht geben. So hatte Dad schon immer mit den Verehrern seiner Töchter gesprochen.

»Ich lebe dort.«

Beth konnte trotz der Anspannung das Lächeln in Richards warmer, tiefer Stimme hören.

»Und wovon?« Dad ließ nicht locker.

»Ich bin … Anwalt.«

Beth stockte mitten im Schritt. Sie verlor das Gleichgewicht und stolperte. Nur Annies Arm bewahrte sie davor, der Länge nach hinzuknallen.

»Alles in Ordnung?«, fragte ihre Schwester besorgt.

»Ja.« Beth wirbelte herum und starrte Richard ungläubig an. Hatte er das nur gesagt, um vor ihrem Vater besser dazustehen? »Tatsächlich?«, fuhr sie ihn mit hochgezogenen Augenbrauen an. »Und ich dachte, du wärst ein Möchtegern-Autor.«

Seine Antwort ging im plötzlich einsetzenden Glockengeläut unter, ein paar Nachzügler drängten sich eilig an ihnen vorbei. Jetzt war weder die Zeit noch der Ort, um die Sache in Ruhe mit Richard zu klären. Falls es überhaupt etwas zu klären gab.

In der vollen Kirche ergatterte Richard einen Platz schräg hinter Beth, sodass er sie zumindest ansehen konnte. Das war auch schon das einzig Positive. Darüber hinaus verlief der Abend völlig anders als erhofft. Beth gab ihm keinerlei Gelegenheit, sein Anliegen zu erklären, schaute ihn ja noch nicht einmal an. Sie schien vollkommen versunken in die Worte und die Musik zu sein, murmelte andächtig die Gebete mit und lauschte mit halb geschlossenen Lidern der Predigt. Während er selbst sich auf nichts anderes als sie zu konzentrieren vermochte.

Sie war so wunderschön, noch hübscher als in seiner Erinnerung. Versonnen betrachtete Richard die elegante Kurve ihres Halses, folgte ihr mit seinem Blick hinunter bis zur verführerischen Rundung ihrer Brust, die sich so warm und weich in seiner Hand angefühlt hatte ...

Um ihn herum erhoben sich die Menschen zum Gebet und Richard zuckte ertappt zusammen. Er hatte sich tatsächlich gerade in einer Kirche ausgemalt, wie es war, mit Beth zu schlafen. Ihm war wirklich nicht mehr zu helfen. Andererseits war das wohl kaum seine Schuld. Sie hatte in der warmen Kirche ihre Jacke ausgezogen und in dem lässig geschnittenen, mit Silberfäden durchwirkten Pulli, der knapp oberhalb ihres perfekten Pos aufhörte, und der engen schwarzen Lederhose, die genau diesen so wunderbar betonte, schaffte Beth es, zugleich festlich und unglaublich sexy auszusehen. Es war ein Wunder, dass sich überhaupt einer von den anwesenden Männern auf den Gottesdienst konzentrieren konnte.

Richard wurde es abwechselnd heiß und kalt. Er sehnte sich so sehr danach, Beth zu berühren, dass es beinah wehtat, und die Vorstellung, dass sie ihn tatsächlich abblitzen lassen könnte, war unerträglich. Und mit jeder Minute, die verstrich, leider immer stärker wahrscheinlich.

Richards Selbstsicherheit schwand. Beth sah sich kein einziges Mal nach ihm um, schien seine Gegenwart nicht einmal zu bemerken.

Wollte sie ihn nur ein wenig schmoren lassen? Oder war er ihr schlichtweg egal?

Endlich nahm der Gottesdienst ein Ende und die Besucher strömten hinaus. Richard bemühte sich, dicht hinter Beth zu bleiben, dennoch drängten sich ein paar andere Leute dazwischen. Sobald er die schützenden Kirchenmauern verließ, fegte ihm eine Windbö eine volle Ladung Schnee ins Gesicht und seine Füße versanken knöcheltief, obwohl die Straße vor rund einer Stunde noch halbwegs geräumt gewesen war.

Suchend schaute Richard sich nach Beth um. Gern wäre er an ihre Seite geeilt, um ihr seinen Arm anzubieten, doch sie hatte sich bereits bei dem jungen Mann untergehakt, der offensichtlich zu der jungen Frau gehörte, mit der Beth vorhin gegangen war.

Zumindest hinderten die Wetterverhältnisse Beths Dad daran, Richard einem weiteren Verhör zu unterziehen. Mit gesenkten Köpfen und hochgeschlagenen Kapuzen eilten alle nach Hause.

Wortlos schloss sich Richard ihnen an. Bei diesem Wetter würde man keinen Hund vor die Tür jagen, seine Chancen standen also – zumindest was rudimentäre Gastfreundschaft anging – gar nicht so schlecht. Bei Beth war er sich leider nicht so sicher.

An Richards Wagen blieben Beths Eltern, die vorangegangen waren, unschlüssig stehen. »Sollen wir ihn reinbitten?«, fragte ihre Mom leise.

Richard verlangsamte seinen Schritt, um nicht zu aufdringlich zu wirken.

»Nein.« Beth schüttelte den Kopf.

Sein Herz rutschte in die Kniekehlen. Er hatte mit vielem gerechnet – mit Vorwürfen, Schimpftiraden oder Tränen, aber nicht damit, dass sie ihn einfach vor der Tür stehen ließ.

»Ich kläre das hier«, fügte Beth hinzu und scheuchte ihre Familie weiter. Dann drehte sie sich langsam zu Richard um.

Beth sah Richard an und hoffte auf irgendeine Eingebung. Ihm jetzt den Rücken zuzukehren, ihn einfach stehen zu lassen und zu ihrer Familie zu gehen, wäre eine sichere, eine vielleicht sogar vernünftige Entscheidung. Dann würde sie allerdings nie erfahren, was ihr entginge, würde womöglich ihr Leben lang bereuen, es nicht herausgefunden zu haben.

Der Wind zerzauste Richards dichte schwarze Haare und mischte Schneeflocken hinein. Ihn schien das nicht zu stören. Schweigend und ernst stand er da, als wartete er auf seine Urteilsverkündung.

Dabei wusste Beth überhaupt nicht, worum es ihm ging.

Wieso sagte er nichts? Er war schließlich derjenige, der das hier gewollt hatte, der zu ihr gekommen war, nachdem er sie eiskalt abserviert hatte.

»Es tut mir leid«, sagte Richard leise, als hätte er ihre Gedanken gelesen.

»Was denn genau?« Beth verschränkte ihre Arme.

»Einiges, allem voran, wie ich mich an unserem letzten Morgen aufgeführt habe. Ich war ein Idiot.«

»Und ein Arschloch.«

Er nickte leicht. »Vermutlich auch das.«

»Und jetzt?« Beth zuckte abwehrend mit den Schultern.

Alles in ihr drängte danach, ihm einfach um den Hals zu fallen, ihn zu spüren, zu küssen, zu halten. Er war hier, bei ihr. Und sein Verhalten tat ihm leid.

Doch tief in sich drin wusste sie, dass das nicht genug war, nicht, wenn sie mehr wollte als eine kurze, intensive Affäre. All das, was vor einer Woche noch zwischen ihnen gestanden hatte, tat es immer noch. Sie konnte keine Zukunft mit ihm aufbauen, solange er sich von seiner Vergangenheit bestimmen ließ.

»Jetzt bitte ich dich, mir zu verzeihen.«

»Warum?«

»Weil alles nur ein Missverständnis war. Ich habe geglaubt,

dass du mich zurück nach Chicago zwingen willst, zurück in mein altes Leben.«

Beth schüttelte enttäuscht den Kopf. »Das hast du wirklich gedacht?«, fragte sie leise. Wenn er sie dazu für fähig hielt, kannte er sie nicht, sah nur das in ihr, was er zu sehen erwartete. »Und wie hast du deinen Irrtum schließlich erkannt?«

Richard senkte betreten den Blick.

Oh Gott, er war gar nicht selbst darauf gekommen, war womöglich nicht einmal freiwillig hier. »Dorothy?«, entfuhr es Beth vorwurfsvoll. »Dorothy hat dich geschickt?« Sie wandte sich auf dem Absatz um. »Ich wünsche dir noch ein schönes Leben, Richard.«

»Nein, Beth, warte! So war es nicht!« Richard packte ihren Arm und hielt sie fest. »Die letzten Tage ohne dich waren die reinste Hölle«, brach es verzweifelt aus ihm hervor. »Ja, ich habe dir unrecht getan, aber nur, weil ich Panik bekommen habe. Du hast dich in nur wenigen Tagen vollkommen in mein Herz geschlichen. Vermutlich habe ich unbewusst nach einem Grund gesucht, mich nicht auf dich einzulassen, mich nicht wieder so verletzbar zu machen. Und sobald ich das erkannt habe, war alles auf einmal vollkommen klar. Du hattest recht, mit so einigen Dingen.« Er lächelte zerknirscht. »Es ist unglaublich, wie leicht du mich nach nur wenigen Tagen durchschaut hast.«

»Was meinst du genau?«, fragte Beth zitternd. Richards Worte klangen so aufrichtig, so wahr. Als würde er plötzlich alle Masken und Mauern fallen lassen. Als würde sein Herz direkt zu ihr sprechen. Als hätte er nichts zu verlieren – außer ihr.

»Du hattest recht damit, dass ich ein sehr guter Anwalt bin und das wirklich gern tue.«

»Du *bist*?«, fragte Beth zögernd. »Ich dachte, das liegt für immer hinter dir.«

»Dachte ich auch.« Behutsam streckte Richard seinen Arm aus, um ihre Wange zu streicheln. »Aber eine ganz wunderbare

Frau hat erkannt, dass ich Menschen damit helfen kann, anstatt sie bloß auszubeuten. Ich werde ihrem Rat folgen und eine eigene, kleine Kanzlei aufmachen.«

Beth biss sich auf die Lippe und lehnte sich seiner Berührung entgegen. »Das muss eine kluge Frau gewesen sein.«

»Ja, das ist sie.« Richard trat näher an sie heran. »Und außerdem ist sie wunderschön, warmherzig und durch und durch liebenswert.«

»Tatsächlich?«

»Oh ja.« Zärtlich schaute Richard auf sie hinab. »Ich möchte mir mein Leben ohne sie gar nicht mehr vorstellen.«

Beths Kehle wurde eng, während ihr Herz vor Glück beinah zu platzen drohte. »Bist du ganz sicher?«, raunte sie heiser. Eine weitere Enttäuschung durch ihn würde sie nicht verkraften.

»Das bin ich. Aber was ist mit dir?«

Statt einer Antwort zog Beth sein Gesicht zu sich heran und küsste ihn, legte all die Liebe und all das Glück, die sie empfand, in die Berührung ihrer Lippen. Richards Arme schlossen sich so fest um ihren Körper, als wollte er sie nie wieder loslassen. Beth spürte weder den eisigen Wind, der mit ihren Haaren spielte, noch die Schneeflocken, die wild um sie herum tanzten, nur Richards Wärme, der sie umschlungen hielt und ihr das Gefühl gab, wertvoll, beschützt und gleichzeitig unglaublich stark zu sein.

Irgendwann nahm Beth aus dem Augenwinkel eine Bewegung wahr und löste sich widerstrebend von ihm. Ihre ganze Familie hatte sich am hell erleuchteten Fenster versammelt und drückte sich förmlich die Nasen an der Glasscheibe platt.

Richard wischte sich leicht verlegen über den Mund. »Da wir ohnehin aufgeflogen sind, darf ich jetzt endlich mit reinkommen?«, fragte er schmunzelnd.

Beth kräuselte nachdenklich die Nase. »Dein Wagen steckt wirklich fest, wie?«

»Sieht so aus.« Richard grinste zufrieden.

»Ein paar Straßen weiter gibt es ein nettes Hotel.« Beth bemerkte, wie seine Gesichtszüge kurz entgleisten, und gab sich Mühe, nicht laut loszuprusten, während sie in den Himmel sah. »Bei diesem Wetter dürftest du in etwa zehn Minuten dort sein.«

Richard räusperte sich verunsichert. »Okay. Ich schätze, das habe ich verdient. Aber nur, damit das klar ist, morgen zum Frühstück bin ich wieder hier.« Er machte Anstalten, sich von ihr zu lösen.

Lachend hielt Beth ihn fest. »War nur ein Scherz!«, erklärte sie. »Natürlich kommst du mit rein, es ist schließlich Weihnachten.« Sie verschränkte ihre Arme in seinem Nacken und sah ihm tief in die großen dunklen Augen. »Außerdem glaubst du doch nicht im Ernst, dass ich dich je wieder gehen lasse.«

Epilog

8 Wochen später

Mit quietschenden Reifen kam der Wagen eine Handbreit vor dem steinernen Poller zum Stehen. Beth sprang aus dem Auto und warf sich direkt in Richards ausgebreitete Arme.

»Ich habe dich so vermisst!«, raunte er und vergrub sein Gesicht in ihrem Haar.

Beth presste sich enger an ihn. Sie wusste genau, was er meinte. Seit sie vor sechs Wochen einen neuen Job in Chicago angenommen hatte, konnten sie sich nur an den Wochenenden sehen. Und jedes Mal fielen ihr der Abschied und die Zeit der Trennung schwerer als zuvor. Gern wäre sie irgendwo in der Nähe untergekommen, aber leider gab es in Silver Creek und Umgebung nicht gerade viel Bedarf an Leuten mit ihrer Qualifikation. Und so arbeitete sie nun als Assistentin der Geschäftsführung in einem mittelgroßen Ingenieurbetrieb. Die Arbeit war okay und die Bezahlung stimmte, nur das ständige Abschiednehmen zermürbte sie. Zum Glück war es jetzt noch zwei Tage entfernt.

Beth hob Richard ihr Gesicht entgegen und spürte sofort seine warmen Lippen auf den ihren. Ein heißes Kribbeln durchlief ihren Körper und sie intensivierte ihren Kuss.

»Lass uns einfach reingehen«, wisperte Richard. Sein heißer Atem streifte ihr Ohr.

Selten hatte ein Vorschlag für Beth verführerischer geklungen. Sie wollte nichts mehr, als sich mit ihm im Bett zu verkriechen, ihn zu spüren, zu halten und zu wissen, dass er tatsächlich wieder bei ihr war.

Es kostete ihre ganze Willenskraft, ihren Kopf zu schütteln.

»Wir haben es Dorothy versprochen«, murmelte sie bedauernd. »Und wir sind ohnehin bereits spät dran.«

»Ja.« Richard seufzte und löste sich widerstrebend von ihr.

»Vergiss nicht, woran du gerade gedacht hast.«

»Nie im Leben!«, versprach sie lächelnd und schnappte spielerisch nach seiner Unterlippe.

»Vorsicht!« Richard hielt sie an den Schultern fest und Beth genoss das dunkle Funkeln in seinen Augen. »Noch so eine Aktion und schleppe dich eigenhändig ins Schlafzimmer«, grummelte er.

»Ein anderes Mal, vielleicht«, sagte Beth grinsend und nahm seine Hand. »Wir sollten uns wirklich beeilen.«

Kurze Zeit später erreichten sie die große Turnhalle von Silver Creek, in der – den Klängen der Musik nach zu urteilen – der Valentinsball bereits begonnen hatte.

Für Beths Geschmack waren die großen rosaroten Herzen, die überall an den Wänden hingen, etwas zu viel des Guten, aber solange sie in Richards Armen über die Tanzfläche schweben konnte, war ihr alles um sie herum gänzlich egal.

»Da seid ihr ja endlich!« Dorothy eilte freudestrahlend auf sie zu. »Ich freue mich, dass ihr es noch geschafft habt.« Sie zog Beth in ihre Arme. »Gab es unterwegs viel Verkehr oder habt ihr euch bereits anderweitig aufgehalten?«

»Dorothy!«, ermahnte Richard sie fassungslos.

»Was denn? Ich war auch mal jung. Und recht oft verliebt«, fügte sie mit einem Augenzwinkern hinzu.

»Leider war es tatsächlich der Stau«, sagte Beth.

Dorothy seufzte. »Diese Fahrerei ist auf Dauer wirklich nichts.«

»Wir arbeiten daran«, erwiderte Richard kryptisch.

Überrascht schaute Beth ihn an. Das war ihr neu. Sie selbst studierte zwar fleißig die Stellenanzeigen, aber davon hatte sie ihm nichts erzählt.

»Dann ist ja gut.« Dorothy tätschelte seinen Arm. »Und ihr

seid immerhin rechtzeitig da für das Highlight des Abends. Apropos«, sie schaute auf ihre Uhr. »Ich muss los. Die Junggesellinnen-Versteigerung fängt gleich an.«

»Du machst da doch nicht etwa mit?« Richard sah seine Patentante mit hochgezogenen Augenbrauen an.

»Und wieso nicht?« Sie warf sich gespielt in Pose. »Ich bin unverheiratet und gehöre noch lange nicht zum alten Eisen. Letztes Jahr habe ich fünfzig Dollar eingebracht.« Sie zwinkerte ihm kokett zu. »Allein das Frühstück, das ich mache, ist schon fast die Hälfte wert.«

Richard fuhr sich mit der Hand an den Mund, um sein Lächeln zu überspielen. Beth biss sich auf die Lippe, damit ihr Mund nicht offen stand. Sie hatte gewusst, dass Dorothy kein Kind von Traurigkeit war, aber dass sie wirklich nichts anbrennen ließ, war ihr neu.

»Schade, dass du dich so strikt geweigert hast, dabei mitzumachen«, wandte die ältere Frau sich an Beth. »Du hättest uns bestimmt ein stolzes Sümmchen eingebracht. Bis nachher, ihr Lieben!« Dorothy eilte davon.

»Ich habe mich geweigert?« Amüsiert sah Beth Richard an. »Wie konnte ich das tun, ohne überhaupt etwas davon zu wissen?«

»Ähem.« Er schaute sich hastig um. »Möchtest du etwas trinken? Oder tanzen?«

Beth schlang beide Arme um seine Körpermitte. »Wieso hast du mir nichts davon gesagt? Es ist schließlich für einen guten Zweck.«

Er lächelte schelmisch. »Ich fand es unfair allen anderen Männern gegenüber, den Anschein zu erwecken, du wärst verfügbar, wo du doch nur zu mir gehörst.«

Es ihn so aussprechen zu hören, löste ein unbändiges Glücksgefühl in Beth aus. Strahlend zog sie ihn an sich, um ihn zu küssen.

Aber Richard war noch nicht fertig. Sein Gesicht wurde

ganz ernst. Liebevoll schaute er auf sie hinab. »Außerdem könnte ich es nicht ertragen, dich zu teilen. Und es gibt keine Garantie, dass nicht irgendjemand ein Gebot macht, das ich nicht überbieten könnte. Deshalb habe ich lieber direkt fünfhundert Dollar gespendet«, fügte er schulterzuckend hinzu, als wäre nichts weiter dabei.

»Fünfhundert Dollar?« Fassungslos starrte Beth ihn an. Er hatte tatsächlich so viel Geld für sie bezahlt?

»Ich weiß, es wird dir nicht ansatzweise gerecht, leider war mehr im Augenblick wirklich nicht drin.«

»Du bist verrückt!«, entfuhr es ihr ungläubig.

»Ja, verrückt nach dir.« Er küsste sie zärtlich. Dann sah er sie wieder an und wirkte mit einem Mal ziemlich nervös. »Eigentlich wollte ich noch ein wenig damit warten, mit dir die Party genießen, aber ich halte es nicht länger aus. Ich würde dir dein Valentinstagsgeschenk gern jetzt schon geben.«

»Okay.« Seine Nervosität schwappte auf Beth über. Sie schluckte, während Richard nach irgendwas in seiner Hosentasche tastete. Er würde nicht etwa … Oder doch? … Es war noch viel zu früh, sie kannten sich noch viel zu wenig, lebten nicht einmal zusammen … Sie liebte ihn, aber sie war noch nicht so weit …

Bevor ihre panischen Gedanken mit ihr durchgehen konnten, holte Richard einen glänzenden Schlüssel aus seiner Tasche und hielt ihn ihr einladend hin. Ein kleiner herzförmiger Anhänger hing an dem Schlüsselring.

Neugierig nahm Beth ihn hoch. Zwei verschnörkelte, verschlungene Buchstaben waren in den Anhänger graviert – ein B und ein R. »Er ist wunderschön!«, raunte sie lächelnd. Sanft streichelte sie mit den Fingern über die Gravur.

»Ich freue mich, dass er dir gefällt.« Richard schmunzelte. »Aber der Schlüssel ist das eigentliche Geschenk.«

Beth runzelte überrascht die Stirn. Er hatte ihr schon vor Wochen den Zweitschlüssel für die Hoteltür überlassen.

»Ich habe ein Haus für uns gemietet«, erklärte Richard. »Und wenn es dir gefällt, würde ich es gern kaufen.«

Beth schnappte überwältigt nach Luft. »Ein Haus?«, wiederholte sie leise. »Für *uns*?«

»Ich wollte dich nicht übergehen …«, setzte Richard schnell an. »Es erschien mir einfach perfekt. Meine Kanzlei läuft so gut an und das Haus ist groß genug, dass ich da auch die Büroräume unterbringen kann. Und ich musste mich schnell entscheiden …«

Beth brachte ihn mit einem Kuss zum Schweigen. Es bedeutete ihr so viel, dass er sie in seine Zukunftspläne mit einbezog. Ein Haus – das klang nach Zusammengehörigkeit, Geborgenheit, Familie. »Kann ich es sehen?«, flüsterte sie aufgeregt.

»Ja!« Richard nickte freudig. »Lass uns gehen.«

»Ich habe auch ein Geschenk für dich«, sagte Beth zögernd, als sie die Festhalle Hand in Hand verließen. »Es ist nur eine Kleinigkeit«, schränkte sie hastig ein. Noch vor wenigen Stunden hatte sie sich gefreut, es Richard zu sagen, hatte sich ausgemalt, wie er reagieren würde. Nun erschien es ihr so inadäquat. Er schenkte ihr praktisch ein halbes Haus und sie hatte nichts weiter als eine Visitenkarte für ihn.

»Was ist es denn?«, fragte Richard neugierig und legte seinen Arm um ihre Taille.

Beths Finger schlossen sich um die glatte Karte, die in ihrer Tasche lag. »Ich habe die letzte Fassung von deinem Roman gelesen«, sagte sie.

»Und?« Er schaute sie gespannt an.

»Er ist gut, wirklich gut.« Beth strahlte ihn an. Nach der ersten Fassung hätte sie nie vermutet, dass das tatsächlich in ihm steckte. Aber es schien, als wäre in den letzten Wochen irgendwo in Richards Geist ein blockierender Knoten geplatzt. Sie war unglaublich stolz auf ihn. »Ich war davon so begeistert, dass ich mit einem Verleger darüber gesprochen habe.«

»Du hast was?« Überrascht blieb Richard stehen. »Ich wusste gar nicht, dass du solche Kontakte hast.«

»Ich habe im letzten Jahr an einem Beratungsprojekt für ein Verlagshaus mitgewirkt. Dabei habe ich ihn kennengelernt. Und als ich dein Buch gelesen habe, musste ich sofort daran denken, also habe ich ihn angerufen und ihm davon vorgeschwärmt.« Beth musterte Richard aufmerksam. Plötzlich hatte sie Angst, damit zu weit gegangen zu sein.

»Was hat er gesagt?«, fragte Richard aufgeregt.

»Er war wirklich interessiert und würde es gerne lesen. Wenn du das also auch möchtest, ruf ihn an.« Sie hielt Richard die edel schimmernde Visitenkarte hin.

Er nahm das Kärtchen entgegen und drehte es nachdenklich in seinen Fingern. »Ich dachte, du hältst nichts von meinen schriftstellerischen Ambitionen«, sagte er langsam.

»Das war, bevor ich wusste, wie vielseitig begabt du bist«, sagte Beth mit einem verführerischen Lächeln.

Grinsend zog Richard sie näher an sich. »Ich kann noch viel mehr.«

»*Das* weiß ich.« Sie hob ihr Gesicht, um ihn zu küssen. »Also, wirst du es tun?«, fragte sie anschließend.

»Ja.« Richard drückte die Lippen auf ihren Scheitel. »Danke.«

»Wofür?«

»Dass du an mich glaubst.« Er steckte die Visitenkarte in seine Tasche. »Das ist für mich das größte Geschenk.«

Zärtlich strich Beth ihm über die Wange. »Immer«, versprach sie fest.

»Das ist schön zu wissen.« Lächelnd nahm Richard ihre Hand. »Und jetzt bin ich dran.« Er deutete nach vorn, wo ein zweistöckiges Haus mit einem hübschen Vorgarten und einer hellen Holzfassade aufragte.

»Das ist es?«, fragte Beth aufgeregt und eilte näher. »Es ist wunderschön.« Das Haus wirkte direkt auf den ersten Blick einladend und heimisch.

»Drinnen muss noch ein wenig renoviert werden, aber ich schätze, dass wir in ein paar Wochen einziehen könnten.« Richard grinste. »Dann muss ich mir auch endlich keine Sorgen mehr um Silver Creeks historischen Poller oder deinen Wagen machen, hier ist die Einfahrt breit genug.«

»Haha.« Beth stupste ihn sanft mit dem Ellbogen an. »Gibt es auch einen Garten?«

»Ja, der liegt hinter dem Haus und eine schöne Terrasse ist auch dabei.« Richard zögerte. »Wäre es denn okay für dich, wenn ich mein Büro in dem kleinen Anbau da einrichte?« Er deutete auf eine Art Wintergarten.

»Sicher.« Beth nickte, von einer plötzlichen Traurigkeit erfüllt. In naher Zukunft würde sie ohnehin nicht besonders viel Zeit in diesem wundervollen Haus verbringen können. »Und was machst du mit dem Hotel?«, fragte sie, um sich abzulenken.

»Ich weiß noch nicht. Vermutlich werde ich es verpachten oder verkaufen, wenn sich ein Interessent dafür findet.«

Beth nickte. Das war vermutlich das Beste. Sie beide hatten weder die Zeit noch die Kompetenz, sich um ein Hotel zu kümmern. Beths Blick schweifte wieder über das traumhaft schöne Haus.

»Kannst du dir das denn überhaupt leisten?«, fragte sie zögernd. Sie selbst würde nicht viel dazu beisteuern können, immerhin hatte sie noch ihre eigene Wohnung.

»Ja.« Richard zog sie in seine Arme. »Meine Kanzlei läuft wirklich gut an. So gut, dass ich allein gar nicht mehr hinterher komme. Ich brauche dringend jemanden, der mir den Rücken freihält.«

»Einen Assistenten?«

»Ich würde es lieber als Partnerin bezeichnen.« Er sah sie bedeutungsvoll an. »Kennst du vielleicht jemanden mit schneller Auffassungsgabe und Organisationstalent, die Erfahrung in Sachbearbeitung und Recherche hat und bereit wäre, sich in ein neues Themengebiet einzuarbeiten?«

Beths Atem stockte in ihrer Brust. Ihr Herz begann zu rasen. Machte er ihr etwa gerade ein Jobangebot?

Prüfend schaute sie Richard ins Gesicht, der ihren Blick nervös und hoffnungsvoll zugleich erwiderte.

»Fällt dir irgendjemand dazu ein?«, fragte er und sie hörte die Anspannung in seiner Stimme.

»Das kommt darauf an, was du zu bieten hast«, sagte sie und legte ihre Arme um seinen Hals.

»Oh, da wären flexible Arbeitszeiten.« Er hauchte einen Kuss auf ihre Schläfe. »Ein abwechslungsreiches Betätigungsfeld.« Ein weiterer Kuss folgte auf ihre Wange. »Fünfzigprozentige Gewinnbeteiligung.« Seine Lippen wanderten zu ihrem Ohr. »Und jeden Abend eine ausgedehnte Fußmassage.«

Beth schauerte und zog seinen Kopf zu sich heran, bis sich ihre Nasenspitzen berührten. Richards Lippen waren den ihren so nah, dass sie seinen Atem auf ihrem Gesicht spüren konnte. Ihre Blicke verhakten sich und sie versank in seinen ausdrucksstarken, liebevollen braunen Augen.

»Wer könnte da schon widerstehen?«, raunte Beth überwältigt und küsste ihn mit all der Leidenschaft und Liebe, die er in ihrem Inneren entfachte.

Über Ellen McCoy

Ellen McCoy wohnt mit ihrem Mann und ihren zwei kleinen Töchtern in der Nähe von Köln. Sie ist eine absolute Leseratte und liebt es, in schönen Geschichten zu versinken.

Ihre „Alaska wider Willen"-Reihe schaffte es auf Anhieb in die Top Charts der Online-Shops und auf die Bildbestsellerliste.

Als Elvira Zeißler schreibt die Autorin auch romantische Fantasy. Gern können Sie ihre Facebook Lesergruppe „Buchwelten voll Gefühl und Magie" besuchen oder ihren Newsletter abonnieren unter www.elvirazeissler.de/newsletter.

Bisher erschienen:
Verliebt in Silver Creek -Reihe:
„SchneeSturmKüsse"

Alaska wider Willen-Reihe:
„Unsäglich verliebt"
„Verliebt und zugeschneit"
„Hin und weg verliebt"

Romantische Fantasy:
„Ein Cupido zum Verlieben"
„Echte Männer küssen besser"
„Seelenband"
„Dunkles Feuer"

Ellen McCoy / Elvira Zeißler im Internet:
www.facebook.com/autorin.ellenmccoy
www.elvirazeissler.de
www.youtube.com/user/ElviraZeissler

Buchempfehlung

Der erste Band der „Alaska wider Willen"-Reihe!

**Liv Archer hat für ihr Leben einen festen Plan:
Erst kommt die Karriere, danach die Liebe.**

Als Liv das Büro ihres Chefs betritt, rechnet sie fest mit einer Beförderung und einem glamourösen Auftrag in New York. Stattdessen schickt er sie in die Wildnis von Alaska, um das marode Sägewerk seines Neffen vor dem Untergang zu bewahren. Als wäre dies noch nicht genug, ist Matt Coleman über Livs Auftauchen alles andere als erfreut und bemüht sich nach Kräften, sie möglichst bald wieder loszuwerden. Lediglich sein Partner Tom steht ihr hilfreich zur Seite und lässt seinen Charme bei ihr spielen. Doch Liv hat einen eisernen Vorsatz: Fange nie etwas mit einem Kunden an …

Buchempfehlung

Eine weihnachtliche Liebesgeschichte aus dem zugeschneiten Alaska!

Sarah Bishop führt ein perfektes Leben. Aber heißt perfekt auch wirklich glücklich?

Kurz vor Weihnachten packt Sarah einer plötzlichen Eingebung folgend ihren Koffer und flüchtet aus dem sonnigen Kalifornien in die winterliche Wildnis Alaskas - auf der Suche nach Ruhe, Abgeschiedenheit und sich selbst. Das entpuppt sich allerdings als nicht so einfach, denn Alaska hält mehr als eine Überraschung für sie bereit.

Tom Collins ist einem gelegentlichen Flirt nicht abgeneigt, an einer ernsthaften Beziehung hat er jedoch so gar kein Interesse. Als Sarah plötzlich in dem Haus nebenan auftaucht, geraten seine Überzeugungen ganz schön ins Wanken. Doch er hat einen sehr guten Grund, die hübsche Touristin auf Abstand zu halten ...

Buchempfehlung

Berührend, humorvoll und durch und durch romantisch!

Nach einer weiteren Enttäuschung hat Sam von Männern die Nase definitiv voll und schwört der Liebe endgültig ab. Das kann Coup - ein Engel der Liebe - natürlich nicht so auf sich sitzen lassen. Kurzerhand geht er eine Wette ein, dass er es schafft, bis Jahresende den Richtigen für Sam zu finden. Den passenden Kandidaten scheint er auch schon gleich parat zu haben, denn Sams schüchterner Nachbar Patrick ist ganz offensichtlich in sie verliebt.

Und doch erlebt Coup die Überraschung seines Lebens, als er feststellt, dass sein sechster Sinn ausgerechnet in diesem einen Fall versagt ...

"Eine wunderbar himmlische Liebesgeschichte, die uns den Glauben an die Liebe wiedergibt"- MagischeMomenteFürMich